HEYNE

Das Buch

Keine deutsche Autorin beschreibt die Lust an der Ekstase so sinnlich wie Cosette. *Gehorsam* versammelt ihre besten Erzählungen aus den Erfolgsbänden *Sklavenherz*, *Unartig* und *Handzahm*. Die hier versammelten Storys sind noch kraftvoller, abwechslungsreicher und ausgefallener als bisher. Geschickt beschreibt die Autorin kleine und große Ungeheuerlichkeiten und macht sie zu einem intensiven und lustvollen Erlebnis für ihre Figuren und für ihre Leser.

Die Autorin

Cosette schreibt über Sex – direkt und unverblümt. Sie bettet ihre Geschichten in außergewöhnliche Rahmenhandlungen ein und erzählt äußerst anregend von Hemmungslosigkeit, Hingabe bis zur Unterwerfung und einer Lust, die Furcht einflößend sein kann, aber eine Befriedigung bringt, die Geist und Körper befreit.

Lieferbare Titel

Gefügig

Cosette

Gehorsam

Erotische Erzählungen

WILHELM HEYNE VERLAG
MÜNCHEN

Die Erzählungen sind folgenden Bänden entnommen: *Ficky*, *Die Wachsfigur* und *Das Biest und der Kriecher* aus »Sklavenherz«, *Sklavenstolz (Berlin)* und *Die Lehre der Disziplin (Tokyo)* aus »Unartig« und *Der dunkle Lord* aus »Handzahm«, alle Bücher erschienen bei UBooks-Verlag, Diedorf

FSC
www.fsc.org
MIX
Papier aus verantwortungsvollen Quellen
FSC® C014496

Verlagsgruppe Random House FSC-DEU-0100
Das für dieses Buch verwendete FSC®-zertifizierte
Papier *Holmen Book Cream* liefert
Holmen Paper, Hallstavik, Schweden.

Vollständige Taschenbuchausgabe 11/2012

Printed in Germany 2012
Umschlaggestaltung: Nele Schütz Design
unter Verwendung von © Thinkstock
Satz: KompetenzCenter, Mönchengladbach
Druck und Bindung: GGP Media GmbH, Pößneck
ISBN: 978-3-453-54554-0

www.heyne.de

Inhalt

Sklavenstolz (Berlin)

Als Hannah sich vor das Andreaskreuz stellte, kamen ihr erste Bedenken. Sie hatte noch nie mit einem Dominus gespielt, den sie gerade erst kennengelernt hatte. Abenteuerlustig war sie in dieser Nacht durch Berlin gestreift und im SM-Club Gargoyle gestrandet. Nun stand sie hier, erregt und zweifelnd. Dieser fremde Dom wusste ja nicht, was ihr gefiel und was sie auf den Tod nicht ausstehen konnte.

Deshalb beschloss sie, ihn aufzuklären: »Mein Busen ist tabu, ich meine für Schläge.«

»So, so, deine Tittchen darf ich nicht schlagen, nur zärtlich streicheln, vermute ich.« Der Marquis d'Agonie, wie er sich nannte, ließ die Handfessel aus Stahl zuschnappen und fixierte somit Hannahs rechtes Handgelenk.

»Das Korsett möchte ich anbehalten«, klärte Hannah ihn auf. »Die halben Schalen heben meine Brüste an. Sie sehen dadurch hübsch aus, wie auf einem Präsentierteller.«

Er fesselte auch die linke Hand an das Kreuz. »Und du möchtest hübsch aussehen, nicht wahr? Während der ganzen Session wie aus dem Ei gepellt.«

Lag Sarkasmus in seiner Stimme? Hannah hob blasiert ihre Augenbrauen. »Natürlich! Welche Frau möchte schon hässlich sein?«

»Für einen Dom ist eine Sub am schönsten, wenn sie leidet«, sagte er gelassen, »wenn sich ihr Gesicht vor Schmerz verzerrt, wenn sie vor Geilheit schwitzt und trieft und Speichel aus ihrem Mundwinkel tropft.« Er ging vor ihr in die Hocke und spreizte ihre Beine.

Furcht breitete sich in Hannah aus, aber es war eine Art Angst, die ihre Säfte fließen ließ. Eilig fügte sie hinzu: »Klammern an meinen Schamlippen mag ich auch nicht, besonders nicht die mit den Zähnchen.«

»Das ist gut zu wissen.«

Er schmunzelte, während er die Stahlfesseln an beiden Seiten um Hannahs Fußgelenke schloss, aber er lächelte sie nicht an, sondern in sich hinein, was Hannahs mulmiges Gefühl verstärkte. »Ich sage das alles nur, weil ein Dom und eine Sklavin vor einer Session abklären müssen, wie weit sie gehen.«

»Und du bist eine Sklavin?« Er runzelte die Stirn.

Hannah fand, dass das die dämlichste Frage war, die sie jemals gehört hatte, und zischte: »Sieht man doch.«

»Und du sagst mir, wie weit ich bei dir gehen darf?« Schwungvoll erhob er sich.

»Du musst doch wissen, was ich will und was nicht.«

Der Marquis d'Agonie trat einen Schritt zurück, verschränkte die Arme vor dem Oberkörper und betrachtete sein Werk eingehend. »Meinst du nicht, es ist ziemlich hochmütig von dir, deinen Herrn zu duzen? Wäre ein *Sie* nicht angebrachter?«

»Das Spiel hat doch noch gar nicht begonnen.« Sie hatte Mühe sich zusammenzureißen. Dieser Dominus war wirklich seltsam!

Verklärt lächelnd nahm der Marquis eine Gerte von der Halterung an der Wand und schlug auf die Innenseite von Hannahs rechtem Oberschenkel, so nah an den äußeren Schamlippen, dass sie den Windhauch an ihrer Möse spürte. »Die Session hat angefangen, als wir dieses Separee betreten haben, Sklavin!«

Hannah war auf einmal unsicher, ob sie die richtige Wahl

getroffen hatte. Oliver, der normalerweise ihren Herrn spielte, hatte in dieser Nacht keine Lust gehabt auszugehen. Da sich Hannah aber den Spaß durch einen bockigen Dom nicht verderben lassen wollte, war sie eben alleine aufgebrochen. Zuerst hatte sie den Ku'damm unsicher gemacht, doch ihre Geilheit war zu groß gewesen, um sie zu ignorieren, und so war sie schließlich ins Gargoyle gefahren. Mit ihrem langen, rot gefärbten Haar hatte sie große Aufmerksamkeit auf sich gezogen und war von vielen Meistern angebaggert worden. Sie hatte sich für den Marquis entschieden, weil er so beherrscht auftrat und sie aufgrund seiner stahlblauen Augen, die so herrlich kalt und dominant wirkten, erschauerte.

Nun wandelte sich diese Faszination in Grauen.

Der Marquis d'Agonie lief vor ihr auf und ab und schwang die Gerte wie ein Lehrer den Rohrstock. »Ein Dominus sollte mit seiner Sklavin vor der Session über Tabus sprechen, über Extreme wie Kaviar, Nadeln oder Cutting. Du, Sklavin, hast kein Recht deinem Herrn vorzuschreiben, wo er welche Klammer anzulegen hat. Hast du mich verstanden?«

»Ja, aber –«

Er holte aus und schlug ihr mit dem flachen Ende der Gerte auf den rasierten Venushügel. »Das Wörtchen ›aber‹ kommt im Wortschatz einer Sub nicht vor.«

Wütend biss Hannah die Zähne zusammen. Sie hätte sich ohrfeigen können, weil sie bei dem Schlag zusammengezuckt war. »Ja«, brachte sie gepresst hervor.

»Ja, was?« Erneut traf er ihren Schamhügel, diesmal jedoch tiefer als zuvor.

Blut schoss in ihr Fötzchen. Oliver hatte sie bisher nur auf den Hintern und die Rückseite ihrer Oberschenkel geschlagen, weil sie ihr Okay zu mehr nicht gegeben hatte. Schnippisch sagte sie: »Ja, verehrter Marquis d'Agonie.«

»Dein aufmüpfiger Unterton gefällt mir ganz und gar nicht.«

Es folgten drei schnelle Schläge auf ihre Klitoris, nicht so fest, dass Hannah in Tränen ausgebrochen wäre, aber der Schreck raubte ihr dennoch für Sekunden den Atem. Danach stieg Hitze in ihrem Kitzler auf. Instinktiv riss sie an ihren Fußfesseln, die ihre Beine gespreizt hielten, doch das war aussichtslos. Sie war den Hieben hilflos ausgeliefert.

Der Marquis sah ihr ins Gesicht und weidete sich an ihrer Verzweiflung.

»Das war nicht nötig gewesen«, jammerte Hannah. »Das war zu krass.«

»Drastisches Fehlverhalten erfordert drastische Erziehungsmaßnahmen.« Er kam so nah heran, dass ihre Nasen sich fast berührten. Seine Hände stützte er rechts und links neben ihrem Körper am Andreaskreuz ab.

Mit seiner Nähe raubte er ihr die Luft zum Atmen. Er war so viel dominanter, als sie es von Oliver gewohnt war, und sie wusste nicht damit umzugehen. Der Marquis war zu streng, so viel stand fest. Aber verhielt er sich nicht genau so, wie eine Sklavin es sich wünschte? Sie errötete, denn sie spürte, wie das Feuer in ihrer Klitoris auf ihre Muschi übersprang und Mösensaft ihre Schenkel hinunterfloss. Dass sie derart auslief, hatte Hannah noch nicht erlebt.

»Als wir das Separee betreten haben, habe ich dir ein Safeword ins Ohr geflüstert: *fièrement*.«

»Das kann ich nicht aussprechen.«

Trocken erwiderte er: »Das ist dein Problem.«

Hannah traute ihren Ohren nicht. Was bildete sich dieser Kerl eigentlich ein? Dachte er, er wäre so unwiderstehlich, dass er alles mit ihr tun konnte? O ja, das dachte er auf jeden Fall, und seine Überheblichkeit machte Hannah auch noch an.

»Sobald du es aussprichst, werde ich dich losbinden und wir

gehen getrennte Wege.« Er schaute ihr tief und mit kühlem Blick in die Augen. »Aber solange diese Session stattfindet, unterwirfst du dich meinen Regeln. Ich werde deine Grenzen ausloten und sie erweitern. Ich werde alles mit dir tun, wozu ich Lust habe. Deine Meinung zählt nicht, denn du bist eine Sklavin.«

Sie schluckte den Kloß in ihrer Kehle hinunter und sagte widerspenstig: »Bei BDSM geht es um den Lustgewinn, sowohl vom Subbie als auch vom Top.«

Der Marquis runzelte zornig seine Stirn und legte die Gerte quer unter Hannahs Kinn. Grob drückte er es hoch, sodass sie seine Macht spürte. »Erst einmal bekommst du fünf Schläge, weil du die Sub zuerst genannt hast. Wohin ich schlagen werde, hast du mir schon verraten, natürlich auf deinen Busen.«

»Aber das mag ich nicht.«

»Genau deshalb.« Seine Stimme troff vor Genugtuung. »Zweitens wirst du während der Schläge eine Krokodilklammer an deiner Schamlippe tragen, weil du so dreist bist und Lust von deinem Herrn erwartest, dabei hast du rein gar nichts zu erwarten. Du bist meinem Wohlwollen ausgeliefert und wirst um Orgasmen flehen, manchmal erfolgreich – manchmal vergeblich.«

Sie schüttelte zaghaft den Kopf, denn sie begriff langsam, dass mit diesem Herrn nicht gut Kirschen essen war. »Bitte, nicht die Zahnklammer. Ich sagte doch, dass ich die nicht will. Sie tut so schrecklich weh.«

»Genau deshalb werde ich sie dir anlegen. Und drittens –«

»Was habe ich noch falsch gemacht?«

»Du hast das Wörtchen ›aber‹ schon wieder benutzt, obwohl ich es dir verboten habe.« Er schnalzte. »Wir werden viel Spaß miteinander haben, denn du bettelst mit jedem Satz um eine Strafe.«

»Warum?«, fragte Hannah und konnte sich selbst kaum verstehen, da sie so leise sprach. »Warum sind Sie so hart zu mir?«

Lächelnd streichelte er ihre Wange und nahm die Gerte weg. »Nicht hart, sondern konsequent. Du bist keine Sklavin, sondern musst erst noch zu einer erzogen werden. Du bist so sehr mit Fehlern behaftet, dass sich kein Dominus herablassen sollte, sich mit dir zu beschäftigen, weil du es nicht wert bist. Also danke mir, dass ich die Last deiner Erziehung auf mich nehme.«

Seine Worte trafen sie ins Herz. Sie war kein fehlerhaftes, wertloses Nichts. Warum machte diese Erniedrigung sie nur so geil?

»Dein größter Fehler ist dein Stolz – *ton fièrement*! Du gibst vor, eine Sklavin zu sein, bist aber zu stolz, dich zu unterwerfen, und denkst, du könntest den Top manipulieren, doch als Bottom liegt dein Schicksal in seiner Hand. Daher rate ich dir, leide für mich, schöne Hannah, gib dich dem Schmerz genauso wie der Geilheit hin, damit ich zufrieden mit dir bin. Ansonsten beginne ich von vorne und treibe meine Späße noch ärger mit dir.«

Hannah war wie paralysiert. Sie wagte kaum zu atmen, weil seine Macht sie fest im Griff hatte. Sein Lächeln erschien ihr wie eine bittersüße Drohung, wie die Ruhe vor dem Sturm. Ihr war angst und bange. Sie wollte fliehen, nur um im nächsten Moment endlich von ihm gepeinigt und danach gevögelt zu werden. Würde er sie ficken oder ahnte er ihre Wünsche und tat genau das Gegenteil?

Dieser Marquis d'Agonie, wer auch immer hinter dem Namen steckte, war ein Teufelskerl!

Er griff an Hannahs Rücken. Während er ihr in die Augen schaute, öffnete er provozierend langsam die Schnüre ihres Korsetts.

»Ich möchte nicht –« Da sein Blick sich verdunkelte, brach

sie ab und sagte stattdessen: »Bitte, lassen Sie mich das Korsett tragen.«

»Formuliere deine Frage unterwürfiger«, herrschte er sie an.

Sie überlegte, aber es fiel ihr schwer, da er so nah vor ihr stand. Seine Präsenz besaß etwas überwältigend Bedrohliches. »Ich, nun, ich bitte Sie von ganzem Herzen, mir wenigstens dieses Kleidungsstück zu lassen.«

»Das kannst du besser«, erwiderte er, ohne mit dem Lösen der Schnüre aufzuhören.

Hannah beeilte sich zu sagen: »Bitte, verehrter Marquis, ich flehe Sie an, erweisen Sie mir die Gnade, das Korsett tragen zu dürfen.«

Er nickte. »Es geht also doch.«

Das Gefühl der Demütigung wich der Erleichterung. Als er jedoch ein Messer zückte, die gelockerten Schnüre durchschnitt und ihr das Korsett förmlich vom Körper riss, war sie völlig verwirrt. »Ich habe getan, was Sie wollten. Warum …?«

Der Marquis baute sich vor ihr auf und sagte von oben herab: »Wer hat behauptet, dass ich deiner Bitte nachgeben muss, sobald du dich vor mir erniedrigst? Du kannst froh sein, dass ich den kostbaren Stoff nicht zerschnitten habe, sondern nur die Schnüre, die günstig ersetzt werden können. Also, solltest du mir jetzt nicht deine Dankbarkeit erweisen?«

Hannah kochte vor Wut. »Wieso soll ich mich klein machen, wenn es nichts nutzt?«

Der Marquis vergrub seine Hand in ihren langen, roten Haaren und zog ihren Kopf schmerzhaft nach hinten. »Weil du gut daran tust, alles, wirklich alles, zu versuchen, um mich milde zu stimmen. Denn wenn du weiterhin eine stolze Sklavin sein möchtest, wirst du dies ertragen müssen.« Er kramte mit der freien Hand in seiner Hosentasche.

Dann durchfuhr Hannah ein starker Schmerz. Der Marquis

hatte eine Klammer an ihre rechte Schamlippe gesetzt, und es war eine mit Zähnchen, die sich nun in ihr zartes Fleisch bohrten. Hannah hätte ihm am liebsten die Augen ausgekratzt, aber sie konnte lediglich in ihren Fesseln zappeln. Schimpfsalven lagen ihr auf der Zunge, doch kein Wort kam über ihre Lippen, weil sie unfähig war zu sprechen. Sie biss die Zähne zusammen und spürte, dass ihre Augen feucht wurden. Der Schmerz war unerträglich. Sie hasste ihn! Doch als der Marquis seinen Daumen auf ihre Klitoris drückte, kamen zu den Schmerzwellen Wogen der Lust dazu.

Sanft säuselte er in ihr Ohr: »Ich will meine Sklavin nackt sehen, denn sie besitzt nichts außer ihrer Geilheit, die sie mir zum Geschenk macht. Ich verlange jede Regung ihres Körpers zu sehen, möchte jeden Leberfleck an ihr kennen und die Stellen aufspüren, an denen sie besonders empfindlich ist.«

Hannah war benommen. Der Schmerz setzte ihr zu, genauso wie die Demütigung. Obwohl es nur eine Äußerlichkeit war, fühlte sie sich vollständig nackt, sogar noch ausgelieferter als mit Korsett, das zwar nicht viel verhüllt hatte, aber eine Art Schutzpanzer gewesen war. Nun war sie auf ihren Körper reduziert. Jede Unzulänglichkeit kam zum Vorschein. Eine weitere Erniedrigung auf dem steinigen Weg zur echten Sklavin.

»Ich sehe ein, dass ich zu viele Einschränkungen gemacht habe«, jammerte sie und schniefte.

»Wohl eher Vorschriften«, maßregelte er sie.

»Es tut mir aufrichtig leid. Ich bettele auch darum, ich tue alles, nur bitte nehmen Sie die Krokodilklammer ab. Sie bringt mich um.«

Der Marquis ließ seinen Daumen über ihren Kitzler kreisen, sodass Hannah vor wachsender Geilheit erzitterte. »Du genießt die Qual, das ist offensichtlich. Es gibt keinen Grund, dich davon zu erlösen.«

Bevor sie zum Höhepunkt kam, nahm er den Daumen weg. Wie zufällig stieß er gegen die Klammer. Hannah gab einen spitzen Schrei von sich. Ihr Körper versteifte sich. Sie zog an den Fesseln, die unnachgiebig ihre Arme und Beine gespreizt hielten.

»Ich will kein Barbar sein und sehe, dass du mehr leidest, als du ertragen kannst, daher biete ich dir einen Tausch an.« Er lächelte hinterhältig. »Ich entferne die Klammer mit den hässlichen Zähnchen sofort, wenn du bereit bist, einige Schläge auf die Klit hinzunehmen.«

»Niemals!«, schoss es aus Hannah heraus.

Er nickte. »In Ordnung, dann lassen wir die Klammer eben dran.« Kaum hatte er es ausgesprochen, schnippte er mit dem Finger gegen ihre Nippel, immer und immer wieder.

Über Hannahs Gesicht liefen dicke Tränen. Sie schluchzte und zog undamenhaft die Nase hoch. Ihr Atem überschlug sich. Hemmungslos flennte sie. Sie wollte schreien, aber die Schreie blieben ihr im Hals stecken.

Dann endlich brachte sie ein klägliches »Ja« heraus.

Zufrieden hörte er auf. Erst als er über die Innenseite ihrer Schenkel strich, bemerkte Hannah, dass wieder Mösensaft ihre Beine hinunterfloss. Der Marquis fuhr mit seinen Fingerspitzen durch den Saft und verteilte ihn auf Hannahs Lippen. Angewidert drehte sie das Gesicht zur Seite, aber ein Entkommen war unmöglich. Warum hatte sie sich nur von ihm ans Andreaskreuz fesseln lassen? Und wieso wollte sie, trotz aller Qual, dass er weitermachte?

»Ich will dich nicht brechen, Hannah«, sprach er sanft und leckte den Mösensaft von ihren Lippen. »Ich will dir nur deinen verdammten Stolz austreiben, denn der steht einer Sklavin nicht, und das ist es doch, was du sein möchtest, oder?«

»Ja, Herr.« Instinktiv neigte sie den Kopf nach vorne, um ihn zu küssen, doch er zog sich zurück.

»Du versuchst schon wieder, das Spiel zu lenken.«

Verlegen senkte sie den Blick. Sie schämte sich, weil er nun wusste, dass sie ihn trotz allem, was er ihr angetan hatte, begehrte.

Er legte die Hand unter ihr Kinn und hob es dann an. Diesmal sah sein Lächeln ehrlich aus. »Ich fasse den versuchten Kuss als Kompliment auf. Aber nun kommen wir zu den Schlägen auf deinen Busen. Du wirst sie ertragen, habe ich recht?«

Obwohl sie unsicher war, antwortete sie: »Ja, verehrter Marquis.«

Während er einige Schritte zurückging und das flache Ende der Gerte auf ihren Busen legte, als wollte er damit sein Ziel markieren, dachte Hannah an Oliver, dem sie ständig sagen musste: ›Lass mich doch vor dir niederknien‹ oder ›Du könntest mich doch über den Schoß legen und mir den Hintern versohlen.‹ Jetzt wusste sie, dass ihre Sessions mit Oliver Kinderkram gewesen waren.

Ihre Gedanken wurden vom ersten Schlag unterbrochen, der nicht fest war, aber einen Vorgeschmack auf das lieferte, was folgen würde. Ihr Brustkorb hob und senkte sich, weil sie Angst hatte. Der zweite Schlag traf dieselbe Stelle, nur diesmal fester. Hannah presste die Lippen aufeinander und stöhnte. Beim dritten Schlag zuckte sie so stark zusammen, dass der Schmerz an der Schamlippe, an der die Klammer noch immer saß, zunahm. Er breitete sich ebenso aus wie der Schmerz in der Brust.

Zwei pulsierende Stellen, die Hannahs Erregung anfachten.

Dem vierten Schlag, wieder auf dieselbe Stelle, versuchte sie instinktiv auszuweichen, weil die Hiebe an Intensität zunahmen, und sie ahnte, dass der nächste wehtun würde. Das tat er auch. Ausweichen war unmöglich. Sie presste einen unterdrückten Schrei hervor und starrte ungläubig auf den roten Fleck, der ihr Tittchen markierte. Ein Fremder schlug ihre Brust, das war unfassbar. Schläge auf ihren Hintern und auf die

Rückseite ihrer Oberschenkel waren in Ordnung für sie. Aber doch nicht auf den Busen.

Noch unfassbarer war jedoch, wie stark ihre Erregung dadurch in die Höhe schoss. Ihre Tittchen foltern zu lassen war für Hannah ein Tabu gewesen, eine Grenze, die der Marquis nun durchbrochen hatte. Und so schlimm war der Schmerz doch gar nicht.

Kaum hatte sie eine gewisse Art von Erleichterung verspürt, schlug der Marquis ein fünftes Mal zu. Den letzten Schlag platzierte er nicht auf die bewährte Stelle, sondern auf die Brustwarze. Hannah schrie ihren Schmerz und ihre Überraschung heraus. Ihr Nippel pochte. Er fühlte sich heiß an. Hart und hochrot stand er hervor.

Der Marquis massierte Hannahs Klitoris. »Hast du mir nichts zu sagen?«

Zuerst verstand sie nicht, dann dämmerte ihr, was er hören wollte. »Ich danke Ihnen, Herr, für diese Züchtigung.« Ihre Geilheit schwoll durch seine Stimulation schnell an. Hannah verdrehte ihre Augen vor Lust und war kaum fähig, seinen Worten zu folgen.

»Brav. Mit jedem Schlag ist dein Stolz ein Stück mehr gebröckelt. Nun folgt die Klit.«

Erschrocken sah sie ihn an. Sie wollte widersprechen und ihn im nächsten Moment anbetteln, es nicht zu tun, aber das würde ihn nur noch mehr gegen sie aufbringen.

Außerdem raubte die Geilheit ihr den Atem. Quälend langsam rieb er ihren Kitzler, steckte ihr seine Zunge tief in den Hals, sodass ihr noch weniger Luft zum Atmen blieb. Der Zungenkuss schmeckte himmlisch. Sie fühlte sich beflügelt. Bald würde sie kommen. Ihre Muskeln verkrampften sich. Sie zog an den Fesseln. Der Orgasmus war zum Greifen nah.

Doch der Marquis ließ von ihr ab.

Enttäuscht, aber berauscht säuselte sie: »Herzlichen Dank für den umwerfenden Kuss, den Sie mir gnädigerweise gewährt haben.«

Hannah erkannte sich selbst nicht wieder. Sie kam sich vor wie Wachs in seinen Händen, ein Gefühl, das sie bisher nicht gekannt hatte. Dadurch, dass sie sogar im Spiel mit Oliver die Kontrolle behalten hatte, hatte sie sich auch nie wirklich hingegeben. Sie begehrte den Marquis. Sie wollte ihren Stolz über Bord werfen und sich ihm beugen. Er hatte sie dazu gebracht, und sie war ihm dankbar dafür.

Der Marquis d'Agonie legte die Gerte an den Kitzler. Kurz schaute er Hannah in die Augen, dann holte er aus und schlug zu, aber nicht nur ein Mal, und er gönnte ihr auch keine Pause zwischen den Hieben.

Kurze, nicht allzu feste Schläge prasselten konstant auf Hannahs Klitoris.

Ohne Unterlass malträtierte der Marquis ihre Klit, die durch die Massage zuvor höchst empfindlich war. Hannah wand sich unter den Schlägen. Sie wollte die Schenkel schließen, was unmöglich war. Sie zuckte und zappelte hilflos in ihren Fesseln, bis sich ihr Unterleib zusammenzog und der Orgasmus sie erschütterte. Flüssigkeit schoss aus ihrer Möse hervor. Hatte sie etwa soeben abgespritzt?

Ihre Augen waren geschlossen und Tränen flossen ihre Wangen hinab, als der Marquis endlich aufhörte, ihre Klit zu schlagen. Er entfernte die Klammer, Hannah schrie auf und lehnte sich schluchzend an seine Schulter.

Nach einer Weile band er sie los und fing sie auf. Er trug sie zu einem roten Ledersofa, das in der Ecke stand.

Hannah genoss die Nähe und seine Umarmung und dachte, wie seltsam es doch war, dass sie kein einziges Mal in Erwägung gezogen hatte, das Safeword auszusprechen.

Vorsichtig bettete er sie auf die Couch und säuselte: »Dein Herr daheim ist ein Versager. Er weiß dich nicht zu erziehen. Ich erwarte dich morgen pünktlich um zwanzig Uhr in Grunewald. Knie dich nackt vor meine Haustür und warte, bis ich dir die Gnade erweise, dich hereinzulassen, egal, wie lange es dauert. Und dann wirst du dich ausgiebig um meine Bedürfnisse kümmern.« Er steckte ihr eine Visitenkarte zu.

Verdutzt öffnete Hannah die Augen. Ein erwartungsvolles Prickeln floss durch ihren Körper. Sie lächelte den Marquis unterwürfig an. Gehorsam nickte sie. »Wie Sie befehlen, mein Herr.«

Die Lehre der Disziplin (Tokyo)

Disziplin wurde Michiko schon als Kind eingetrichtert. Nach der Schule fuhr ihre Mutter sie erst zum Ju-Jutsu-Unterricht und dann zum Kalligraphie-Kurs. Abends erlaubte ihr Vater ihr erst zu Abend zu essen und sich schlafen zu legen, wenn sie vorher zwanzig Minuten meditiert hatte. Für ein Kind war es eine wahre Strafe, ruhig sitzen zu bleiben. Aber meist war Michiko so müde, dass sie sogar einschlief, worauf ihr Vater sie weckte, indem er ihr mit einem Reisigbündel auf den Rücken schlug.

Aber Michiko war ihren Eltern dankbar. Sie hatte zwar kaum Freunde, schaffte es jedoch mit sechzehn, in die Malklasse der ehrenwerten Lehrerin Samsu-sama aufgenommen zu werden. Alleine zog sie von Kyoto nach Tokyo. Weg von ihren strengen Eltern hin zu noch mehr Disziplin. In der Zeichenschule wurde sie Tag und Nacht gedrillt, um ihren Malstil zu perfektionieren. Auch mithilfe von Birkenreisig, das ihren Rücken zeichnete. Michiko war eine der besten Schülerinnen.

Jedoch wurde ihre Aufmerksamkeit mehr und mehr abgelenkt, als sie die Shunga entdeckte. Frühlingsbilder, Kopfkissenbilder, Spiegelbilder, Bilder zum Lachen, Kopulationsbilder, wollüstige Bücher, gefühlvolle Drucke, geheime Bilder … sie besaßen tausend verschiedene Namen.

Aber darauf zu sehen war immer nur das eine: Sex.

Egal ob sie Michiko in Form von Gemälden, Holzdrucken oder Tuschezeichnungen begegneten, sie starrte wie gebannt darauf. Erotische Träume verfolgten sie nachts, sodass sie schweißgebadet aufwachte. Ständig masturbierte sie, um sich auf das Malen konzentrieren zu können. Die Geilheit lenkte sie ab. So konnte es nicht weitergehen. Sie verlor alles, was sie besaß: ihre Disziplin.

Dann hörte sie von Sensei Masatoshi. Er war ein Altmeister der Shunga und lebte zurückgezogen am anderen Ende Tokyos. Heimlich stellte sie Nachforschungen über ihn an. Er nahm nur noch hin und wieder einen Privatschüler an, ansonsten lebte er für die Kunst. Sie rechnete sich keine großen Chancen aus.

Aber an ihrem einundzwanzigsten Geburtstag machte sie sich selbst ein besonderes Geschenk: Sie nahm all ihren Mut zusammen und suchte Meister Masatoshi auf.

Seine Wohnung war enttäuschend. Kein großes Atelier. Keine hellen Räume mit gutem Licht zum Malen und Zeichnen. Er lebte in einer kleinen dunklen Wohnung im obersten Stockwerk eines alten Hochhauses. Sonnenstrahlen hatten es schwer, in das Apartment zu dringen, weil er alle Fenster mit großen Pflanzen zugestellt hatte. Überall lagen Malutensilien herum, Bücher stapelten sich auf den Kommoden und Wollmäuse bevölkerten die Ecken.

Wenig einladend, fand Michiko, wären die Wände nicht mit Shunga tapeziert gewesen.

Fasziniert blieb sie im Eingangsbereich stehen und schaute sich um. Überall hingen erotische Bilder. Masatoshi-sama war umgeben von Riesenschwänzen, Mösen und Tittchen, wild kopulierenden Paaren, Heteros, aber auch Frauen, die es mit Frauen trieben, und Männer, die es mit Männern taten. Michiko wurde ganz schummrig, als sie die private Ausstellung betrachtete, die Anhäufung erotischer Kunst, die kaum jemand mehr zu sehen bekam, da Sensei Masatoshi keinen Wert auf ein Sozialleben legte.

»Ich nehme keine Schüler mehr an«, wies er sie ab.

Michiko verneigte sich vor ihm so tief, wie sie nur konnte. Ihr streng zusammengebundener schwarzer Haarzopf fiel ihr über die Schulter nach vorne. »Bitte, verehrter Meister. Ich bin sehr an der Shunga-Kunst interessiert und würde alles dafür tun, um von Ihnen unterrichtet zu werden.«

Er beäugte sie kritisch. »Alles?«

Schüchtern nickte sie. »Es würde mir viel bedeuten, Ihre Schülerin zu werden. Sie sind der beste Maler dieser Kunstrichtung.«

»Ich habe keine Lust mehr, mich mit euch jungen Dingern rumzuärgern.« Übellaunig winkte er ab. »Ihr kommt und geht, wann es euch passt, und interessiert euch heute für dies und morgen für jenes.«

Erneut verbeugte sie sich tief. Sie erzählte ihm von ihrem Leben, der Disziplin, die sich wie ein roter Faden durch ihr Leben zog, und sah ihm an, dass er nicht unbeeindruckt blieb. »Prüfen Sie mich eine Weile, Masatoshi-sama. Sie können mich doch später immer noch wegschicken.« Dann holte sie einige Bilder, die sie angefertigt hatte, aus ihrer Mappe hervor und zeigte sie ihm.

Er betrachtete die Bilder und runzelte die Stirn, was sein Gesicht noch faltiger machte, als es ohnehin schon war. Seine Arme hatte er vor seinem grauen Yukata verschränkt. Vielmehr als einen Sommerkimono und schwarze Zori, Hauspantoffeln, trug er nicht. Seine weiß-grauen Haare waren nicht gekämmt. Auf den ersten Blick hatte es den Anschein, als würde er sich nicht um sein Aussehen kümmern, doch er roch nach herbem Duschgel und sein Gesicht war glatt rasiert.

»Folge mir«, sagte er schließlich.

Michikos Herz machte einen freudigen Sprung. Scheu folgte sie ihm in die Küche und beobachtete, wie er einen Futternapf vom Boden nahm, ihn mit Milch füllte und wieder abstellte. »Haben Sie einen Hund, Masatoshi-sensei?«

»Mein Shiba-Inu ist leider verstorben, aber vielleicht bekomme ich ja bald einen neuen.« Dann deutete er auf den Napf. »Prüfung Nummer eins: Trinken wie Shiba.«

Fassungslos riss sie die Augen auf. Hatte sie sich verhört?

Das erste Mal, seit Michiko seine Wohnung betreten hatte, lächelte er. »Du hast doch gesagt, du würdest alles tun, um meine Schülerin zu werden. Eine leere Behauptung, es sei denn, du lässt ihr Taten folgen.«

Ungläubig blickte sie auf den Milchnapf. Die Situation erinnerte sie an ein Kopfkissenbild, das sie einmal in einem Museumskatalog gesehen hatte: eine blutjunge Frau, die auf allen vieren kniete und Milch aus der Hand einer Älteren schlürfte, während ein alter Mann hinter der Jungen hockte und seine Hand in ihr enges Loch steckte. Das Bild erweckte den Anschein, als hätte die ältere Frau die junge angelockt, damit ihr Ehemann über sie herfallen konnte. Höchst unanständig – gerade deshalb hatte es sich in Michikos Gedächtnis eingebrannt.

Sie ließ sich langsam auf die Knie nieder. Sie konnte kaum glauben, dass sie sich so erniedrigte. Aber Sensei Masatoshi war es wert! Außerdem war sie es gewohnt, Befehle zu befolgen. Nur hatten diese bisher nie bewirkt, dass ihr Fötzchen plötzlich wie verrückt anfing zu kribbeln. Am liebsten hätte sie sich gekratzt. So lange, bis sie von dem Kribbeln erlöst worden wäre.

Stattdessen neigte sie ihren Oberkörper und führte ihr Gesicht nah an den Napf heran. Sie war sich bewusst, dass sich ihre Kehrseite Masatoshi auf anzügliche Weise präsentierte. Eng spannte sich ihre blaue Stoffhose um ihre Arschbacken. Ihre weiße Tunikabluse hing bis auf die alten Dielen hinab. Ihre Oberarme zitterten leicht, als sie ihre Zunge herausstreckte und das erste Mal Milch leckte.

Im Augenwinkel sah sie Masatoshi. Er stützte die Arme auf seinen Oberschenkeln ab und beugte sich ein wenig herunter, damit er besser sehen konnte.

Es war beschämend. Michiko erniedrigte sich selbst. Es fühlte sich schlimm und gut zugleich an. Erneut schleckte sie Milch. Ihr Puls beschleunigte sich. Dort, wo vor einiger Zeit der Hund gefressen und getrunken hatte, kniete nun sie und trank aus dem Napf.

Was tust du hier, fragte sie sich. Stellst die Shunga nach, wie ein naives Dummchen.

Aber Masatoshi-sensei fiel nicht über sie her. Er berührte sie nicht einmal mit dem kleinen Finger. Das beruhigte sie, seltsamerweise spürte sie jedoch auch eine gewisse Enttäuschung.

Eifrig leckte sie die Milch. Immer wieder tauchte ihre Zunge in den Napf. Milch lief über ihr Kinn und tropfte auf den Boden.

»Wirst du das wohl aufwischen!«, zischte der Meister aufgebracht. Bevor sich Michiko erheben konnte, zeigte er auf die Flecken. »Mit deiner Zunge natürlich.«

Hitze stieg in Michiko auf. Sie schwitzte und schämte sich dafür. Demut und Gehorsam hatte man sie von Kindesbeinen an gelehrt, aber nun fiel es ihr trotzdem schwer, sich so weit nach unten zu neigen, dass ihr Mund beinahe die Dielen berührte. Ihr Atem beschleunigte sich. Sie starrte auf die weißen Tropfen – und dachte an Sperma.

Du bist verdorben, schimpfte sie sich. Die Situation machte sie an. Dabei stellte Masatoshi sie auf die gleiche Stufe mit seinem verstorbenen Hund. Aber war der Shiba-Inu nicht sein treuster Gefährte gewesen, so zurückgezogen, wie der Sensei lebte?

Zaghaft leckte sie den ersten Milchspritzer vom Boden. Es war gar nicht so schlimm, wie sie gedacht hatte. Es schmeckte nicht komisch, sondern kostete lediglich Überwindung. Sie fasste sich ein Herz und wischte alles mit ihrer Zunge auf, um dem Sensei ein für alle Mal zu beweisen, dass sie es ernst meinte. Unter allen Umständen wollte sie seine Schülerin werden. Davon hatte sie seit Jahren geträumt.

»Ich bin beeindruckt«, sagte er anerkennend und half ihr beim Aufstehen. Er gab ihr ein Glas Wasser, wischte ihr die Milch vom Kinn und musterte sie von oben bis unten. »Du wirst bei mir einziehen müssen. Mein Unterricht dauert den ganzen Tag. An- und Abreise sind Zeitverschwendung. Du wirst kaum zum Schlafen kommen. Bist du dazu bereit?«

»Hai, Sensei!«, antwortete sie rasch.

»Was kannst du zahlen?«

Betreten schaute sie auf ihre Schuhe. »Ich habe nicht viel Geld, und wenn ich den ganzen Tag Unterricht habe, werde ich nicht arbeiten gehen können. Vielleicht schicken mir meine Eltern ein paar Yen.« Sie durfte nur nicht erwähnen, dass es um die Kunst des Shungamalens ging.

Unwirsch winkte er ab. »Drei Jahre dauert das Basisstudium. In dieser Zeit wirst du deine Eltern und auch sonst kaum jemanden sehen. Du wirst dich auf mich konzentrieren, auf das Malen von Kopulationsbildern. Ich will nicht, dass du von deinen Eltern abhängig bist.« Er grübelte. »Du wirst meinen Haushalt führen. Und mir Modell stehen. Gut, das wird als Bezahlung ausreichen.«

Michiko lächelte überglücklich. Sie warf sich auf den Boden und verneigte sich so tief, dass ihre Stirn den Boden vor seinen Füßen berührte. Das hatte sie noch vor niemandem getan. Jetzt war der richtige Moment dazu, es fühlte sich gut an.

»Aber sei dir bewusst, dass ich dich erst nach drei Jahren gehen lassen werde und keinen Tag früher. Unter Umständen werde ich dich auch mit Gewalt gefügig machen«, kündigte er drohend an. »Ich bin alt und sehe nicht ein, meine kostbare Zeit damit zu verschwenden, mich mit dir abzumühen, und dann brichst du das Studium aus einer Laune heraus ab. Solltest du heute einwilligen, gehörst du mir für die nächsten drei Jahre. Hast du das verstanden?«

Nun wurde ihr angst und bange. Das Studium bei Meister Masatoshi würde anstrengender werden, als sie es sich vorgestellt hatte. Wie anstrengend, das erfuhr sie schon sehr bald.

Sie zog bei ihm ein. Schon am ersten Tag nahm er ihr alles weg, was sie mitgebracht hatte, und sperrte ihre Kleidung in einem Schrank ein, damit Michiko von nichts abgelenkt wurde. Lediglich einen Yukata gestand er ihr zu. Darunter war sie nackt.

Am Anfang prüfte er sie. »Zeig mir, was du kannst«, sagte er zu ihr und ermahnte sie: »Und gib dir Mühe, sonst werde ich einen Weg finden, dich zu motivieren.«

Michiko war hoch motiviert! Sie malte ein wollüstiges Bild nach dem anderen, doch Meister Masatoshi zerriss jedes einzelne.

»Das kannst du besser. Fang von vorne an.« Er holte eine Kerze und entzündete den Docht. »Du bist mit deinen Gedanken nicht hundertprozentig bei den Shunga. Konzentriere dich, stell dir vor deinem geistigen Auge vor, wie das Bild aussehen wird, und dann zeichne es. Lass deine Fantasie lebendig werden.«

»Hai, Sensei«, antwortete sie artig und verneigte sich so tief, dass sie beinahe die Tatami-Matte, auf der sie vor der kleinen Staffelei kniete, küsste. Ihre Knie schmerzten bereits, weil die Reisstrohmatte nicht nur so alt war, dass sie sich schon gelbbraun verfärbt hatte, sondern auch aufgeraut war, als hätten schon viele Schüler darauf gesessen.

»Ja, Meister«, äffte er sie nach. »Das kommt dir leicht über die Lippen. Aber ich werde deine Konzentration testen. Solltest du versagen, werde ich dich bestrafen, damit du dich beim nächsten Bild intensiver bemühst.«

Dankbar verneigte sie sich, doch sie war nervös. Würde sie diese Prüfung bestehen? Sie schielte ängstlich zu der Kerze in Masatoshis Hand. Dann schloss sie ihre Augen, um sich das Kopfkissenbild, das sie malen wollte, vorzustellen. Dem Meister würde es sicherlich besser gefallen, wenn darauf eine Frau zu sehen sein würde. Möglicherweise würde ihn das milde stimmen.

Als Michiko ihre Augen öffnete, begann sie sofort zu malen. Ohne zu zögern, setzte sie einen Pinselstrich nach dem anderen und zauberte Strich für Strich eine Geisha in einem kunstvoll verzierten, geöffneten Kimono auf das Papier. Die Frau hatte ihre Schenkel gespreizt und schob gerade den Griff ihres Fächers in ihre Möse. Sie hatte rote, geschwollene Schamlippen; die kleinen und großen wurden mit jeweils sechs Klammern zusammengehalten, damit sie ihr nicht im Weg waren und sich das Blut auf köstliche Weise staute. Ihr Fötzchen in Großaufnahme!

Plötzlich tropfte Masatoshi etwas Kerzenwachs auf Michikos Dekolleté. Das Wachs floss zwischen ihren Tittchen hindurch unter ihren Yukata und erkaltete erst auf ihrem Bauch.

Erschrocken gab Michiko einen Schrei von sich. Ihre Hand krampfte sich um den Pinsel.

»Nicht schreien! Du musst dich auf das Malen konzentrieren. Alles andere zählt nicht.« Der Meister zeigte auf das Bild. »Weiter!«

Michiko sah, dass sie vor Schreck einen falschen Pinselstrich gezogen hatte und korrigierte ihn rasch. Ihr Atem beschleunigte sich, als Masatoshi ihren Yukata ein Stück beiseite schob, sodass ihre Brüste zu sehen waren. Ihre Nippel lugten hervor.

Erigiert standen sie ab. Michiko schämte sich für die Reaktion ihres Körpers und tauchte gedanklich wieder in das Shunga ein.

Zumindest bemühte sie sich. Aber der Meister machte es ihr nicht leicht.

Er goss einen ganzen Schwall Kerzenwachs über ihre linke Brust. Zuerst hatte er die Kerze hochgehalten, war dann jedoch immer näher an ihre Haut herangekommen. Nur weil die unterste Wachsschicht bereits stockte, konnte Michiko den Schmerz ertragen.

Fest biss sie ihre Zähne zusammen, um nicht zu schreien. Sie redete sich ein, dass das heiße Wachs gar nicht so arg wehtat und sie durch die Tortur eine bessere Malerin werden würde.

Ihre Tittchen wogten auf und ab. Das milchige Wachs erinnerte sie an die Muschi der Geisha auf ihrem Bild, und sie malte rasch etwas Mösensaft, der zwischen den Schamlippen hervorsickerte und den Fächer besudelte.

»Wie ich sehe, inspirieren dich meine Lehrmethoden. Das ist gut.« Masatoshi klang beeindruckt. Er schob Michiko den Yukata von ihren Schultern.

Nun war ihr Oberkörper entblößt. Sie tat so, als würde sie es gar nicht bemerken, aber es machte sie an, nackt vor ihm zu sitzen und der Geisha dezente rote Striemen auf die Tittchen zu zeichnen, als hätte sie sich mit dem Fächer selbst geschlagen.

Die nächsten Wachstropfen trafen ihren rechten Nippel.

Michiko sog hörbar die Luft zwischen ihren geschlossenen Zähnen ein. Leise winselte sie, schwieg jedoch rasch wieder und versuchte, sich weiterhin zu konzentrieren. Das war nicht einfach. Schließlich malte sie gerade eine Frau, die es sich selbst besorgte, während ihr Sensei versuchte, sie mit dem Schmerz abzulenken. Ihre eigene Geilheit erwachte.

Sie war es gewohnt, diszipliniert zu sein. Hatte schon früh

erfahren, dass Schmerz motiviert, härter an sich zu arbeiten. Doch nun malte sie lustvolle Bilder. Das machte einen großen Unterschied für sie, denn die Shunga erregten sie.

Die Lust verschmolz mit dem Schmerz.

Das Kerzenwachs, das Masatoshi jetzt langsam über ihr rechtes Tittchen laufen ließ, entfachte ein Feuer zwischen Michikos Schenkeln, das ihr den Atem raubte. Das heiße Wachs war es nicht, was sie vom Malen ablenkte. Sondern ihre Geilheit.

Sie stöhnte – vor Erregung.

Doch ihr Meister verstand es nicht. Er dachte wohl, die Grenze ihrer Belastbarkeit wäre erreicht, denn er stellte die Kerze weg. Dann nahm er das Frühlingsbild und zerriss es. »Das ist katastrophal. Wie von einer Anfängerin. Du musst dich konzentrieren.«

»Ja, Meister«, sagte sie und sah auf das leere Blatt Papier vor ihr. In Gedanken malte sie ein neues geheimes Bild. Diesmal versuchte sie es mit einer klassischen Variante.

Allerdings machte der Rohrstock, den Masatoshi auf einmal in der Hand hielt, sie nervös.

Weil ihre Hand zitterte, malte sie zuerst in groben Zügen eine Frau, die weiche Rundungen besaß und auf dem Rücken lag. Während ihr Oberkörper von Sand umschmeichelt wurde, den eine laue Brise aufwirbelte, umspülte ihren Unterkörper Wasser. Ihre Kleidung lag auf dem Strand, Kleidung, die ein riesiger Oktopus ihr vom Leib gerissen hatte, um sie zu besteigen. Seine Tentakeln glitten über ihren Körper, seine Saugnäpfe hielten sich an ihren Nippeln fest und sein großer, breiter Mund saugte an ihrer Klitoris. Mit einem Arm drang er in ihre Möse, mit einem anderen in ihr enges Loch ein, um ihre beiden Öffnungen gleichzeitig zu nehmen.

Masatoshi legte das Ende des Rohrstocks auf Michikos linke Brust. »Zeichne mit ruhiger Hand.«

Doch durch den Stock und die Warnung konnte sie keinen geraden Strich mehr zeichnen.

Die füllige Frau auf dem Bild schwankte zwischen Entsetzen und Geilheit. Der Kraken saugte und fickte sie und schob sogar einen Tentakel in ihren geöffneten Mund. Ob dieser offen stand, weil die Rubensfrau um Hilfe schrie oder weil sie stöhnte, überließ Michiko dem Betrachter. Gerade diese Provokation machte Michiko an.

In diesem Moment schlug Masatoshi zu. Der Rohrstock verursachte einen starken Schmerz in Michikos Tittchen, sodass sie sich einige Sekunden zusammenkrümmte. Das Wachs bröckelte ab, dort, wo der Stock sie getroffen hatte. Es fiel auf den Boden vor ihren Knien, aber sie beachtete es nicht, sondern malte weiter.

Michiko verfluchte das vermaledeite Pochen in ihrer Möse, weil es eine zusätzliche Ablenkung war. Sie riss sich am Riemen, richtete ihren Oberkörper wieder gerade auf und malte kleine rote Kreise auf die blasse Haut der Frau – Abdrücke der Saugnäpfe. Einige Fangarme hielten die Beine der Überfallenen weit gespreizt, damit sie sich nicht wehren konnte.

Als der Rohrstock Michiko das zweite Mal traf, gab sie einen unterdrückten Schrei von sich. Sie spürte, dass Mösensaft aus ihr herausfloss. Hitze stieg in ihre Wangen. Schwer atmend vervollständigte sie das wollüstige Bild, indem sie einen Tentakel malte, der sich um den Hals der Frau schlang. Würgte der Oktopus sie? Hinderte er sie daran, zu schreien? Oder war der Griff sanft, nur eine sachte Warnung, die bizarre Vergewaltigung ohne Gegenwehr zu ertragen?

Mit dem nächsten Schlag zielte Masatoshi genau auf Michikos Nippel.

Sie schrie auf, presste dann die Lippen aufeinander und schluchzte. Ihre Brustwarze tat höllisch weh, das Blut rauschte hindurch und sie pochte.

Aber der Schmerz erzeugte Geilheit, und die Geilheit beflügelte ihre Fantasie, die sie dazu antrieb, das Shunga auszuschmücken.

Je mehr der Sensei Michiko quälte, desto stärker ließ Michiko die rundliche Frau in ihrem Bild leiden.

»Nicht übel«, sagte Meister Masatoshi. Trotzdem warf er das frisch entstandene Werk in den Mülleimer. »Aber du hast zwei Kopfkissenbilder gemalt, die es so oder so ähnlich schon Millionen Mal gibt. Ein guter Maler bringt seine eigenen Visionen zu Papier.«

Er verließ das Malzimmer, kehrte nach kurzer Zeit zurück und reichte Michiko etwas. »Wir müssen deine Fantasie beflügeln, und das können wir nur durch Geilheit. Nur ein erregter Maler kann erregte Menschen zeichnen. Hier, das hilft dir, in die Szenen einzutauchen.«

Michiko konnte nicht glauben, was sie in der Hand hielt. Es war eine Kette mit zwei weißen Vaginalkugeln. Ungläubig schaute sie zu ihrem Lehrer hoch.

»Führ sie ein.« Er nickte ihr aufmunternd zu. »Ab sofort wirst du sie immer tragen. Ständige Geilheit führt zu hoher Produktivität.«

Michiko wollte sich ins Badezimmer entschuldigen, aber er hielt dies für Zeitverschwendung. Daher öffnete sie im Knien ihre Beine. Sie legte die Kugeln dazwischen und richtete ihren Yukata, damit Masatoshi nichts sehen konnte. Dennoch fachte es ihre Lust an, sich die Kugeln eine nach der anderen in die Möse zu schieben, bis nur noch das Bändchen zum Herausziehen aus ihrem Loch hing, während er ihr zusah.

Chikushou kuso, verdammte Scheiße, fluchte sie heimlich, bist du nass. Die Innenseite ihrer Schenkel und sogar die Reisstrohmatte waren feucht von ihrem Saft. Als sie ihre Position etwas verlagerte, bewegten sich die kleinen Stahlkugeln, die sich in den hohlen Vaginalkugeln befanden. Es war, als würde Michiko von innen berührt werden.

»Bleib ruhig sitzen und sammle deine Konzentration. Ich habe noch andere Dinge zu erledigen und kann nicht immer neben dir sitzen, um dich zu überwachen.«

Er öffnete seine Hand. Auf seiner Handfläche lagen zwei Glöckchen, die an Klammern befestigt waren. Masatoshi kam zu Michiko. Mit dem Fingernagel kratzte er das Wachs von ihren Nippeln und legte ihr die beiden Klammern an.

Sie verzog ihr Gesicht, gab aber keinen Laut von sich.

Der Meister stieß die Glöckchen mit dem Zeigefinger an. »Du wirst dich nicht bewegen, sondern den ganzen Tag über hier sitzen bleiben und Shunga zeichnen. Üben, üben, üben. Solltest du dich rühren, werden dich die Glöckchen verraten, und ich werde kommen, um dich zu bestrafen.« Mit diesen Worten stand er auf und ging.

Michiko war verzweifelt. Sie wusste, dass sie sich würde bewegen müssen, allein schon um ein neues Papier zu nehmen oder um nach den Farben zu greifen. Die Aussicht auf die Strafe machte ihr Angst, aber sie erregte sie auch. Dann die Strafe selbst, denn Masatoshi kam oft, um sie mit dem Rohrstock zu schlagen. Auf ihre Tittchen, ihren Nacken und ihren Rücken.

Als er Michiko endlich erlöste, betrachtete sie ihren nackten Körper vor dem Ganzkörperspiegel in der Schranktür. Zahlreiche rote Striemen zeichneten ihre Alabasterhaut. Das Muster inspirierte sie. Genau diese bizarre Landschaft würde sie auf ihrem nächsten Kopfkissenbild verewigen.

Doch ihre Arbeit war noch nicht beendet. Sie musste erst noch den Haushalt machen und kochen. Bei jeder Bewegung spürte sie die Vaginalkugeln, wie sie in ihr rührten. Die Glöckchen klingelten. Die Klammern bissen in ihre erigierten Nippel. Ihr Körper litt Höllenqualen, während sie die Wohnung putzte und das Essen zubereitete. Sie war völlig benommen von ihrer eigenen Lust.

Meister Masatoshi bemerkte ihre Erregung. Er schob nach dem Essen seinen Teller beiseite und befahl Michiko, sich auf den Futon in ihrem Zimmer zu setzen. »Dein Tag war anstrengend, das sehe ich dir an. Ein Künstler muss erst damit zurechtkommen, wollüstige Bilder zu malen. Alle denken, dass es Spaß macht, mehr Spaß, als Obstschalen zu malen, und sie haben recht. Allerdings baut sich ein großer Druck auf, besonders am Anfang. Dieser Druck muss ein Ventil finden, sonst ist das nicht gut für Leib und Seele.«

Michiko schaute zu ihm auf und runzelte ihre Stirn.

»Besorg es dir, Michiko-san.« Er schob ihren Yukata über ihre Schultern. »Das ist keine Bitte, sondern eine Anweisung, und ich erwarte, dass meine Schüler mir bedingungslos gehorchen.«

Noch immer wagte sie nicht, sich zu rühren.

Da neigte er sich zu ihr hinunter, lockerte den Gürtel ihres Sommerkimonos und richtete sich wieder auf. »Masturbiere! Jetzt sofort. Sonst wirst du diese Nacht keine Ruhe finden, morgen hundemüde sein und keine Leistung bringen können.«

»Aber doch nicht, wenn Sie zusehen, Sensei«, flüsterte sie leise. Er war ihr ehrenwerter Lehrer und ein alter Mann.

Er murrte. »Ich werde dich dabei beobachten müssen, um sicherzugehen, dass du meinen Befehl auch befolgst.«

Michiko errötete. Masatoshi war eine Respektsperson, der sie unbedingt Gehorsam gegenüber zeigen musste. Aber sie schämte sich so schrecklich. Ihre Tittchen hatte er ja schon gesehen, den Rest jedoch nicht. Außerdem hatte sie sich noch nie vor einem Mann gefingert.

»Soll ich den Rohrstock holen?«, fragte er mit harter Stimme. Seine Miene wurde noch grimmiger.

Nein, vom Rohrstock hatte Michiko an diesem Tag wahrlich genug. Ihre Haut brannte immer noch, aber sie genoss das Brennen, weil es sie an die lustvollen Stunden des Malens erinnerte. Trotzdem konnte sie sich nicht überwinden, sich auszuziehen und es sich selbst zu besorgen. Obwohl ihr der Gedanke durchaus gefiel. Aber es sollte eine Fantasie bleiben. Genauso wie das Kopfkissenbild mit dem Oktopus.

»Nun gut«, murrte Masatoshi und verließ das Zimmer.

Er kehrte mit dem Rohrstock zurück und legte Michiko ohne Umschweife das Hundehalsband an, das er in der anderen Hand hielt. Er wickelte die Leine um seine Hand und zog Michiko mit einem Ruck vom Futon. Die Glöckchen an den Nippelklemmen klingelten. Es passierte alles so schnell, dass sie ihren Yukata nicht festhalten konnte. Er glitt von ihrem Körper, sodass sie nackt und auf allen vieren vor dem Meister kniete und nicht wusste, wie ihr geschah. Sie wusste nur eins: Sie trug gerade das Halsband seines verstorbenen Shiba-Inus. Er degradierte sie zum Hund, den er nach seinen Vorstellungen erziehen und abrichten konnte.

Ohne Rücksichtnahme zog er sie aus dem Zimmer heraus, begleitet vom Bimmeln der Glöckchen. Er zerrte an der Leine. Alles ging so schnell, dass sie nicht aufstehen konnte, sondern auf Händen und Knien hinter ihm herlief, als würde er sie Gassi führen.

Er brachte sie ins Badezimmer und zeigte mit dem Rohrstock auf ein Katzenklo, das mit Streu gefüllt war. »Das hat mein Shiba benutzt, als es mit ihm zu Ende ging. Er konnte kaum noch laufen, deshalb habe ich es für ihn gekauft. Nun ist es deins. Keine Sorge, ich habe es gereinigt und desinfiziert, die Streu ist neu. Du wirst es benutzen, es sei denn, du tust, was ich dir befehle, ganz egal, was es ist.«

Michiko versuchte aufzustehen, doch er packte ihren Nacken und drückte sie hinunter.

»Ist es nicht das, was du wolltest?«, fragte er. »Eine strenge Hand, die dich zum Erfolg führt?«

»Ja, aber –«

Barsch unterbrach er sie. »Du wirst lernen, Vertrauen in deinen Sensei zu haben. Ohne eine Vertrauensbasis kann es kein gutes Studium geben. Bist du dazu bereit?«

»Natürlich«, schoss es aus ihr heraus. Er war schließlich der beste Shunga-Maler in Japan. Sie wollte bei ihm lernen. Von ganzem Herzen. Nur waren seine Methoden recht eigenwillig.

Er zerrte sie zum Katzenklo. »Um dir meinen Großmut zu beweisen, überlasse ich dir die Wahl der Strafe. Entweder wirst du den Rohrstock spüren oder in das Katzenklo steigen und pissen wie eine Töle.«

Mit weit aufgerissenem Mund starrte sie ihn an. Sie hatte noch nie die Art einer Bestrafung wählen dürfen, nicht bei ihren Eltern und nicht bei ihren bisherigen Lehrern. Das war eine völlig neue Erfahrung für sie. Dennoch haderte sie mit ihrem Schicksal. Was war das für eine Wahl, wenn beide Möglichkeiten grausam waren?

»Schmerz oder Erniedrigung, für was entscheidest du dich?«, fragte er und lächelte freundlich dabei.

Unsicher schaute sie auf den Rohrstock in seiner Hand, dann zu den Striemen auf ihren Tittchen, die lüstern herabhingen. Nein, den Stock würde sie heute nicht noch einmal ertragen können.

Sie biss auf ihre Unterlippe, damit der Schmerz sie aus ihrer Erstarrung riss. Zaghaft krabbelte sie auf das Katzenklo zu. Ihre Knie taten weh. Sie war fassungslos darüber, was sie gleich tun würde. Ein Gefühlschaos tobte in ihr.

Michiko streckte ihre Hand aus, doch bevor diese das Streu berührte, zuckte sie zurück. Im Augenwinkel sah sie Masatoshi, der drohend näher kam. Daher stieg sie eilig in die Katzentoilette. Die grobe Streu bohrte sich in ihre Handflächen und Knie. Sie hielt den Blick gesenkt, weil es ihr peinlich war, wie sie sich aufführte. Sie verhielt sich wie ein Tier, kroch hinter ihrem Meister her, ließ sich von ihm dressieren und hob sogar das Bein für ihn.

Etwas kitzelte an ihrer Schamlippe. Sie schaute nach, was es war, und erschrak. Das Bändchen der Vaginalkugeln! Michiko hatte die Kugeln ganz vergessen.

»Wag es ja nicht, das Bein herunterzunehmen«, warnte er sie.

Er nahm das Bändchen, das aus ihrer Möse hing, und zog behutsam daran. Langsam kam die erste Kugel aus ihrem Loch. Sie strich quälend sanft über die Innenseiten von Michikos Muschi. Schmatzend gab ihr Fötzchen sie frei. Michiko konnte gerade noch einen Seufzer unterdrücken. Und Masatoshi zog weiter. Langsam rutschte auch die zweite Kugel heraus. Zurück blieb ein Gefühl der Leere.

»Du bist unverschämt nass, Michiko-san«, stellte er fest. »Das Bändchen ist glitschig, auf den Kugeln glänzt dein Saft. Es wird Zeit, dass du masturbierst. Ich meine es nur gut mit dir.«

Michiko schwieg und wünschte sich, die Kugeln fest über ihren Kitzler zu reiben.

»Nun pinkel, wie mein Hund es getan hat«, wies er sie an.

Sein Blick war auf ihre Muschi gerichtet. Michiko hatte zwar immer noch das Bein gehoben, brachte es jedoch nicht zustande, ihren Natursekt fließen zu lassen. Sie hatte noch nie vor jemandem gepisst, zumindest nicht als Erwachsene.

Was ist so schlimm daran, fragte sie sich, als Kind hast du es auch gekonnt.

Aber in dieser Situation besaß das Urinieren eine sexuelle Komponente.

Plötzlich stieß der Meister gegen ihre Brustklammern. Heftig ließ er die Glöckchen klingeln. Ein starker Schmerz zuckte durch Michikos Tittchen. Dieser lenkte sie ab. Sie ließ ihre Unterleibsmuskulatur locker und der Urin schoss von alleine aus ihr heraus. Der warme, gelbe Nektar floss zuerst in einem kräftigen Strahl, wurde dann immer weniger und versiegte schließlich ganz.

»Schüttel die letzten Tropfen ab.« Masatoshis Stimme klang rau vor Erregung.

Doch er fasste Michiko nicht an, sondern ergötzte sich nur an dem Anblick der letzten Tropfen, die von ihrem Fötzchen herabfielen, als seine Schülerin mit dem Hintern wackelte. Ein dunkler Fleck war im Katzenstreu zu sehen, dort, wo es den Urin aufgesaugt hatte.

Der Sensei holte Toilettenpapier und wischte von hinten ihre Möse sauber. Michiko ließ alles über sich ergehen, weil seine Fürsorge ihr guttat.

»Brav«, lobte er sie. Nachdem er sie an der Hundeleine aus dem Tierklo gezogen hatte, entfernte er die Streu, die an ihren Handflächen und Knien klebte. Dann strich er ihr mehrfach über das Haar, als wäre es Fell.

»Und jetzt wirst du es dir besorgen, Michiko-san«, sagte er unnachgiebig. »Du brauchst es. Die Shunga sind dein Aufputschmittel. Das Malen, wenn man es mit Leidenschaft betreibt, ist vergleichbar mit einem Trip. Und der Orgasmus bringt dich wieder runter.«

Er hatte recht. Sie war erschöpft, aber innerlich aufgewühlt. Folgsam trottete sie auf allen vieren hinter ihm her zurück in ihr kleines Zimmer.

»Setz dich auf den Boden, Michiko-san, und spreiz deine Beine so weit, dass deine Füße den Sockel des Kleiderschranks berühren.«

Kurz ließ er sie alleine. Als er mit zwei Peitschen zurückkehrte, nahm sie rasch die befohlene Position ein. Doch er schlug sie nicht, sondern fesselte mit den geflochtenen Lederriemen der Peitschen ihre Fußgelenke an den Sockel des Kleiderschranks. Eine unausgesprochene Mahnung, gehorsam zu sein oder ausgepeitscht zu werden. Nun konnte Michiko ihre Beine nicht mehr schließen.

»Damit du es dir nicht noch anders überlegst.« Er rieb die Handflächen aneinander, drückte ihre Schultern runter, bis Michiko flach auf dem Boden lag, und stellte sich seitlich neben sie. »Es ist schon spät. Ein alter Mann braucht seinen Schlaf. Nun mach endlich! Du strapazierst meine Geduld, und wenn du zu weit gehst, wird das üble Folgen für dich haben.«

Zögerlich glitt ihre Hand zwischen ihre Beine. Sie ertastete das weiche, warme Fleisch ihrer Möse. Kaum spürte sie ihre Fingerspitzen auf ihren Schamlippen, wuchs das Prickeln an. Einen Augenblick lang guckte sie Meister Masatoshi an. Er beobachtete sie. Mal ihr Gesicht, mal das Spiel ihrer Finger. Beschämt drehte sie den Kopf zur Seite.

Doch er neigte sich zu ihr und drehte ihn wieder in seine Richtung. »Du solltest mir danken, dass ich dich nicht zwinge, mich anzuschauen, aber ich verlange, jede Regung auf deinem Gesicht zu sehen. Nur so kann ich prüfen, ob du auch wirklich kommst und mir nichts vorspielst.«

Das leuchtete ihr ein. Einfacher machte es das Masturbieren jedoch nicht. Sie schämte sich sehr. Seltsamerweise steigerte diese Verschämtheit jedoch ihre Geilheit, aber sie war zu müde, um darüber nachzudenken, weshalb das so war.

»Danke, Sensei«, antwortete sie und entschloss sich, auf seine Schuhe zu starren, um nicht instinktiv wieder ihr Gesicht abzuwenden.

Ihre Finger verteilten ihren Mösensaft auf ihrem Fötzchen. Das Blut rauschte durch ihre Schamlippen. Ihr Kitzler pochte vor Erwartung, weil er gleich Erlösung finden würde. Michiko war wie elektrisiert. Ihr ganzer Körper war angespannt, als sie sich ein wenig aufsetzte, um zwei Finger in sich hineinzuschieben. Sie fickte sich selbst, wühlte in ihrer Muschi und holte ihren Saft heraus. Mit den beiden glitschigen Fingerspitzen begann sie, ihre Klitoris zu massieren. Einen kurzen Moment lang wurde sie sich wieder Masatoshis Aufmerksamkeit bewusst. Hitze stieg in ihre Wangen. Und in ihre Klit.

Beobachtet zu werden ist gar nicht so schlimm, wenn man die erste Hürde des Schamgefühls überwunden hat, dachte sie verzückt und öffnete den Mund, um ihre Finger abzulecken. Es geschah wie von selbst, als hätte sie sich nicht mehr unter Kontrolle. Sie schmeckte sich selbst und fragte sich, ob sie den Meister geil machte.

Doch der blieb stehen, wo er stand, beherrscht, wie immer, ein Voyeur, distanziert und doch Teil des lustvollen Spiels, indem er sie beobachtete und damit ihre Erregung anheizte.

Michikos eigener Saft zerschmolz auf ihrer Zunge, während sie mit den Fingern ihre Klitoris bearbeitete. Ihre Beine zuckten vor Lust und Michiko spürte die Lederriemen der Peitschen, die ihre Fußgelenke fixierten. Sie hätte es niemals vermutet, aber die eingeschränkte Bewegung machte sie an. Ihre Schenkel nicht schließen zu können war erregend, weil ihre Möse ungeschützt war. Michiko hatte die Eigenart, ihre Beine aneinanderzupressen, wenn die Geilheit zu groß wurde. Das war ihr nun verwehrt, und sie musste die anschwellende Lust ertragen.

Unruhig verlagerte sie immer wieder ihre Position. Sie drückte ihren Rücken durch, als wolle sie Masatoshi ihre Tittchen anpreisen, sich anbiedern wie ein leichtes Mädchen im Vergnügungsviertel Shinjuku. Ein wenig war sie enttäuscht, dass er ihren Reizen nicht erlag, denn sie sehnte sich nach einem Schwanz, doch es war besser so.

Als der Orgasmus sich ankündigte, zerrte sie an ihren Fesseln. Sie hielt die Geilheit kaum aus, die sich zwischen ihren Schenkeln aufbaute. Alles in ihrem Unterleib zog sich zusammen. Ein Taifun zog auf. Michiko rieb schneller. Wie eine Irre bearbeitete sie ihren Kitzler. Schließlich drückte sie ihren Handballen fest auf ihre Klitoris, legte ihre Finger auf ihre Schamlippen und rieb wild vor und zurück, als würde ein Schwanz sie vögeln, ohne in sie einzudringen. Sogleich entlud sich das Unwetter. Der Taifun toste durch ihren Körper. Noch immer stimulierte sie sich. Die Geilheit wirbelte durch ihren Körper, raubte ihr den Atem, tobte in ihrem Kopf, ihrem Brustkorb und ihrem Fötzchen.

Michiko verließ die Kraft. Sie hörte auf, sich zu reiben, und lag einfach nur erschöpft auf dem Boden. Wie ein Sturmopfer, das vom Taifun durchgeschüttelt worden war, ihn jedoch überlebt hatte. Müde und glücklich.

Sie nahm nur entfernt wahr, wie Masatoshi ihre Fußgelenke losband, die Nippelklammern löste und Michiko hochhob. Er bettete sie auf ihren Futon und deckte sie zu. Sie spürte noch, wie er ihr die Haare aus der verschwitzten Stirn strich.

Im nächsten Moment war sie bereits eingeschlafen.

Die Tage, Wochen und Monate vergingen schnell. Michiko lernte viel, weil Meister Masatoshi seine ganz eigenen Methoden hatte, um sie zu mehr Disziplin anzuhalten. Er schlug sie. Er demütigte sie. Und er hatte Erfolg. Die erotischen Szenen, die sie malte, wurden immer ausgefallener. Seine Art des Studiums beflügelte ihre Fantasie. Nur mit den Nahaufnahmen war er immer noch nicht zufrieden.

»Deine Schwänze sehen erbärmlich aus«, schimpfte er immer wieder, »und die Mösen wie Shar-Pei, chinesische Faltenhunde.«

Jeden Abend musste sie masturbieren, doch mit der Zeit änderte er seine Anweisungen leicht ab. Zuerst musste Michiko es sich im Sitzen besorgen und ihr Mienenspiel im Spiegel des Kleiderschranks beobachten. Bei den ersten Malen wäre sie am liebsten vor Scham im Boden versunken. Das war es also, was Masatoshi die ganze Zeit gesehen hatte!

Sie fingerte sich und sah dabei gequält aus. Ihre Stirn krauste sich. Ihre Mundwinkel zuckten. Und ihr Teint bekam rote Flecken. Während des Höhepunkts verzerrte sich ihre Miene, als hätte sie Schmerzen. Schweiß perlte von ihrer Stirn. Sie hatte große Mühe, ihre Augen offen zu halten. Nachdem der Höhepunkt sie überwältigt hatte und langsam abklang, sah sie endlich glücklich aus, verzückt und gelöst. Alle Last der Welt fiel von ihr ab.

Nun wusste sie, wie sie die Gesichter der Damen in den Shunga zu zeichnen hatte.

Als Nächstes musste Michiko ihr Fötzchen betrachten, von der ersten Berührung bis nach dem Orgasmus. Keine Veränderung entging ihr. Nicht das Anschwellen der Schamlippen, die zunehmende Rötung, der Mösensaft, der aus ihr herauslief, zuerst nur ein wenig und zähflüssig, dann immer mehr und mehr, bis er zwischen ihren Arschbacken hindurch auf den Boden tropfte und noch lange nach dem Höhepunkt aus ihrem Loch heraussickerte. Dann versiegte der Fluss, ihre Muschi schwoll ab und wurde wieder blass. Zurück blieb ein intensiver Duft, der sich nur durch das Schnüffeln des Sexpartners auf einem Shunga verewigen ließ.

Michiko war nun in der Lage, ihre wollüstigen Bilder detailgetreuer zu gestalten. Zumindest was die Mösen betraf.

Sie war glücklich in ihrer kleinen Welt und verließ die Wohnung ihres Lehrmeisters nur zum Einkaufen. Ansonsten war sie umgeben von Lust und Leid. Tagein, tagaus verbrachte sie mit dem Studieren ihres Körpers, dem Zeichnen der Kopfkissenbilder und lebte mit ihrem Sensei in trauter Zweisamkeit.

Doch eines Tages wurde das harmonische Gleichgewicht gestört. Als Michiko morgens die Küche betrat, kniete ein junger Mann vor Meister Masatoshi und reichte ihm seine Frühlingsbilder. Milch rann aus seinen Mundwinkeln. Vor ihm stand der Napf von Masatoshis verstorbenem Hund – er war leer.

Sofort kochte Eifersucht in Michiko hoch. Sie blieb in der Tür stehen und schaute abfällig auf den jungen Kerl, der gar nicht so übel aussah. Aber in seinem Gesicht spiegelte sich eine Leichtigkeit, die sie selbst nicht besaß. Seine Augen leuchteten, locker hockte er dort und hielt nicht einmal seinen Oberkörper gerade, sondern machte einen Buckel.

Masatoshi deutete auf ihn. »Yasuo-san wird ab heute ebenfalls mein Schüler sein.«

»Aber Sie wollten doch keine Schüler mehr aufnehmen, Sensei.« War sie nicht die große Ausnahme gewesen?

»Dein Malen stagniert, Michiko-san«, sagte er hart. »Du kannst Mösen zeichnen, aber keine Schwänze. Nun wirst du Yasuos Körper studieren und er deinen, sonst wirst du deine Fertigkeiten nicht perfektionieren können.«

Das sah sie ein. Aber sie hätte lieber von seinem nackten Körper gelernt als von dem eines jungen Spunds, dem es eindeutig an Disziplin fehlte und der ihr einen Teil von Masatoshis Aufmerksamkeit stehlen würde.

»Ich will ihn nicht studieren!«, protestierte sie. Es war das erste Mal, dass sie ihre Stimme gegen ihren Meister erhob.

Masatoshis Miene verfinsterte sich. »Ich habe dich nicht nach deiner Meinung gefragt. Du wirst tun, was ich dir sage!«

»Eher gehe ich!«, sagte sie trotzig und erschrak über ihre eigenen Worte. »Er hat es nicht verdient, Ihr Schüler zu werden.«

»Im Gegenteil zu dir, habe ich recht? Ohne seine Bilder angeschaut zu haben, hast du schon ein Urteil über ihn gefällt. Allein das hätte eine Strafe verdient«, murrte er.

»Ich sehe es in seinen Augen.«

»Sein Blick ist nicht nach innen gerichtet wie deiner, sondern nach außen. Er beobachtet und lernt, während deine Fantasie mühsam angetrieben werden muss«, wies er sie zurecht. »Willst du immer noch gehen?«

Sie knabberte zerknirscht an ihrer Unterlippe. Natürlich wollte sie nicht, aber nun hatte sie es schon einmal gesagt und würde ihr Gesicht verlieren, wenn sie jetzt plötzlich zurückrudern würde.

»Hai«, sagte sie kurz angebunden, doch ihre Stimme klang schwach.

Mit großen Schritten kam er auf sie zu und packte ihren Arm so fest, dass sein Griff wehtat. »Erinnerst du dich nicht daran, was ich dir am Anfang des Studiums gesagt habe, an meine Konditionen? Du bist darauf eingegangen, es gibt kein Zurück mehr.«

Michiko runzelte die Stirn. Sie hatte keine Ahnung, wovon er sprach.

Er schüttelte sie durch. »Ich hatte dich gewarnt und gesagt: Solltest du das Studium frühzeitig beenden wollen, werde ich dich dazu zwingen, es bis zum bitteren Ende durchzuziehen. Dieser Tag ist heute gekommen.«

Unter Umständen werde ich dich auch mit Gewalt gefügig machen, das waren seine Worte gewesen. Jetzt dämmerte es ihr.

»Folge uns, Yasuo-san, und du wirst sehen, was mit dir geschieht, solltest du vorzeitig gehen wollen!«, rief er über seine Schulter hinweg. Er zerrte Michiko aus der Küche durch den Flur in ihr Schlafzimmer. Dort rollte er ihren Futon aus und stieß sie darauf.

Michiko blieb ängstlich sitzen, aber es war keine gewöhnliche Art der Furcht, sondern eine, die sie erregte. So oft schon hatte Masatoshi sie gezüchtigt, so oft hatte sie vor ihm masturbiert, dass beides, Lust und Schmerz, mit ihm verbunden war.

Er gab Yasuo weitere Anweisungen: »Knie dich hinter sie, spreiz ihre Schenkel und heb ihre Beine in die Luft, damit ich an ihre nackten Oberschenkel und die Arschbacken komme.«

»Wag es ja nicht!«, keifte Michiko den jungen Mann an und stemmte sich gegen ihn.

Doch Yasuo war trotz seiner schmalen Statur ein kräftiger Mann, der sie niederrang. Er schaffte es, sich hinter sie zu setzen. Mit seinen Beinen umschlang er die ihren und zwang sie auseinander. Er legte seinen Arm um ihren Oberkörper, und zwar so hoch, dass er ihre Tittchen zusammendrückte.

»Wirst du wohl stillhalten«, zischte der Sensei, der ein mit schwarzem Leder bespanntes Paddel aus einer kunstvoll verzierten Truhe, die neben dem Eingang stand, geholt hatte. Drohend hielt er es hoch, und Michiko sah, dass das Kanji für ›Unartig‹ darin eingestanzt war.

Er machte eine ungeduldige Geste. »Nun heb ihre Beine endlich hoch, die Füße sollen zur Decke zeigen.«

Bevor Michiko sich dagegen wehren konnte, schlang Yasuo seine Arme um ihre Beine und riss sie hoch, sodass ihr Hintern tiefer rutschte und sie mit dem Rücken gegen seinen Oberkörper lehnte.

»Ich kratz dir die Augen aus!«, geiferte sie. Ihr Yukata verdeckte gerade noch ihre Möse.

»Du wirst lernen, Yasuo-san zu akzeptieren«, sagte Masatoshi und schlug mit dem Paddel auf ihren linken Oberschenkel.

Michiko biss die Zähne zusammen und betrachtete die Stelle, an der das Schlaginstrument sie getroffen hatte. Die Haut war gerötet, nur leicht, da der Meister sich zurückgehalten hatte, aber das Schriftzeichen war eindeutig zu erkennen.

Der zweite Schlag traf sie schon fester. Masatoshi hatte ihn auf den rechten Schenkel platziert. Michiko spannte ihre Muskeln an, bis der Schmerz vorüber war. Das Schriftzeichen für ›Unartig‹ stand für sie auf dem Kopf.

Der Lehrmeister schlug ein drittes Mal zu, diesmal hatte er ausgeholt, aber immer noch mit so wenig Druck geschlagen, dass Michiko sich unter Kontrolle halten konnte. Sie ballte ihre Hände zu Fäusten und hieb auf Yasuos Bein.

Beim vierten und fünften Schlag hielt Masatoshi sich nicht mehr zurück, sondern nahm das Paddel mit beiden Händen und schlug zuerst auf die rechte, dann auf die linke Arschbacke.

Michiko gab einen gequälten Laut von sich, mehr nicht. Sie würde in Yasuos Anwesenheit weder schreien noch heulen. Die Schmerzen machten ihr auch nicht viel aus. Was sie viel mehr traf, war die Demütigung, vor Yasuos Augen bestraft zu werden.

Aber da war noch eine Empfindung in ihr, die sie zuerst nicht zu deuten wusste. Nur langsam dämmerte es ihr. All die Monate bei Meister Masatoshi hatte ihr etwas gefehlt. Erst jetzt, da sie in Yasuos Armen lag, wurde ihr bewusst, wie sehr sie körperliche Nähe vermisst hatte. Der Sensei hatte sie bestraft und nackt gesehen, aber er hatte sie niemals berührt.

Doch dann schlug Masatoshi auf bereits gerötete Stellen, und Michiko presste die Hand auf ihren Mund, um nicht zu schreien. Sie versuchte, mit dem Gesäß auszuweichen, was nicht funktionierte, weil Yasuo ihre Beine fest im Griff hatte und sie mit seinem Körper fixierte. Michiko boxte ihn, sie kratzte ihn mit der freien Hand und drückte sich gegen ihn, doch nichts half.

»Je mehr du dich wehrst, desto mehr wirst du bestraft«, kündigte der Meister an und ließ eine wahre Flut von Schlägen auf ihre Oberschenkel und ihren Arsch prasseln.

Das Lederpaddel hinterließ so viele Schriftzeichen, dass die einzelnen Kanji kaum noch zu erkennen waren. Der Schmerz wurde immer schlimmer, sodass Michiko sogar die Erniedrigung, die sie empfand, vergaß und sich an Yasuos Armen festhielt. Ihre Rückseite brannte mittlerweile wie Feuer. Nun winselte sie doch. Tränen stiegen in ihre Augen. Sie kam sich so ausgeliefert und wehrlos vor, weil sie gleich von zwei Männern unterworfen wurde.

Als sie jedoch kurze Zeit später vor dem Spiegel des Kleiderschranks stand und ihre Beine betrachtete, spürte sie, dass ihr Fötzchen nass war. Der Sensei hatte sie gezeichnet und ihr damit ihren Ungehorsam auf den Leib geschrieben.

»Du zitterst ja«, stellte Yasuo fest und wollte den Arm um sie legen, um sie zu stützen.

Aufgebracht schubste Michiko ihn weg. »Red nicht solch einen Unsinn! Und jetzt mach, dass du aus meinem Zimmer kommst.«

Und so folgte Yasuo dem Sensei, der bereits wieder in der Küche saß.

»Das zahle ich dir heim!«, rief sie ihm leise hinterher.

Sie schloss die Schlafzimmertür und sprang ins Bett, wo sie sich rasch auf den Bauch legte, ein Kissen unter ihre Möse schob und sich daran bis zum Orgasmus rieb. Als sie mit dem Kopf auf dem nach ihrem Saft duftenden Kissen lag, dachte sie: O ja, ich werde bleiben und das Studium fortsetzen. Nicht nur, weil sie Meister Masatoshi für seine Lehrmethoden liebte, sondern auch um Rache an Yasuo zu üben.

Und die Chance dazu bot sich ihr schneller, als sie erwartet hatte.

In den nächsten Tagen mussten sich Michiko und Yasuo der

detailgetreuen Zeichnung von weiblichen und männlichen Genitalien widmen. Michiko wagte nicht, ihn anzusehen, während sie mit nackter Muschi vor ihm auf einem Sitzkissen saß. Immer wieder kam er nah mit seinem Gesicht heran und betrachtete ihre Möse genau.

Einmal wollte er sie sogar anfassen, doch sie schlug rechtzeitig seine Hand weg. »Wag es ja nicht!«

»Ich kann deinen Eingang nicht richtig sehen«, wandte er ein, aber wegen seines lüsternen Grinsens wusste sie, dass er sie nur in Verlegenheit bringen wollte. »Deine Schamlippen sind im Weg. Ich wollte sie nur beiseite schieben.«

»Auf keinen Fall! Eher werde ich dir deinen Schwanz –«

»Michiko-san«, unterbrach Meister Masatoshi sie barsch. Er hockte schräg hinter seinem Schüler und beaufsichtigte den Unterricht. »Spreiz deine Schenkel weiter, dann wird es schon gehen.«

Ihr Gesicht glühte, als sie seiner Anweisung nachkam.

Yasuo stützte sich auf seine Ellbogen und schmollte. »Ich kann immer noch nicht reinsehen.«

Michiko stand kurz davor, ihm die Staffelei über den Kopf zu ziehen, denn sie konnte bereits seinen Atem an ihrem Fötzchen spüren.

»Halte deine Falten mit beiden Händen fest und zieh sie auseinander«, wies Masatoshi sie unwirsch an.

Mit Widerwillen kam sie dem Befehl nach. Geöffneter hätte sie dort nicht sitzen können.

»Was ist das?«, fragte Yasuo und zeigte mit dem Pinsel auf ihre Öffnung.

Masatoshi nickte. »Mösensaft. Du wirst noch mehr davon sehen, wenn Michiko-san einen Orgasmus hatte. Aber dazu später.«

Michiko schämte sich dafür, dass Yasuos Unverschämtheit

sie geil machte, und sie traute ihren Ohren nicht. »Ich werde mich Yasuo zeigen müssen, nachdem ich gekommen bin? Ist das wirklich nötig, ehrenwerter Sensei?«, wollte sie zaghaft wissen.

»Hai.« Er blieb hart. »Wie will er sonst ein gutes Shunga malen, wenn er keine Ahnung von den Motiven hat?«

Und so saß Michiko ein paar Stunden später, nachdem sie es sich in ihrem Zimmer selbst besorgt hatte, benommen vom Nachglühen und der Schmach, der sie an diesem Vormittag ausgesetzt war, mit hochroter, geschwollener und nasser Muschi vor Yasuo. Ihm stand seine Geilheit ins Gesicht geschrieben, und Michiko ahnte, dass er nur allzu gerne bei der Masturbation dabei gewesen wäre. Ihr Fötzchen verströmte einen Duft, der träge im Zimmer schwebte und wie ein Aphrodisiakum auf alle Anwesenden wirkte.

Somit auch auf Yasuo. Als er an der Reihe war, sich vor Michiko zu entblößen, damit sie seinen Unterleib zeichnen konnte, teilte sein Schwanz bereits seinen Yukata. Steif stand das Glied von seinen Lenden ab, seine Hoden waren pralle Säckchen.

Diesmal war es an Michiko zu schmollen, und sie genoss es in vollen Zügen, als sie sich an Meister Masatoshi wandte: »Aber Sensei, wie kann ich seinen Penis malen, wenn er jetzt schon steht?«

»Hai, du sollst ihn in unterschiedlichem Zustand zeichnen: erregt und nicht erregt«, bestätigte er ihr. Er neigte sich vor, stieß Yasuos Schwanz an, der auf und ab wippte, und fluchte leise. »Ich erwarte von meinen Schülern absoluten Gehorsam. Ich will sofort, dass dein Glied hängt.«

In Michiko stieg ein Gefühl von Triumph auf, da sie wusste, dass es für Yasuo unmöglich war, diesen Befehl zu befolgen.

Unsicher sah Yasuo ihn an. »Das kann ich nicht, Meister.«

»Dann muss ich eben dafür sorgen, dass er hängt!«, bellte er seinen Schüler an. »Ich habe sowieso den Eindruck, du studierst Shunga nur, weil die Bilder dich geil machen. Die Kunst interessiert dich wenig. Das ist ein Frevel!«

Masatoshi löste den Gürtel von Yasuos Sommerkimono und band damit die Hände des Schülers hinter dessen Rücken zusammen. Am Ohr zog er ihn auf die Füße.

Mit einer Geste befahl er Michiko aufzustehen und zeigte auf das steife Glied. »Schlag ihn mit der flachen Hand. Es ist an dir, Yasuo-san zu züchtigen, schließlich sabotiert er dein Studium.«

Sie konnte ihre diabolische Freude kaum verbergen. Das erste Mal verschwand der Glanz aus Yasuos Augen. Die Leichtigkeit, die er ausstrahlte, war der Furcht gewichen, und es erregte Michiko, ihn schwitzen zu sehen. Sein Atem wurde schneller, als sie sich seitlich neben ihn stellte und ihre Hand hob.

Sie hatte von Meister Masatoshi gelernt, denn sie schlug nicht sofort zu, sondern kostete diesen Moment aus und heizte Yasuos Angst an, indem sie immer wieder ausholte, aber den Schlag nicht durchzog. Einmal tippte sie seinen Schwanz sachte an, doch Yasuo zuckte zusammen, als hätte der Donner ihn getroffen.

Michikos Möse prickelte. Frech grinste sie ihren Mitschüler an, denn er sollte wissen, wie sehr sie es genoss, ihn leiden zu sehen.

Sie nahm ihre Hand weg. Kaum dass sich sein Atem wieder normalisiert hatte, schlug sie auf den harten Schaft. Er wippte hoch und runter. Das sah lustig aus. Deshalb klatschte ihre Handfläche gleich ein zweites Mal auf den Penis. Yasuo atmete hörbar ein, dann hielt er die Luft an und blies sie erst wieder geräuschvoll aus, als Michiko innehielt, um das erigierte Glied zu beobachten.

Er entspannte sich. Das gefiel ihr gar nicht. Michiko gab dem Schwanz fünf kurze, harte Schläge hintereinander, sodass ihre Handfläche kribbelte. Sie schüttelte ihre Hand, während Yasuo das Gesicht verzog. Aber er konnte anscheinend viel einstecken, denn er schrie nicht.

Zu ihrem Erstaunen wurde sein Penis noch härter.

Das war nicht die Reaktion, die sie beabsichtigt hatte. Mit unschuldiger Miene fragte sie den Meister: »Darf ich einen Ledergürtel benutzen? Es ist einer bei meinen Sachen, die Sie weggeschlossen haben, als ich das Studium begann. Meine Hand bringt nicht den gewünschten Effekt. Yasuo-san genießt die Strafe, und das darf nicht sein.«

»Du hast recht«, pflichtete er ihr bei und holte den Gürtel.

Als sie ihn in ihrer Hand wiegte und verschiedene Schlagmöglichkeiten testete, riss Yasuo ängstlich die Augen auf.

Warum bettelt er nicht um Gnade, fragte sie sich. Das ärgerte sie.

Um seine Grenze herauszufinden, holte sie aus und ließ den Gürtel auf seinen Schwanz klatschen. Diesmal entrang sie ihm wenigstens ein gequältes Stöhnen. Sie erfreute sich an dem bösen Blick, den er ihr zuwarf, und schlug erneut zu, diesmal kräftiger. Sein Schwanz tanzte auf und ab. An Yasuos Gesicht konnte Michiko sehen, dass ein Kampf in ihm tobte.

Sie gab ihm Zeit, sich zu erholen, und hieb mit dem Ledergürtel auf seine Eichel.

Da passierte etwas, mit dem sie nie im Leben gerechnet hatte. Yasuo spritzte ab. Eine Ladung Sperma ergoss sich in den Raum. Er wurde knallrot und starrte beschämt zu Boden. Langsam verlor sein Schwanz an Spannkraft, bis er schließlich schlaff herabhing.

»Na, endlich. Geht doch«, murrte der Meister und zeigte auf die milchig-weißen Flecken. »Das wirst du wegmachen.«

Michiko war sprachlos. Sie setzte sich und beobachtete Yasuo. Widersprüchliche Gefühle kamen in ihr hoch. Auf der einen Seite war sie enttäuscht, weil die Schläge offensichtlich keine wirkliche Bestrafung für ihn gewesen waren. Auf der anderen Seite beneidete sie ihn, weil er den Schmerz in Lust umgewandelt und allein dadurch einen Orgasmus gehabt hatte.

Er hatte seinen Yukata ganz ausgezogen, nachdem Masatoshi seine Hände losgebunden hatte. Ohne Scham lief er nackt umher, holte Tücher und wischte die Samenflüssigkeit weg.

Sein Schwanz gefällt mir, gab sie zerknirscht zu. Er würde sich bestimmt gut in ihrer Möse anfühlen. Allerdings durfte Yasuo nie von ihren Gedanken erfahren! Ihr wurde bewusst, dass ihr nicht nur Berührungen fehlten, seit sie bei Masatoshi eingezogen war, sondern auch gevögelt zu werden. Wahrscheinlich sehnte sie sich aus diesem Grund nach Yasuo. Sie begehrte seinen Schwanz, ihn konnte sie nicht leiden. Zumindest redete sie sich das ein.

Sie setzten den Unterricht fort. Nun war es an Michiko, Yasuo-sans Schwanz und Hoden zu malen. Als er sich reiben sollte, damit sein Penis wieder stand, schaffte er es problemlos, dabei hatte Michiko gehofft, er würde ihn nicht zum Stehen bringen, weil er ja bereits abgespritzt hatte. In diesem Fall wäre er noch einmal bestraft worden, und dann hätte sie noch fester zugeschlagen.

Doch sein Schwanz war schon wieder steif.

Wut kochte in ihr hoch. Für ihn schien alles ein Zuckerschlecken zu sein. Sie konnte sich kaum auf das Zeichnen konzentrieren. Der Neid fraß sie auf. Irgendwann hielt sie es nicht mehr aus und machte ihrem Frust wenigstens verbal Luft.

Als Masatoshi das Malzimmer verließ, neigte sie sich vor und spie: »Nur Tiere spritzen so viel ab und sind dauergeil. Du bist nicht besser als ein Tier. Ich wette, du gierst danach, mich zu bespringen wie ein geiler Bock, aber davon kannst du lange träumen.«

Yasuo kam nicht dazu, etwas zu erwidern, denn Masatoshi stand plötzlich in der Tür und schrie Michiko an: »Ich bin schwer enttäuscht von dir! Wo ist deine Disziplin? Anstatt dich auf das Zeichnen zu konzentrieren, lässt du dich gehen und beschimpfst deinen Mitschüler. Ich erwarte Respekt, mir gegenüber und untereinander. Ich unterrichte nur Schüler, die es wert sind, und du bist es nicht.«

Entsetzt verneigte sie sich unzählige Male. »Ich bitte um Verzeihung, ehrenwerter Sensei. Bitte verzeihen Sie mir. Ich kann mich mehr bemühen.«

»Nein, du bist zu hochmütig«, korrigierte er sie.

»Gebt mir noch eine Chance. Ich werde mich als würdig erweisen«, bettelte sie und sah mit großen Augen zu ihm auf. »Von ganzem Herzen möchte ich das Shunga-Studium beenden.«

»Das wirst du beweisen müssen.« Er kraulte sein Kinn und dachte nach. »Man darf nie den Respekt verlieren. Folgt mir beide ins Badezimmer.«

Dort angekommen befahl er Michiko, sich zu entkleiden und mit Yasuo gemeinsam in die Duschkabine zu steigen. Nur widerwillig befolgte sie seine Anweisung. Die Kabine war eng, sie standen viel zu nah beieinander. Michiko konnte Yasuos Geschlecht riechen. Sein Schwanz war erschlafft, zuckte jedoch lustvoll. Sie hatte Mühe, nicht an Yasuo zu stoßen. Ihre Nippel waren längst hart geworden.

»Es gibt nur eine Möglichkeit, das Gleichgewicht wieder herzustellen. Danach werdet ihr wieder auf einer Stufe stehen«, erklärte der Meister. »Yasuo muss dich demütigen.«

Erschrocken sah sie den Sensei an. Er durfte sie erniedrigen, aber doch nicht dieser junge Kerl, der alles auf die leichte Schulter nahm.

»Nur wenn er dich herabsetzt, werdet ihr wieder auf derselben Augenhöhe sein, denn auch du hast ihn herabgesetzt mit deinen Äußerungen.« Dann wandte er sich an Yasuo-san: »Pinkel sie an!«

Yasuo sah ihn ungläubig an.

»Los, los!«, forderte Masatoshi ihn auf. »Piss sie an wie ein Tier, denn das sieht sie in dir. Sie hat es selbst gesagt. Markier sie mit deinem Urin, damit sie nach dir riecht, und wir können mit der Detailstudie der Genitalien fortfahren.«

»Nein«, sagte Michiko und machte einen Schritt nach vorne, um aus der Duschkabine zu stürmen.

Doch Yasuo streckte seine Arme aus und stützte sich an der Kabinenwand ab, sodass er Michiko den Weg versperrte. In diesem Moment machte er nicht mehr den Eindruck eines leichtlebigen jungen Spunds, der dieses Studium aus einer Laune heraus begonnen hatte, sondern er wirkte beeindruckend männlich. Zum ersten Mal fiel Michiko auf, wie durchtrainiert sein Körper war. Er war schlank, aber nicht sehnig. Noch nie hatte er so ernst ausgesehen. Sein Blick war durchdringend, beinahe ein wenig einschüchternd.

Er drängte sie gegen die Kacheln und wisperte: »Mach dir nicht das Studium kaputt wegen mir. Es ist nur Urin. Stell dir vor, es wäre köstlicher Reiswein.«

»Das werde ich dir heimzahlen«, wisperte sie kaum hörbar.

»Ich freu mich darauf«, antwortete er und lächelte. »Bist du bereit?«

Sie nickte. Was blieb ihr auch anderes übrig.

Yasuo nahm seinen Schwanz in die Hand und richtete die Eichel auf Michikos Bauch. Als der gelbe Strahl sie traf, war sie erstaunt, wie wundervoll warm der Natursekt war. Er floss ihren Venushügel hinab, über ihr Fötzchen, und es war beinahe wie Streicheln. Der Duft war dezent und erregend.

Das ist verrucht, verdorben und pervers, dachte Michiko und spreizte ihre Schenkel weiter, damit Yasuo-san ihre Möse direkt treffen konnte. Er zielte auf ihre Klitoris, und Michiko streckte ihm unbewusst ihr Becken entgegen. In diesem Augenblick empfand sie eine innige Verbindung zu Yasuo. Sie lehnte ihren Hinterkopf gegen die Fliesen. Ihr fiel das Atmen schwer.

Als der Strahl versiegte und die letzten warmen Tropfen von ihrer Muschi perlten, versuchte Yasuo sie zu küssen, doch Michiko drehte rasch ihr Gesicht weg. Ein Kuss hatte ihr gerade noch gefehlt. Der würde sie noch mehr durcheinanderbringen.

Gekränkt wandte sich Yasuo von ihr ab. Er wusch sich und ließ sie allein in der Kabine zurück.

In den nächsten Monaten war es ein Ziehen und Zerren. Jeder versuchte, dem anderen eins auszuwischen und ihn in eine Falle zu locken, die eine Züchtigung nach sich zog. Obwohl ihre Beziehung feindlich wirkte, baute sich langsam eine bizarre Art der Freundschaft auf.

Meister Masatoshi stellte seine beiden Schüler vor immer neue Herausforderungen, um ihre Fantasie anzuregen und ihr Auge zu schulen, damit sie das Shungamalen perfektionierten.

Fasziniert beobachtete Michiko, wie sich Yasuo zum Orgasmus rieb. In vielen spontanen Zeichnungen hielt sie jede Regung auf seinem Gesicht und die Veränderungen seines Schwanzes und seiner Hoden fest.

Doch als sie an der Reihe war, vor ihm zu masturbieren, damit er daraus lernen konnte, brachte sie es nicht über sich. Sie schämte sich einfach zu sehr und befürchtete eben aus diesem Grund nicht zum Höhepunkt zu kommen.

»Was ist los?«, wollte Masatoshi wissen.

Sie überlegte, wie sie ihr Problem schildern konnte, ohne

sich lächerlich zu machen, und erklärte schließlich: »Ich kann nicht loslassen. Nicht vor Yasuo-san. Es tut mir leid.«

»Ich wusste, dass wir irgendwann an diesen Punkt kommen würden, deshalb habe ich dies besorgt«, sagte der Sensei und reichte Yasuo-san einen ledernen Kopfharness mit Außen-Dildo. »Die Disziplin hat dich Beherrschung gelehrt, Michiko-san, aber sie ist Fluch und Segen zugleich, denn nun fällt sie dir in den Rücken. Außerdem lebst du immer noch in Zwietracht mit deinem Mitschüler. Diese Übung wird euch näherbringen.«

Nachdem Yasuo den Harness über den Kopf gestülpt hatte, wirkte er lustig und gefährlich zugleich, fand Michiko. Es machte den Anschein, als würde der Dildo aus seinem Mund wachsen. Der Harness erweckte den Anschein eines Pferdegeschirrs.

»Nun fick sie mit dem künstlichen Penis.« Masatoshi zeigte auf Michikos Möse. »Du wirst sie so lange vögeln, bis sie kommt, auch wenn das Tage dauern wird. Außerdem hast du ihr Fötzchen direkt vor Augen, sodass du die Veränderung hautnah miterlebst und nachher perfekte Zeichnungen wirst anfertigen können.«

Yasuo wollte nur allzu bereitwillig der Anweisung Folge leisten, doch Michiko, die vor ihm auf dem Boden saß, floh rückwärts. Daher packte er ihre Beine, spreizte sie und zog Michiko zu sich heran.

Sie war so erstaunt über seine Kraft, dass sie einige Sekunden brauchte, um zu realisieren, dass er ihren Yukata beiseite geschoben hatte und sich mit dem Dildo ihrer Muschi näherte. Rechtzeitig griff sie die Lederriemen des Kopfharness, um ihn zurückzuhalten.

Da schrie Masatoshi: »Lass das!«

Doch es waren Yasuos leise Worte, die sie dazu veranlassten, ihre Hände wegzunehmen, denn er versicherte ihr: »Ich werde vorsichtig sein. Versprochen!«

Entsetzt und fasziniert zugleich beobachtete sie, wie Yasuo die Spitze des Dildos an ihrem Loch ansetzte, das schon vom Malen Yasuos, der sich ungeniert vor ihr einen runtergeholt hatte, feucht war. Behutsam drang er mit der falschen Eichel ein. Der Latexpenis war groß und dehnte ihre Möse leicht. Die Dehnung wurde stärker, als er sich tiefer in sie hineinbohrte. Zwischendurch zog Yasuo den Dildo immer wieder ein Stück weit heraus, nur um ihn anschließend umso tiefer hineinzuschieben.

Michiko spürte seinen Atem an ihrer Muschi. Sein Gesicht war ihrem Fötzchen so nah wie nie zuvor. Er konnte sie bestimmt intensiv riechen. Ihr Kitzler war direkt vor seinen Augen.

Ihre Geilheit wuchs. Sie lehnte sich zurück und stützte sich auf ihren Unterarmen ab. Der Dildo pumpte nun schneller in sie hinein. Schweiß trat auf Yasuos Stirn. Er legte seine Hände an ihre Oberschenkel und drückte sie weiter auseinander.

Und Meister Masatoshi beaufsichtigte wie immer die Lehrstunde und die Fortschritte seiner Schüler.

Doch Michiko kam nicht. Die Erregung war da, aber noch war sie ein Flämmchen und kein Feuer. Zweifel wuchsen in ihr. Würde sie es schaffen, ihre innere Blockade zu überwinden und einen Höhepunkt vor Yasuo zu haben?

Auf einmal spürte Michiko einen Stich an ihrer Schamlippe. Yasuo grinste sie frech an, während er ein zweites Mal in ihren Intimbereich kniff. Im ersten Moment wollte sie ihm eine scheuern, aber dann merkte sie, dass das Flämmchen aufflackerte und zu einer Flamme anwuchs, daher ließ sie ihn gewähren. Immer wieder zwickte Yasuo ihre Schamlippe und ging nicht gerade zimperlich mit ihr um.

Michiko biss die Zähne zusammen und legte den Kopf in den Nacken. Sie schloss die Augen. Erneut zwackte er sie, immer und immer wieder, er quälte sie minutenlang, ohne damit aufzuhören, den Dildo in sie hineinzustoßen.

Yasuo wusste, was Michiko brauchte.

Er fickte sie immer härter und kniff unentwegt ihre Muschi, bis diese lichterloh brannte.

Als er auch ihren Kitzler zwickte, war es um sie geschehen. Der Orgasmus fegte durch sie hindurch. Sie gab einen Lustschrei von sich und zuckte unter Yasuos Stößen, die sie an den Rand des Wahnsinns brachten.

Benommen nahm sie wahr, dass sich Yasuo zwischen ihren Beinen hinsetzte. Mösensaft rann von dem Latexdildo. Yasuo nahm den Kopfharness ab und neigte sich vor.

Bevor Michiko wusste, wie ihr geschah, begann er, ihr Fötzchen sauber zu lecken. Seine Zunge entlockte ihr einige Seufzer. Das Lecken fachte ihre Geilheit erneut an, und zu ihrem eigenen Erstaunen kam sie ein zweites Mal. Doch selbst danach leckte Yasuo weiter.

Michiko war total gelöst. Sie war durch und durch entspannt und hätte Yasuo am liebsten in ihre Arme gezogen, um ihn zu spüren. Die Situation besaß etwas Intimes, ähnlich wie damals, als er sie in der Dusche angepinkelt hatte, etwas, das nur sie beide teilten.

Gerade als Michiko begann, sich an Yasuo-san zu gewöhnen, verkündete Meister Masatoshi, dass ihr Basisstudium der Shunga-Kunst beendet wäre. Sie saßen zu dritt im Wohnzimmer um einen niedrigen Tisch, auf dem drei Trinkschalen aus Porzellan und eine Teekanne standen.

»Sind die drei Jahre schon vorbei?«, fragte sie erstaunt und goss ihm Tee ein. Sie hatte gar nicht bemerkt, wie die Zeit vergangen war.

»Hai. Du wirst hinaus in die Welt gehen und nach einem

neuen Meister suchen, der dich weiter schult.« Dann wandte er sich an Yasuo. »Auch du wirst mich verlassen müssen.«

»Meine drei Jahre sind aber doch noch gar nicht um, ehrenwerter Sensei«, wagte Yasuo zu protestieren.

»Du warst nie gut genug, um mein Schüler zu werden«, erklärte Masatoshi sachlich. »Ich habe dich nur akzeptiert, um Michiko-sans Ausbildung voranzutreiben. Du warst Teil ihres Studiums. Aber da sie nun nicht mehr meine Schülerin ist, kann ich dir nicht länger meine Gunst erweisen.«

Yasuo errötete und senkte seinen Blick.

Er tat Michiko leid. Sie verneigte sich tief vor dem Sensei. »Aber ich möchte hierbleiben und weiter bei Ihnen lernen.«

Masatoshi schwieg nachdenklich.

»Bitte!«, flehte Michiko. »Ich will nirgendwo anders sein als hier.«

»Ich bin alt«, gab er zu bedenken.

»Und ich bin jung.« Sie bemühte sich, euphorisch zu wirken, in der Hoffnung, dass der Funke auf ihn übersprang. »Ich führe Ihren Haushalt, koche, wasche, putze wie bisher und noch viel mehr … Sie müssen nicht einmal mehr Ihren kleinen Finger bewegen, das verspreche ich. Ich mache alles und kümmere mich um Sie.«

»Eigentlich wollte ich nicht mehr unterrichten, aber schon damals, als du zu mir kamst, habe ich dein Potenzial gesehen und mich überreden lassen.«

»Wie kann ich gehen, wenn mein Herz hierbleibt?« Sie klang weinerlich, denn sie würde nie wieder einen Lehrer wie ihn finden.

Masatoshi schaute sie eindringlich an. Er bemerkte sehr wohl, wie verzweifelt sie war, und da erhellte sich sein Blick. »Das Aufbaustudium ist härter. Es erfordert hohen Einsatz. Du wirst leiden müssen, Lernprozesse sind nie einfach.«

»Dazu bin ich bereit«, beeilte sie sich zu sagen und fügte hinzu: »Wir sind bereit dazu.«

Überrascht sah Yasuo auf. Michiko lächelte ihn an.

»Überleg dir gut, was du sagst«, ermahnte Masatoshi sie. »Im Aufbaustudium geht es um die bizarren Gelüste. Ihr müsstet Szenen nachstellen und zeichnen, die andere für pervers halten, aber auch diese Kunstrichtung muss von einem Shunga-Maler studiert werden.«

Michiko warf Yasuo einen fragenden Blick zu. Als dieser nickte, sagte sie: »Wir folgen Ihrem persönlichen Lehrplan, egal wie obszön die Bilder sind.«

»Nun gut.« Der Meister erhob sich. »Vor dem Basisstudium musstet ihr den Hundenapf meines verstorbenen Shiba-Inu auslecken, damit ich eure Bereitschaft testen konnte. Auch das weiterführende Studium erfordert eine Aufnahmeprüfung. Kommt mit.«

Er führte sie in sein Schlafzimmer, wo er seinen Kleiderschrank öffnete und eine Kiste herausholte, die auf dem obersten Regal hinter seiner Wäsche stand. »Lange ist es her, seit dies zum Einsatz kam. Ich hätte nicht gedacht, dass ich es noch einmal brauchen würde. Aber ihr beide harmoniert einfach zu gut, als dass ich eurem Wunsch nach Unterricht nicht nachkommen könnte.«

Masatoshi öffnete die Kiste und entnahm ihr eine graue Jacke, deren Ärmel zugenäht waren. »Die Zwangsjacke ist für dich, Yasuo-san. Zieh sie an, die Öffnung gehört nach hinten.«

»Hai.« Der Schüler verneigte sich, schälte sich aus seinem Yukata und schlüpfte gehorsam in die Jacke, worauf der Meister Yasuos Arme vor dessen Oberkörper kreuzte und die Jackenärmel hinter seinem Rücken verknotete.

Somit konnte Yasuo Arme und Hände nicht mehr benutzen, was in Michiko eine diabolische Freude weckte. Sie musste ihm die Hoden mit einem dünnen Lederband abbinden, was sie zum ersten Mal tat, aber es gelang ihr recht gut.

Bis zu diesem Zeitpunkt strahlten Yasuos Augen noch. Doch als er die Atemmaske sah, die Masatoshi aus dem Karton holte, wich die Farbe aus seinem Gesicht. »Was …?«

»Keine Angst«, beruhigte der Meister ihn. »Während Michiko-san Demütigungen am meisten erregen, leidest du gerne körperlich. Du magst den Schmerz, doch diesmal probieren wir etwas anderes aus, denn das soll ja schließlich eine Prüfung sein. Du bist zu sehr nach außen gerichtet, Yasuo-san, deshalb werde ich das jetzt ändern. Den Schmerz wird dafür Michiko-san erfahren, denn auch sie muss Grenzen überschreiten, um mich zu überzeugen.«

Unruhig verlagerte Michiko ihr Gewicht von einem Fuß auf den anderen. Sie half Masatoshi dabei, Yasuo die Gasmaske anzulegen. Nachdem er sich mit dem Rücken auf den Boden gelegt hatte, brachte der Sensei einen armlangen Schlauch am Ein- und Ausatemventil an. Das war nun Yasuos einzige Luftzufuhr. Er musste durch den Schlauch atmen und bekam somit schlechter Luft. Sein Gesicht schwitzte. Er hatte ein eingeschränktes Sichtfeld und hörte alle Geräusche nur gedämpft, wodurch er sich auf seine Empfindungen konzentrieren konnte.

Durch die Sichtscheibe nahm Michiko seinen ängstlichen Blick wahr, aber sie sorgte sich nicht um ihn, denn sein Schwanz hatte sich bereits ein Stück weit aufgerichtet.

»Du hast sein Leben in der Hand. Lass ihn ein wenig leiden, das mag er.« Masatoshi reichte ihr das Ende des Schlauchs und deutete mit einer Geste an, was er von ihr erwartete. »Und denk an die Lektion mit dem Respekt.«

Michiko verstand. Sie sollte Yasuo quälen, aber nicht zu weit gehen. Zuerst strich sie über seine Oberschenkel, wobei sie tunlichst vermied, seinen Schwanz anzufassen. Dieser zuckte, wurde jedoch nicht härter. Erst als Michiko das Ende des Luftschlauchs mit ihrer Hand verschloss, richtete sich das Glied weiter auf. Es befand sich noch Luft in dem Schlauch, aber die verbrauchte sich schnell. Es dauerte nicht lange, und Yasuo zerrte an den Ärmeln der Zwangsjacke, weil er nicht mehr atmen konnte.

Sofort nahm Michiko ihre Hand weg und streichelte sanft über seine Lenden. Er wurde wieder ruhiger. Ihre Blicke trafen sich. Yasuo zwinkerte, um ihr zu zeigen, dass er in Ordnung war.

Das munterte sie auf fortzufahren. Sie schob seine Beine auseinander und kraulte seine abgebundenen Hoden, worauf Yasuo sein Becken hob, damit sie auch sein Glied berührte.

»Du hast gar nichts zu wollen«, rügte sie ihn spielerisch und verschloss wieder den Schlauch.

Nach kurzer Zeit ging ihm die Luft aus. Verzweifelt rang er nach Atem. Er wand sich hin und her, blieb jedoch liegen, was Michiko verdeutlichte, dass er die Prüfung nicht wirklich beenden wollte. Er vertraute ihr. Das ließ Wärme in ihr aufsteigen.

Zur Belohnung erlaubte sie ihm nicht nur durchzuatmen, sondern küsste auch seine Eichel. Sein Schwanz schnellte hoch.

»Nimmersatt.« Michiko schlug mit der flachen Hand gegen seine Hoden und drückte ihm die Luft ab.

Diesmal ließ sie ihn zappeln. Yasuo wurde immer unruhiger, je länger sie den Atemschlauch verschlossen hielt. Er strampelte, wälzte sich von einer Seite auf die andere und jammerte unter der Gasmaske. Es war das erste Mal, dass Michiko ihn winseln hörte, und es machte sie so geil, als würde er sie vögeln.

Seine Hoden wurden immer praller, sein Penis immer steifer, dabei fasste sie ihn gar nicht mehr intim an. Verzückt beobachtete sie seinen Kampf und gab die Schlauchöffnung wieder frei.

Geräuschvoll atmete er durch. Er machte tiefe Atemzüge, die Michiko an Darth Vader denken ließen. Sie war feucht. Verstohlen blickte sie Masatoshi an.

Der Sensei nickte. »Er ist hart genug. Es wird Zeit, dass du ihn fickst, sonst kommt er vorher schon allein durch die Atemkontrolle.«

Er hatte recht. Wer durch Schmerz abspritzte, dem konnte das in dieser Situation auch passieren. Und Michiko wollte auch ihren Spaß haben.

Sie befreite sich von ihrem Yukata und setzte sich auf Yasuos Unterleib, sodass sie seinen Schwanz nach unten bog. Mit ihrer Muschi rieb sie über den harten Schaft, um sich selbst noch mehr einzuheizen. Als ihr Unterleib und der von Yasuo nass von ihrem Mösensaft waren, hob sie ihr Becken an und ließ sich langsam auf sein Glied hinab. Es war herrlich, ihn in sich zu spüren. Das erste Mal würden sie nun miteinander schlafen, vor den Augen des Meisters.

Alles war perfekt. Bis eine Peitsche in Masatoshis Hand auftauchte.

»Reite ihn wie ein Wirbelwind«, riet der Meister ihr, »denn ich werde dich so lange auspeitschen, bis ihr beide gekommen seid.«

Michiko schluckte schwer. Anfangs hielt sie sich noch zurück, weil es sie verlegen machte, denn sie übernahm das erste Mal bei einem Fick das Steuer. Doch der erste Peitschenhieb ließ ihre Verlegenheit schrumpfen. Ihr Schulterblatt schmerzte. Ihre Auf- und Abbewegungen wurden einen Augenblick langsamer, aber der zweite Hieb feuerte sie wieder an.

Wie eine Wahnsinnige vögelte sie Yasuo. Sie nahm den Atemschlauch und drückte das Ende zu, ohne mit ihrem Becken innezuhalten. Nach zwei Peitschenschlägen begann Yasuo unter ihr unkontrolliert zu zappeln, weil er keine Luft mehr bekam. Sein Kampf, sein verzweifelter Blick und die Macht über ihn, erregten Michiko sehr. Durch die wachsende Geilheit spürte sie das Auspeitschen nicht mehr ganz so intensiv, weil sie berauscht von der Lust war.

Meister Masatoshi musste bemerkt haben, dass seine Schläge sie nicht mehr so beeindruckten, wie er es geplant hatte, denn er peitschte sie nun härter. Michikos Rücken brannte. Sie gab den Schlauch frei und schloss ihre Augen. Wie aus der Ferne hörte sie sich selbst stöhnen und schreien.

Lust verschmolz mit Schmerz. Sie kontrollierte Yasuo und wurde gleichzeitig von Masatoshi beherrscht.

Sie fickte Yasuo, als hinge ihr Leben davon ab. Vielleicht nicht ihr Leben, aber dennoch ihr Schicksal. Denn sie wollte bei ihm und dem Sensei bleiben. Nichts sollte sich ändern.

Masatoshi hörte auf, ihren Rücken zu peitschen und widmete sich ihrer Vorderseite. Als der Lederriemen auf ihre Tittchen traf, kam Michiko. Sie zuckte ekstatisch, als wäre sie von Sinnen, und fickte Yasuo noch einige Male unter großer Anstrengung, bis ihr die Kraft ausging. Kaum hatte sie ihre Fingernägel durch den Stoff in seine Nippel gestochen, spürte sie, wie sein Sperma in sie hineinschoss.

Erschöpft blieb sie auf ihm liegen.

Masatoshi nahm ihm die Atemmaske vom Kopf und öffnete ein Fenster, um frische Luft ins Zimmer zu lassen. »Gut gemacht. Ihr habt beide den ersten Teil der Prüfung bestanden. Im zweiten Teil müsst ihr mir eure Malkünste beweisen, indem ihr das eben Erlebte aus verschiedenen Perspektiven malt: aus der Sicht von Mann und Frau, Herrscher und Untertan. Ich erwarte euch im Malzimmer in dreißig Minuten. Und reinigt alles«, ordnete er an und verließ den Raum.

Michiko lächelte Yasuo glücklich an, während sie ihm die verschwitzten Haare aus dem Gesicht strich.

»Danke, dass du dich für mich eingesetzt hast«, sagte er.

»Das habe ich nur gemacht, weil ich einen Mitschüler brauche«, behauptete sie. »Ohne einen Partner hätte ich das Aufbaustudium vergessen können, weil der Anschauungsunterricht weggefallen wäre.«

»Dann bin ich nur Mittel zum Zweck für dich?«

»Nur ein Objekt, das ich benutze.«

»Ja, klar«, erwiderte er und zwinkerte. Plötzlich hob er seinen Kopf an und küsste sie auf den Mund. Es war nur ein kurzer Kuss, seine Lippen streiften die ihren lediglich, doch er ging Michiko durch und durch.

»Das war keine Anweisung vom Sensei. Du hast mir einfach einen Kuss gestohlen, unverschämter Bock. Dir fehlt es eindeutig an Disziplin, aber die werde ich dich schon noch lehren.« Michiko kniff in seine Hoden. »Für deine Frechheit wirst du bezahlen.«

Sein Gesicht verzerrte sich vor Schmerz, aber sie spürte, wie sein Schwanz lustvoll in ihr zuckte.

»Ich bitte untertänigst darum, keine Gnade mit mir zu haben, ehrenwerte Michiko-san«, antwortete er, und seine Stimme war schon wieder heiser vor Geilheit.

Ficky

Das Hotelzimmer war klein und spartanisch eingerichtet – ein Doppelbett, weiße Bettwäsche, an der gegenüberliegenden Seite ein einfacher Holztisch mit zwei Stühlen – doch die Atmosphäre war behaglich. Und erregend. Der schwere braune Vorhang war vorgezogen. Nur an den Seiten fielen einige Sonnenstrahlen in den Raum hinein. Staubkörner schwebten in diesen Strahlen, wie früher in Omas Wohnzimmer, als ich an sonnigen Wintertagen vor der Heizung kauerte und ihr beim Stricken zusah, bis mir die Augen zufielen. Weil das jedes Mal geschah, hatte sie vorsorglich eine Wolldecke auf den Boden gelegt.

Damals war ich sieben Jahre alt gewesen. Heute, vierzehn Jahre später, beruhigte mich das milde Licht, weil es heimelige Erinnerungen weckte, aber noch immer waren meine Hände schweißnass. Mein Höschen war es ebenfalls.

Ich hätte heute Vormittag in der Boutique stehen und alten Damen hässliche Blusen aufschwatzen sollen. Stattdessen hatte ich mich krankgemeldet, einfach so, spontan, heute Morgen. Wie hätte ich auch arbeiten gehen können? Ich hatte in der Mittagspause eine Verabredung, die mein Leben verändern würde. Das klingt klischeehaft, aufgesetzt, dramatisch, meinen Sie? Nun, es trifft es genau!

Mit meinen einundzwanzig Jahren war ich keine Jungfrau mehr. Ich hatte Liebe gemacht, mehr als einmal. Aber es hatte mich nie wirklich befriedigt. Doch, doch, ich hatte Orgasmen gehabt, allerdings waren sie nicht bis in meine Seele gedrungen.

Ich sehnte mich mit jeder Faser meines Körpers danach, an den Abgrund gedrängt, gequält und gedemütigt zu werden, dass ich innerlich brannte. In den letzten drei Jahren hatte ich meinen Geburtstag nicht mehr feiern wollen, weil er mich nur traurig stimmte. Wieder ein Jahr, ohne mich einem dominanten Mann unterworfen zu haben. In drei Wochen würde ich zweiundzwanzig werden. Und ich wusste, dass die Sehnsucht mich dann endgültig verbrennen würde, wenn ich es wieder nicht getan hätte.

Unsicher drehte ich mich um. Er stand lauernd neben der Tür und gab mir Zeit, mich an die Situation zu gewöhnen. Milan nannte er sich. Es war genauso wenig sein realer Name, wie meiner Vicky war. Unsere erste Begegnung im Internet war gewesen, als wären zwei Welten aufeinandergestoßen und explodiert. Dabei war so viel Energie freigesetzt worden, dass wir seitdem nicht mehr voneinander ablassen konnten.

Leider traf das mit den zwei Welten zu. Milan war ein erfahrener Dominus, zwanzig Jahre älter als ich, aber viel attraktiver als ein Mann meines Alters, denn er besaß alles, was ich begehrte: eine natürliche Autorität, ein selbstbewusstes Auftreten und die Geduld, sich mit einer Anfängerin wie mir abzumühen.

Er musste seine Mittagspause für dieses Treffen geopfert haben, denn er trug einen grauen Anzug. Seine Krawatte hatte er sofort ausgezogen, als er hinter mir das Zimmer betreten hatte. Nun entledigte er sich seines Jacketts und hängte es über den Stuhl.

Stimmen drangen von außerhalb in den Raum. Das Hotel befand sich mitten in der Einkaufspassage. Ein Stockwerk tiefer liefen unzählige Menschen herum, die ahnungslos waren, dass in diesem Zimmer Perversionen ausgelebt werden würden.

Das da draußen waren Menschen, die Liebe machten – ich jedoch wollte schonungslos gevögelt werden.

Mein nervöser Blick fiel auf die Sporttasche, die neben dem Eingang stand. Sie gehörte auf keinen Fall zu Milans Bürooutfit. Er hatte sie für mich mitgebracht. Geschenke, die mich zum Schreien bringen würden, zum Jammern, zum Weinen. Ich gierte nach meinen eigenen heißen Tränen.

»Zieh dich aus!«, befahl er in einem ruhigen Ton und verschränkte die Arme vor der Brust.

Ich hatte nicht viel an, denn draußen flirrte die Hitze auf dem Asphalt. Im Hotelzimmer war es angenehm warm, weil der Vorhang die Sonne abhielt. Genauso wie die neugierigen Blicke, den Alltag und sogar die junge Frau, die ich in Wirklichkeit war. Ich hatte sie am Entree abgegeben wie einen Mantel, den man an die Garberobe hängt. Denn sie hätte dieses Zimmer niemals betreten.

Die Temperatur war nicht der Auslöser für meinen hochroten Kopf, sondern mein Schamgefühl. Ich war verlegen und errötete bis in die Zehenspitzen, als ich mein Träger-Top über den Kopf zog. Milan war ein Fremder. Er hätte mir im Internet alles erzählen können, was ich hören wollte. Und was ich wollte, war allzu offensichtlich. Mein Verlangen nach Unterwerfung hatte aus jeder Zeile meiner E-Mails gesprochen. Aber ich hatte diesem Treffen nicht leichtfertig zugestimmt, weil ich Angst hatte, an den Falschen zu geraten.

Stück für Stück entblätterte ich mich, bis nur noch eine Gänsehaut meinen Körper überzog, wie ein durchsichtiges Cat Suit. Es erregte mich, nackt vor Milan zu stehen, weil es das erste Mal war. Und weil er wusste, dass ich geil war, dass ich zu ihm gekommen war, damit er mich benutzte, mich sogar missbrauchte und wie eine Hure und Sklavin behandelte.

Allein der Gedanke ließ mich meinen Blick senken. Nicht aus Demut, sondern aus Verlegenheit.

Ich war keine Schlampe. Bei diesem Treffen ging es nicht um

hirnloses Ficken, sondern um ein Rollenspiel, das Einfallsreichtum und Einfühlvermögen von Milan und verdammt viel Mut und Vertrauen von mir verlangte.

Die Natur hatte es gut mit mir gemeint. Mein Gesicht war nicht auffallend schön, war weder hübsch, noch hässlich. Aber mit meinem Körper hatte es der Schöpfer gut gemeint. Meine Taille war schlank, ohne den kleinsten Bauchansatz, meine Pobacken klein und rund und meine Tittchen wie pralle Melonen. Meine Liebhaber hatte ich mit meinem Körper geködert, nicht mit meinem Gesicht.

Bei Milan war auch das anders. Ihn geilte meine Neigung auf.

»Nimm Haltung an, Sklavin!« Nun klang seine Stimme schon harscher, und dennoch war die Wärme darin nicht gänzlich verschwunden.

Erst jetzt bemerkte ich, dass meine Arme seitlich an meinem Körper herunterhingen und ich wie ein Schluck Wasser vor ihm stand. Aber eine Lustdienerin sollte stets auf ihre Haltung achten. Theoretisch wusste ich Bescheid, hatte alles, was mit BDSM zutun hatte, in mich aufgesaugt wie ein Schwamm. Doch praktisch waren dies meine ersten zaghaften Versuche, die Kontrolle einem Mann zu überlassen – über mich, meine Lust und mein Leid, und über das gesamte Spiel.

Ich straffte meinen Körper, spannte meine Muskeln an und spreizte meine Beine leicht, denn mein Herr musste jederzeit Zugriff auf mein Fötzchen haben. Während ich die Arme hinter dem Rücken verschränkte, wurde ich mir bewusst, dass er zu mir kommen und zwei Finger in mich hineinstoßen könnte.

Der Gedanke machte mich noch nasser, doch ich trug kein Höschen mehr, das meinen Mösensaft auffangen konnte.

Ein normaler Liebhaber würde seine Geliebte erst zärtlich streicheln, sie küssen und liebkosen. Aber wir waren kein normales Paar und von Liebe war keine Rede. Bei uns ging es um

Sex. Puren, geilen Sex. Mein Herr konnte, ohne mich zu bitten oder auch nur zu zögern, grob in mich eindringen, mich kneifen und schlagen und über meine Verzweifelung lachen.

Die Fantasie ging mit mir durch. Doch dies war nicht die rechte Zeit, um zu träumen. Im Gegenteil, ich wollte hellwach sein, um jede Berührung intensiv zu erleben und um mir jedes seiner Worte zu merken, damit ich später die Erinnerung wieder und wieder würde durchleben können, während ich es mir selbst besorgte.

Auf dem Gang lachte eine Frau. Ein Mann flüsterte etwas, das ich nicht verstehen konnte, worauf die Frau kicherte. Ich fühlte mich ertappt, als wäre die Zimmertür aus Glas. Als sich die Stimmen entfernten, war mir wohler.

Milan schlenderte auf mich zu. Im Gegensatz zu mir machte er einen durch und durch entspannten Eindruck. Er steckte seine Hände in die Hosentaschen und umkreiste mich. Sein Blick glitt über meinen bebenden Körper. Ich spürte ihn, als wären es seine Hände, doch er betrachtete mich nur – noch.

»Du zitterst wie ein Kitz vor dem Wolf. Aber deine Nacktheit ist nur die Robe einer Sklavin«, flüsterte er von hinten in mein Ohr. »Was dich wirklich entblößt vor mir ist, dass ich deine geheimsten erotischen Fantasien kenne. Ich kann bis in dein Inneres sehen, kann deine Gedanken lesen und deine Wünsche erkennen. Das macht dich schwach. Dadurch wirst du verletzlich. Das ist deine wirkliche Nacktheit.«

Durch seine Worte zitterte ich noch mehr. Seine erste Berührung war also sein Atem in meinem Nacken gewesen, damit hatte ich niemals gerechnet. Auch nicht mit der Bedächtigkeit, mit dem unser Spiel begann. Ich hatte erwartet, dass Milan gierig über mich herfällt, weil ich zwei Wochen gebraucht hatte, um einem realen Treffen zuzustimmen. Aber er hatte sich unter Kontrolle und kostete meine Angst aus.

Meine Furcht war sein Aphrodisiakum. Meins auch.

»Wollen wir also testen, wie groß deine Bereitwilligkeit ist, mir zu dienen«, er ging um mich herum und hob mein Kinn an, damit ich ihn ansah, »Fickstute.«

Ich zuckte zusammen und schaute beschämt an ihm vorbei. Was für eine Bezeichnung! Sie war mir nicht fremd, aber ich sah den Begriff nicht im Zusammenhang mit mir. Schließlich war ich eine anständige Frau, aus einem guten Elternhaus, mit guten Manieren, einem guten Job, einer Wohnung in einer guten Wohngegend …

Gut, wie mir dieses Wort zum Hals heraushängt, stellte ich in diesem Moment fest. Ich wollte nicht länger gut sein, sondern schmutzig, verdorben, besudelt mit Geilheit und meinen niederen Instinkten folgen.

Milan griff mein Kinn härter, damit ich ihn wieder ansah. »Du bist mein kleines, dreckiges Fickstück, das ich erniedrigen, schlagen und brutal ficken werde, bis deine drei Löcher wie Feuer brennen und du eine Woche lang nicht sitzen kannst.«

Eben hatte ich mir genau das ausgemalt. Jetzt, aus seinem Mund, klang das alles erschreckend. Das lag zum einen daran, dass er diese Ungeheuerlichkeiten laut ausgesprochen hatte, zum anderen, dass sie bisher nur im Kopf stattgefunden hatten und er mir durch seine Ansage bewusst gemacht hatte, dass die Obszönitäten an diesem heißen Mittag real werden würden.

Milan schob drei Finger in meinen Mund und stocherte darin herum, eine Geste, die mir zeigen sollte, dass ich ihm gehörte und er mit mir tun und lassen konnte, was er wollte. »Eine Dreilochstute, die unter mir leiden wird, wie nie in ihrem Leben zuvor. Du wirst um Gnade betteln, doch ich werde sie dir nicht gewähren, weil ich dich völlig aufgelöst sehen will.«

Mein Fluchtinstinkt meldete sich. Ich zweifelte an meiner Entscheidung und wäre dennoch niemals in der Lage gewesen, mich auch nur einen Zentimeter zu rühren, geschweige denn aus diesem Zimmer zu fliehen. Nicht weil ich annahm, Milan könnte mich aufhalten, sondern weil ich befürchtete, meine Kurzschlussreaktion zu bereuen.

Ich wäre am liebsten vor Beschämtheit im Boden versunken, da ich blieb und es zuließ, dass er so entwürdigend mit mir redete und seine Finger immer tiefer in meinen Mund schob, sodass dieser dadurch weit geöffnet wurde und mir bereits die Tränen in die Augen traten, weil der Würgreiz einsetzte. Milan behandelte mich wie eine Stute auf einem Pferdemarkt, tat so, als würde er mein Gebiss prüfen, doch in Wahrheit beabsichtigte er nur, mich mit dieser unmenschlichen Behandlung zu erniedrigen.

Milan verwies mich langsam, aber sicher auf meine niedrige Stellung. Und ich ließ es geschehen. Ich stand unsicher vor ihm, klimperte die Tränen weg und konzentrierte mich darauf, nicht zu würgen, während mein Herr meine Zahnreihen abtastete und meine Zunge packte, als wollte er sagen: auch sie gehört von nun an mir.

Schmunzelnd zog er seine Finger aus meinem Mund und leckte sie ab.

Ich rang nach Atem und versuchte mich wieder zu fangen. Was hatte er schon gemacht? Nicht viel. Was stellte ich mich derart an?

Krieg dich wieder ein, ermahnte ich mich, aber es war nur verständlich, dass ich so heftig reagierte, immerhin hatte ich soeben das erste Mal Demütigung gekostet. Es war nur der Anfang, es würde schlimmer werden. Was war, wenn er alles, was er angekündigt hatte, auch umsetzte?

Milan verschränkte seine Arme vor dem Körper und strahlte Erhabenheit aus. Im Gegensatz zu mir war er sich seiner sehr sicher. Er kannte seine Rolle in diesem Spiel, spielte nicht nur den Überlegenen, sondern war es auch, und geilte sich an meiner Unsicherheit auf. Dass sein Schwanz steif war, war unübersehbar. Die Beule in seiner grauen Stoffhose war groß und ließ mir das Wasser im Mund zusammenlaufen.

»Präsentiere mir deine Titten, damit ich ihnen wehtun kann«, wies er mich an.

Ersteres war kein Problem, obwohl ich nicht wusste, wie er die Präsentation gerne hätte. Zweites jedoch bereitete mir Sorgen. Ich hatte mir schon selbst Schmerzen zugefügt, indem ich mir Nippelklemmen auf die Brustwarzen gesteckt und mich mit einer Gerte zwischen die Beine geschlagen hatte. Aber damals lag die Dosierung in meinen Händen. Ich wusste, was ich mir selbst antun würde. Diesmal war es völlig anders.

Mein Schicksal lag vollkommen in Milans Händen.

Zögerlich hob ich meine Tittchen an und schaute fragend zu ihm auf. Reichte ihm das? Erwartete er eine selbstbewusste Frau, die mit ihren Reizen kokettiert? Oder nur eine Sklavin, die seine Befehle ohne zu zögern befolgte und keine Eigeninitiative zeigte? Mich kostete das Präsentieren bereits Überwindung.

Ohne zu zögern packte er meine Nippel. Obwohl er sie nur zwischen Daumen und Zeigefingern hielt, zuckte ich zusammen. Ich schreckte zurück, doch er hielt mich an meinen Brustwarzen fest. Natürlich wollte ich von ihm angefasst werden, aber ich wusste ja nicht, was er im Schilde führte. Vielleicht plante er jetzt, am Anfang, bereits herauszufinden, wie viel Schmerz ich ertragen konnte.

Ich keuchte. Vor Furcht. Und Milan lächelte zufrieden.

Er zwirbelte meine Brustwarzen mit genau dem richtigen Druck, sodass sich der Schmerz quälend langsam aufbaute. Das nahm mir ein wenig die Angst, denn es gab mir Zeit, mich daran zu gewöhnen. Es waren nur Sekunden, aber sie waren wertvoll für eine wie mich, eine Anfängerin.

Außerdem hatte es gleich zwei Nebeneffekte. Der Schmerz erzeugte Lust, weil Milan ihn mir nicht brachial, sondern auf eine höchst sinnliche Art zufügte, und mein Vertrauen in ihn wuchs.

Als sich meine Miene verzerrte und ich unruhig wurde, weil das Zwirbeln inzwischen wirklich wehtat, lächelte Milan maliziös. Er begann an meinen hochroten Nippeln zu zupfen und jedes Mal durchzuckte mich der Lustschmerz. Ich bemühte mich, locker zu bleiben, doch ich konnte mich einfach nicht daran gewöhnen.

Dann kniff er in mein pralles Fleisch. Rote Flecken übersäten bald meine Brüste. Sie entstellten meine Schönheit und schmückten die Nachwuchssklavin in mir, es kam immer auf die Sicht der Dinge an. Ich beobachtete Milan dabei, wie er mir wehtat und konnte nicht glauben, dass ich das wirklich zuließ. Noch weniger konnte ich mir erklären, warum meine Möse dabei prickelte.

Manchmal wünschte ich mir, dass der Schmerz so intensiv werden würde, dass ich nicht mehr denken musste. Das ständige Grübeln, weshalb ich ein Sklavenherz in mir trug, machte mich zuweilen krank. Aber es gab andere da draußen, die wie ich waren, das beruhigte mich einigermaßen.

Milan quälte gerne, ich wünschte mir, gequält zu werden – wir passten perfekt zusammen.

Dennoch hätte ich jedem anderen geraten, sich nicht mit einem Internetbekannten auf einem Hotelzimmer zu treffen! Aber die Sehnsucht nach Unterwerfung hatte mich über die Jahre schwach gemacht. Die Gier und die Verzweiflung waren übermächtig geworden.

Und in diesem Moment zeigte es sich, dass meine riskante Entscheidung richtig gewesen war, denn Milan ließ von mir ab. Er reizte meine Schmerzgrenze nicht aus, wie ich befürchtet hatte. Ich hatte mich getäuscht. Nein, ich hatte mich täuschen lassen. Milan hatte mir Angst eingeflösst und mich manipuliert, dabei hatte er nicht meine Grenze prüfen, sondern herausfinden wollen, wie viel Furcht ich ertragen konnte.

Ich atmete tief durch und entspannte mich. So schlimm war es nicht gewesen.

Neugierig beobachtete ich, wie mein Herr zu seiner Sporttasche ging.

»Knie dich auf den Tisch wie eine Töle«, befahl er beiläufig. »Ich will dich abgreifen und meinen Besitz deklarieren.«

Schon wieder ein Tier. Zuerst eine Stute, nun ein Hund. Wollte er mich entmenschlichen? Meiner Menschenwürde berauben? Ich war verwirrt, wusste nicht, was genau er von mir erwartete, und blieb stehen.

Er nahm etwas aus der Tasche und drehte sich um. In der Hand hielt er ein breites Lederhalsband, an dem eine Leine hing. Als er sah, dass ich mich nicht bewegt hatte, zog ein Gewitter in seinem Gesicht auf. Mit zornig zusammengekniffenen Augen holte er einen Rohrstock aus der Sporttasche, schritt energisch zu mir und schlug aufgebracht auf die Tischplatte. Bei dem Geräusch schrak ich zusammen.

»Hopp, hopp«, knurrte er wie ein Dompteur. »Auf alle viere, oben auf den Tisch.«

Zögerlich trat ich näher. Der Anblick des Stocks machte mich nervös. Ich kletterte auf die Platte und fühlte mich seltsam, als ich in den Vierfüßlerstand ging. Normalerweise kniete man nicht auf Tischen. Völlig nackt. Vor einem Fremden. Ich schaute an mir herunter. Meine schweren Brüste baumelten lasziv, Nippel und Haut waren immer noch gerötet.

»Spreiz deine Beine weiter.« Milan tippte mit dem Rohrstock gegen meine Oberschenkel.

Ich folgte seiner Anweisung und kam mir schrecklich verwundbar vor. Meine Möse war meine empfindlichste Körperstelle, und nun verschaffte ich meinem Herrn freien Zugang, damit er mit ihr anstellen konnte, was er wollte. Ob schlagen oder reiben, er hatte die Wahl.

Mein Herz schlug so heftig, dass ich befürchtete, es würde aus meinem Brustkorb hüpfen.

Es beruhigte sich nicht einmal, als Milan den Stock auf den Tisch legte und mir das Halsband anlegte. Es war so eng und so breit, dass mein Hals ganz steif war. Ich konnte ihn kaum drehen, nicht mehr nach unten schauen und spürte jeden Atemzug. Obwohl das Band nur meinen Hals umschloss, fühlte ich mich gefangen, weil es meine Bewegungsfreiheit und somit meine Sicht einschränkte.

Milan ließ die Leine herabhängen und spielte mit meinen Tittchen. Er knetete die fleischigen Melonen durch und packte dabei immer kräftiger zu, bis ich zu jammern anfing. Dann schlug er mit der flachen Hand gegen meine Brüste und ergötzte sich daran, wie sie schaukelten. Zuerst nur von hinten, dann von vorne und schließlich sogar von unten klatschten seine großen Handflächen dagegen.

Instinktiv versuchte ich zu meinem Busen zu gucken, damit ich mich auf die Schläge innerlich vorbereiten konnte. Durch das breite Halsband war das jedoch unmöglich. Ich verspürte eine innere Unruhe, haderte mit der Situation und schickte meinem Herrn einen flehenden Blick. Natürlich ließ er sich nicht erweichen, sondern brachte meinen großen Busen so stark zum Baumeln, dass ich befürchtete, er würde mir um die Ohren fliegen. Der Schmerz wurde mit jedem Schlag stärker. Ohne es zu sehen, wusste ich, dass meine Brüste puterrot sein mussten.

Meine Tittchen waren noch nie geschlagen worden. Es war eine beängstigende Erfahrung, doch nachdem Milan aufgehört hatte, verspürte ich erstaunlicherweise den Wunsch, er möge damit fortfahren.

Eine Weile zog er die Nippel nach unten, erst rechts, dann links, dann wieder rechts. Er melkte mich wie eine Kuh. Und waren meine Melonen nicht wie Euter? Das waren meine Gedanken, nicht seine. Seine Erziehung schien zu fruchten, denn er sprach meine niederen Instinkte an, und ich fing an sie zu verinnerlichen.

Hatte er vor mich zu einem Tier zu degradieren? Ein Tier, das seinen Trieben folgte, sich nicht um Moral kümmerte und vögelte, wenn ihm nach vögeln war. Klang gar nicht so schlecht, fand ich, zumindest so lange wie das Rollenspiel dauerte.

»Ich werde jetzt deine zwei Löcher abgreifen«, kündigte er an und stellte sich hinter mich. »Wehe, du schließt deine Schenkel. Dann muss ich den Rohrstock einsetzen. Hast du das verstanden Ficky?«

»Vicky«, korrigierte ich ihn leise, obwohl ich ahnte, dass er den ersten Buchstaben absichtlich härter ausgesprochen hatte, um mich zu demütigen.

Genüsslich massierte er meine Pobacken und zog sie auseinander. »Du hast schon richtig gehört. Du bist mein Fickstück, meine kleine Ficky. Du willst doch nicht gegen deinen Herrn rebellieren, oder?«

»Nein, mein Herr«, antwortete ich zögerlich, weil alles in mir sich gegen diese entwürdigenden Bezeichnungen wehrte. Trotzdem machte es mich an, dass er mich erniedrigte, denn ich wollte erniedrigt werden. Das war etwas, das ich nicht beim Spiel mit mir selbst machen konnte. Es war möglich, sich selbst wehzutun, doch gedemütigt werden konnte man nur von einem Herrn.

Ich war dankbar, Milan gefunden zu haben. Trotzdem meldete sich die Frau, die ich im Alltag war, wieder. Du musst deinen Stolz bewahren, sagte sie zu mir, und darfst dich nicht wie ein Stück Dreck behandeln lassen. Diese Zerrissenheit machte mich wahnsinnig!

Er stieß seine Zunge in meine Möse, leckte durch meine Spalte und umkreiste meinen After. »Wie lautet dein neuer Sklavenname?«

Ich stöhnte. Mit Zärtlichkeit hatte ich nicht gerechnet. Ich begehrte mehr von seiner Zunge. Den Namen wiederholen wollte ich allerdings nicht. Solche Worte wie Ficken nahm ich normalerweise nicht in den Mund. Es machte mich geil, wenn Milan sie benutzte und sie in meinen Gedanken vorkamen. Sex musste schmutzig sein, nicht nur das Vögeln, sondern auch die Worte. Aber ich hatte Probleme damit, sie auszusprechen.

Kräftig schlug er mit der flachen Hand auf meine Pobacke. »Sag ihn!«

Überrascht schrie ich auf. Mein Hintern brannte wie Feuer. Doch ich ließ mir zu viel Zeit, denn seine Hand klatschte ein zweites Mal haargenau auf dieselbe Stelle. Um ihm zu entkommen, versuchte ich mich auf meine Unterschenkel zu setzen, aber bevor ich es schaffte, schlug er von unten gegen mein Fötzchen, jedoch milder als auf meine Kehrseite, und schob meinen Unterleib wieder hoch, bis ich erneut auf allen vieren war.

»Wenn du den Rohrstock spüren willst, warum bettelst du nicht darum?«, fragte er sarkastisch.

Er streckte seinen Arm aus, um nach dem Stock zu greifen, hielt jedoch in der Bewegung inne, als ich kreischte. »Bitte, nicht, Herr. Ich flehe Sie an. Mein Name ist … mein Sklavenname … ich heiße von jetzt an … Ficky.«

Gefühlvoll tätschelte er meine linke Brust, als hätte er eine gelehrige Hündin vor sich, die soeben das erste Mal etwas apportiert hatte, und sagte selbstgefällig und triumphierend: »Na, siehst du.«

Aber es war auch die Wärme in seine Stimme zurückgekehrt. Wäre ich tatsächlich ein Hund gewesen, hätte ich in diesem Augenblick mit meinem Schwanz gewedelt.

Milan schob zwei Finger in meine Möse, dann einen dritten, zog sie heraus und drückte sie tiefer hinein. Dann drehte er sie hin und her und versuchte nach einer Weile auch seinen kleinsten in mein nasses Loch hineinzupressen. Missmutig schnalzte er, da ich zu eng für vier Finger war.

Mit der anderen Hand rieb er über meine Schamlippen. Er tastete sich absichtlich unbeholfen nach vorne vor und zupfte an meiner Klitoris, wie zuvor an meinen Nippeln.

Aufgrund des Druckes und der anwachsenden Erregung, stöhnte ich laut und hatte Mühe, meinen Unterkörper ruhig zu halten. Meine Vernunft riet mir vor der Hand zu flüchten, denn es konnte nur schmerzhafter für mich werden. Meine Geilheit dagegen befahl mir, mich gegen die Finger zu stemmen, damit sie mich noch weiter aufdehnen konnten.

Zuerst kreisten Milans Fingerkuppen um meinen Kitzler, während er sich bemühte, seine Finger, die in meiner Muschi steckten, weiter hineinzuschrauben. Er wurde ungeduldig, legte den Handballen auf meine Klitoris und rieb grob darüber, damit meine Lust schneller anwuchs und sich meine Mösenmuskeln rascher entspannten. Gleichzeitig fing er an, mich mit den drei Fingern zu ficken. Immer wieder zog er sie heraus, nur um sie sofort wieder energisch in das feuchte Loch zu drücken. Das Schmatzen klang obszön. Seine Finger wühlten in meiner Muschi herum und pressten meinen Saft heraus.

Ich spürte, wie er an meinen Oberschenkeln herunterlief. Mein Gott, war ich nass!

Obwohl mich die Tortur erregte, fragte ich mich, ob Milan nicht zu weit für mein erstes Mal mit SM und mit ihm ging, denn er fasste mich nicht mit Samthandschuhen an, sondern übte einen so großen Druck auf meine Möse aus, dass ich befürchtete, seine Finger könnten mich zerreißen. Ein Gefühl, das mir Angst machte und zugleich so geil war, dass ich keinesfalls wollte, dass er aufhörte.

Zwing mich, den Druckschmerz auszuhalten, bettelte ich in Gedanken. Ich bemühte mich gegenzuhalten, damit er mich nicht vom Tisch drückte. Die Lust schwoll immer weiter an. Ich winselte leise. Vielleicht war ich doch ein Hund, eine läufige Töle.

Alles begann sich in meinem Kopf zu drehen. War das nicht doch zu viel für das erste Mal?

Was jammerte ich! Ich konnte Milan keinen Vorwurf machen, denn wir hatten nicht nur ausgiebig per Mail unsere Sehnsüchte ausgetauscht, sondern ich hatte ihn angefleht, sich bei unserem Date nicht zurückzuhalten. Ich war mir nicht sicher, ob es ein zweites Mal geben würde. Vielleicht verließ mich der Mut oder ich fand heraus, dass SM oder Milan nicht zu mir passten.

Und die ganze Zeit zwang mich das Lederband, das meinen gesamten Hals umschloss, meinen Kopf in ein und derselben Position zu halten. Ich konnte nicht zwischen meine Beine sehen, nicht über meine Schulter und auch nicht zur Entspannung den Kopf hängen lassen. Eine Sklavin musste immer Haltung bewahren. Nun, das hatte Milan für einen Teil meines Körpers geschafft. Erzwungen traf es wohl eher.

Mein Nacken schmerzte bereits leicht, aber ich mochte das Halsband. Es zeigte, dass ich eine Lustdienerin war, und die Bewegungseinschränkung machte mich an. Meine Hände waren frei. Ich konnte es jederzeit ausziehen, doch ich hätte lieber in der Hölle geschmort, als das zu tun.

Endlich schaffte es mein Herr, auch seinen kleinen Finger in mein Fötzchen hineinzupressen. »Es ist zwar nur die Fingerkuppe, aber ich entscheide großzügig es diesmal dabei zu belassen.«

Selbstgefällig nahm er seine andere Hand von meinem Kitzler und ließ die Handfläche einige Male auf meinen Hintern klatschen. In mir bewegten sich seine Finger, nur ein bisschen, aber ich nahm es dennoch wahr.

Ich rang nach Atem und wünschte mir, dass er es mir sofort besorgte, während seine Finger mich mehr ausfüllten als irgendetwas anderes es jemals getan hatte. Aber ich schwieg, weil ich befürchtete, dass das Spiel vorbei sein würde, sobald ich gekommen war. Ich wollte die Geilheit noch ein wenig herauszögern. Glücklicherweise war mein Herr derselben Ansicht.

Während die Erregung langsam nachließ und ich meine Umgebung wieder wahrnahm, wurde mir erneut bewusst, dass ich auf allen vieren auf einem Tisch kniete. Mein Hals war gestreckt, meine schweren Melonen hingen herab und vier Finger steckten in meiner feuchten Möse. Ich sah das Bild vor meinen Augen, als wäre ich eine fremde Person, die das Zimmer betrat.

Ich schämte mich vor mir selbst, fragte mich, warum ich mich selbst erniedrigte, denn Milan war nur der verlängerte Arm meiner wollüstigen Fantasie.

War ich ein Luder? Eine Schlampe? Eine Hure, die so geil war, dass sie alles mit sich machen ließ?

Nein, ich war nur eine Frau, die es endlich wagte, zu ihrer Neigung zu stehen und sie auszuleben.

Du solltest stolz auf dich sein, sagte ich zu mir selbst, und lächelte.

Es klopfte an der Tür, und ich erschrak fast zu Tode. »Zimmermädchen«, rief eine piepsige Stimme. Im nächsten Moment wurde mir klar, dass die junge Frau vor dem Nachbarzimmer stand und nicht vor Nummer 113, in der ich Hündchen spielte und auch noch durch und durch geil davon wurde.

Da niemand antwortete, schloss sie den Raum auf. Der Staubsauger war zu hören, das war mir recht.

Als Milan seine Hand aus meiner Muschi zog, seufzte ich enttäuscht. Die Luft fühlte sich auf einmal kalt an meiner patschnassen Möse an. Mir fehlte die Wärme seiner Berührung, tatsächlich sogar die Dehnung und die Vereinigung mit ihm. Ich wagte nicht zu fragen, ob er mich jetzt ficken würde.

In Seelenruhe ging er zu seiner Sporttasche und entnahm einen aufblasbaren Plug. Er bestand aus einem mit Latex überzogenen Zapfen, der durch einen Schlauch mit einer Handpumpe verbunden war.

»Aber vier Finger passten doch kaum in mich rein«, jammerte ich zaghaft, denn vor meinem geistigen Auge sah ich Milan den Zapfen auf Medizinballgröße aufpumpen, eine Übertreibung, hervorgerufen durch Angst.

Er schnalzte tadelnd und verteilte meinen Mösensaft, der an seiner Hand klebte, auf dem Plug. »Der ist für deinen Arsch, Ficky.«

Ich zuckte zusammen. Weil ich mich noch immer nicht an meinen Sklavennamen gewöhnt hatte und weil ich anal vollkommen jungfräulich war. Das hatte ich nun davon, dass ich Milan dazu angestachelt hatte, mich nicht zu schonen.

Ein Schrei gellte zu mir hoch, dann noch einer. Zwei Teenager riefen sich auf der Straße laut Obszönitäten zu. Sie pöbelten sich gegenseitig an, und ich dachte schon, dass sich eine Schlägerei entwickeln würde, doch dann begrüßten sie sich auf einmal freundschaftlich und die Stimmen wurden leiser.

Ihnen kamen Sätze wie »Fick dich!« so leicht über die Lippen wie ein »Hallo«. Mir dagegen wurde jedes Mal heißkalt, wenn Milan mich Ficky nannte, als hätte man mich bei etwas erwischt, das man nicht tat.

Aber Ficken war etwas Natürliches. Es war geil.

Noch geiler war es, nicht nur in die Möse gefickt zu werden, sondern auch in den Kopf. Ja, genau, das war es, was Milan tat. Er spielte mit meinen Gefühlen, stieß mich in den Dreck, machte mich zu seiner Hure, jagte mir Angst ein – und erregte mich dadurch so sehr, wie ich es mir in meinen Träumen vorgestellt hatte.

Ich fürchtete mich vor dem Plug, sehnte ihn aber noch mehr herbei. Wie würde er sich in meinem Poloch anfühlen? Wie weit würde Milan ihn aufblasen? Würde es wehtun … gut tun … würde ich betteln, damit er ihn entfernt, oder ihn anflehen, ihn noch mehr aufzupumpen?

Als Milan den glitschigen Zapfen an meine Rosette drückte, hielt ich kurz den Atem an. Er drehte ihn und presste die Spitze in mich hinein. Der Druck war unangenehm, wurde jedoch durch ein angenehmes Kribbeln gemildert. Während Milan mit seinem Daumen eine Stelle knapp oberhalb meines Anus' fest streichelte, penetrierte er mich mit der Spitze. Er stieß sie immer wieder in mich hinein, jedes Mal ein bisschen tiefer. Kaum hatte ich mich an die Penetration gewöhnt, dehnte der Plug meine Rosette weiter. Stöhnend bemühte ich mich, meine Haltung zu wahren und nicht vom Tisch zu springen.

Die unterschiedlichsten Gefühle wechselten sich rasend schnell in mir ab. Ich wollte, dass Milan aufhört, weil es leicht wehtat. Im nächsten Moment hatte ich mich an die Dehnung gewöhnt und begehrte genau das Gegenteil, nämlich dass er tiefer eindringen würde, um diesen bittersüßen Lustschmerz erneut zu spüren. Wenn er genau das tat, wünschte ich wieder, mich nicht auf dieses Spiel eingelassen zu haben, aber ich hielt still.

Ich fand diese Achterbahn der Gefühle schizophren! Sie kostete mich viel Kraft, aber das Einzige, was am Ende zählte war, dass genau dieses Gefühlschaos mich heiß machte.

Als der Zapfen plötzlich in meinen After hineinglitt, war ich überrascht. Ich hatte es geschafft, hatte ihn vollkommen in mich aufgenommen! Glücklich entspannte ich mich und merkte erst jetzt, dass ich mich verkrampft hatte.

Das Zimmermädchen im Nachbarraum stellte den Staubsauger aus. Ab sofort musste ich mucksmäuschenstill sein. Eine zusätzliche Qual!

Ich wollte den Kopf hängen lassen, weil mein Nacken schmerzte, aber das steife Halsband machte es unmöglich.

»Brav, Ficky.« Milan tätschelte meine Arschbacke. Er fing an, den Analplug aufzupumpen.

Einmal – zweimal – dreimal – oh, mein Gott. Der Zapfen in mir schwoll an. Er wurde vom Tennisball zum Straußenei, bis ich schließlich das Gefühl hatte, einen Fußball in meinem Enddarm zu haben. Ich bezweifelte, dass Milan den Plug tatsächlich so weit aufgepumpt hatte, aber ich empfand ihn als riesig. Der gewaltige Zapfen verschloss mein Poloch, füllte meinen Anus aus und drückte auf meine Mösenwand, denn als Milan seine Finger in mein Fötzchen steckte, passten drei, die zuvor kein Problem dargestellt hatten, kaum noch in mich hinein.

Das Gefühl war berauschend! Ich war vorne so wundervoll eng und hinten vollständig ausgefüllt. Hätte Milan mich in diesem Moment gevögelt, wäre ich schon nach dem zweiten Stoß gekommen.

Er zog jedoch seine Finger aus mir heraus und ließ den Schlauch, der Plug und Pumpe verband, einfach herunterhängen, sodass er zwischen meinen gespreizten Beinen baumelte. »Jetzt hast du einen Schwanz, wie es sich für eine Töle gehört. Leider steht er nicht, wie es bei einer Hündin, die überglücklich ist, dass ihr Herrchen mit ihr spielt, der Fall sein sollte. Aber wir müssen erst deinen Schließmuskel trainieren, bevor wir diese Aufgabe angehen.«

Mein Körper war wie elektrisiert. Würden wir uns wiedersehen? War dies die erste Stunde in seiner Hundeschule? Alles in mir rebellierte immer noch gegen die Degradierung, das würde sich niemals ändern, denn ich war und blieb ein Mensch, der sich außerhalb dieses Treffens täglich aufs Neue beweisen musste. Aber das Spiel gefiel mir immer besser. Meine Geilheit vertrieb die Zweifel mit jedem weiteren Schritt, den Milan mich zu einer Lustdienerin machte.

Sanft zog er an der Leine. Er zerrte mich vom Tisch, legte seine Hand auf meine Schulter und drückte mich zu Boden.

Bei jeder Bewegung spürte ich den Riesenplug in meinem Hintern. Eben noch hatte ich es als beschämend empfunden, exponiert auf einem Tisch zu knien. Jetzt merkte ich, dass das halb so schlimm gewesen war, denn nun hockte ich zu Milans Füßen, eine Sekunde vorher war ich wenigstens auf Höhe seines Schwanzes gewesen. Den ich übrigens noch nicht zu Gesicht bekommen hatte.

Mein Blick glitt lüstern zum Reißverschluss seiner Hose, aber das machte mir nur noch bewusster, wie tief ich gesunken war, deshalb schaute ich lieber wieder seine Schuhe an.

Milan seufzte mitfühlend und hob mein Kinn an, damit ich zu ihm aufsah. »Nun sei doch nicht so geknickt. Eine Sexsklavin gehört nun mal zu Füßen ihres Herrn. Das siehst du doch ein, nicht wahr?«

Er hatte natürlich recht, doch es war für mich das erste Mal, dass ich nackt vor einem Mann hockte, der zudem über meine Lust Bescheid wusste. »Ja, Herr.«

»Seit wann können Hunde sprechen.« Tadelnd schüttelte er seinen Kopf. »Du musst bellen, Ficky.«

Ich sollte was? Schockiert über seine Worte tat ich gar nichts. Ich hockte einfach nur da, starrte ihn mit offenem Mund an und bemerkte, dass ich durch den Plug den Drang hatte, auf Toilette zu gehen.

Nebenan fiel die Tür ins Schloss, und ich fragte mich, ob das Zimmermädchen Milans Anweisung gehört hatte. Ich errötete allein wegen der Möglichkeit. Es wurde an irgendeiner Tür geklopft – gegenüber, weiter weg. »Zimmermädchen.«

»Bell für mich!« Milan gab mir eine Ohrfeige. Sie war nicht sehr fest gewesen, sondern mehr eine Geste. Aber da ich immer noch nicht reagierte, schlug er fester zu.

Meine Wange brannte. Ich rieb darüber, doch Milan stieß meinen Arm weg.

Er packte meinen rechten Nippel und drehte ihn schmerzhaft. »Kläffe, Töle!«

In diesem Augenblick fühlte ich mich schrecklich! Nicht weil meine Brustwarze wehtat, auch nicht wegen der Backpfeife, sondern weil es mich eine größere Überwindung kostete zu bellen, als mich vor Milan auszuziehen.

Der Staubsauger ging an. Meine Rettung. Das Rauschen war nicht so laut, wie vorhin, als das Zimmermädchen im Nachbarzimmer gesaugt hatte, aber immerhin war es ein Geräusch, das das zaghafte Bellen, das ich schweren Herzens von mir gab, übertönte.

Milan zwackte meinen Nippel. »Ich sehe, dass sich dein Mund bewegt, aber ich höre nichts. Sei ein braves Hundi.«

Ich wich seinem herablassenden Blick aus, doch er zwang mich ihn anzusehen, indem er mein Kinn mit der freien Hand festhielt. Die Hitze brannte in meinem Gesicht, weil ich mich zu Tode schämte. Mein »Wuff, wuff« klang nicht nur lächerlich, da kein Hund solche Laute von sich gab, sondern weil ich mir so dumm und gedemütigt vorkam, dass sich mein Brustkorb zusammenzog und mir das Atmen schwerfiel. Das Wuff blieb mir fast im Halse stecken, aber Milan verlangte immer mehr und mehr, hörte sich nicht satt an meinem kindischen Gekläffe, das klang, als käme es von einem Pinscher, dabei besaß ich im Vergleich den Resonanzkörper eines Golden Retrievers.

Plötzlich wurde der Staubsauger ausgeschaltet und ich verstummte augenblicklich. Ich war schon krebsrot, hatte aber den Eindruck, dass mein Gesicht in diesem Moment noch eine Nuance dunkler wurde. Die Scham drang bis in meine Eingeweide!

Milan konnte auch gnädig sein. Er bestand nicht darauf, dass ich fortfuhr, mir die Seele aus dem Hals zu kläffen.

Es war vollkommen still. Weder von der Straße, noch aus dem Korridor oder den anderen Zimmern war etwas zu hören. In diesem Vakuum, dieser Leere, fand ich mich auf einmal wieder, und ich konnte nicht fassen, dass ich bellte, nur weil ein Fremder mich dazu aufgeforderte. Und ich wurde mir einer Sache bewusst, die mich erstaunte: Es war gar nicht Milan, der mich dazu gebracht hatte zu bellen, sondern meine eigene Geilheit. Die Hure in mir wollte erniedrigt, wollte zum Hündchen werden.

»Ich bin stolz auf dich.« Milan schenkte mir ein aufrichtiges Lächeln und fuhr mir über das Haar, als wäre es Fell. »Nach dem langen Knien, wird dir ein bisschen Bewegung guttun.«

Er wickelte meine Leine mehrmals um seine Hand, bis sie straff war. Dann ging er los in Richtung Badezimmer. Mir blieb nichts anderes übrig, als neben ihm herzukriechen. Obwohl er langsame Schritte machte, kam ich nur mühsam mit. Ich war es nicht gewohnt auf allen vieren zu laufen, wollte es auch nicht lernen, und genau diese Widerspenstigkeit lähmte meine Glieder.

Ungeduldig zerrte Milan an der Leine, die Leine am Hundehalsband und das Halsband an meinem Hals. Es tat nicht weh, war aber so unangenehm, dass ich meine Hand hob, um meine Finger unter das Leder zu schieben und es von meiner Kehle wegzuziehen.

Bevor ich dazu kam, schlug Milan mir auf den Handrücken und rief: »Pfui. Lass das, Ficky!«

Wer immer sich auf derselben Etage befand, er musste es gehört haben. Ich hob während der Session nie wieder meine Hand.

Folgsam, wenn auch ungeschickt, kroch ich neben Milan her. Er ging ins Bad, zurück in den Wohnraum und mal in die eine, mal in die andere Ecke des Zimmers. Wenn ich zurückfiel, zerrte er ruckartig an der Leine, sodass ich schneller krabbelte, um aufzuholen.

Der Teppichboden schützte zwar meine Knie, auf Dauer taten sie trotzdem weh, weil sie es nicht gewohnt waren, dass sie auf diese Art beansprucht wurden. Meine heißen Schamlippen rieben aneinander und schwollen dadurch noch weiter an. Es kribbelte in meiner Muschi. Durch die Erniedrigung war ich so erregt, dass der Mösensaft an meinen Schenkeln hinabrann. Die Tropfen kitzelten mich, ebenso der Gummischlauch, der aus meinem Poloch hing und durch die Bewegung hin und her baumelte. Ab und zu stieß die Handpumpe gegen meine Waden. Es fühlte sich an, als würden meine Darmwände gegen den aufgepumpten Zapfen in mir reiben, vielleicht war das sogar der Fall.

Während Milan mir jeden verdammten Winkel des Zimmers zeigte und ich es wahrnahm, wie sonst nur Tiere und Kleinkinder es taten, hatte ich zu viel Zeit, um nachzudenken.

Mich schockiert zwar, dass ich Milans Anweisungen widerspruchslos befolgte, doch sie waren die Erfüllung meiner Träume. Er verlangte nichts Unmögliches von mir, schrie und schlug nicht um sich, wie ein Teil von mir es befürchtet hatte, sondern regierte mich mit sanftem Druck. Die Tatsache, dass allein das zum Erfolg führte und mich dazu brachte, mich wie eine notgeile Zohe aufzuführen, zeigte, dass ich die Herabwürdigung im Grunde herbeisehnte.

Erfreulicherweise machte diese Erkenntnis das Gassi gehen leichter. Doch die plötzliche Leichtigkeit hielt nicht lange an. Denn Milan steuerte auf die Zimmertür zu.

Ich blieb stehen und setzte mich auf meine Füße. »Bitte, nicht, Herr.«

Zornig drehte Milan sich zu mir, zog meinen Oberkörper an den Haaren hoch und schlug ein paar Mal mit der Leine auf meinen Busen. »Ein Köter kann nicht sprechen. Muss ich dir diese Regel mit der Peitsche einbläuen?«

Ich wehrte die Hiebe mit der Leine nicht ab, weil ich zu schockiert über die Reaktion war. Stumm schüttelte ich den Kopf und kämpfte dagegen an, dass meine Augen feucht wurden. Ein Film spulte sich vor meinem geistigen Auge ab.

Milan führte mich über den Korridor an der Leine spazieren. Das Zimmermädchen trat aus einem der Zimmer und riss ihre Augen auf. Gäste kamen die Treppe herauf, blieben am Absatz stehen und beobachteten mich kopfschüttelnd, während ich auf allen vieren an ihnen vorbeikroch. Sie sahen meine schaukelnde Melonen, meinen Mösensaft und den Schlauch, der aus meinem Anus hing.

Und ich kam zu dem Entschluss, dass ich eher sterben wollte, als von Milan vorgeführt zu werden. Wieso hoffte ich dann insgeheim, dass er mich mit aller Härte dazu zwingen würde?

Unbarmherzig zog Milan an meiner Leine, sodass ich genötigt war, weiterzugehen, um nicht gewürgt zu werden. Ich wehrte mich, folgte ihm dennoch, wie ein trotziges Kind. Mein Herz schlug immer schneller, je näher wir der Tür kamen. Ich fing an zu keuchen, als wäre das Krabbeln so anstrengend, dass ich mich kaum noch vorwärtsbewegen konnte. Schweiß stand mir auf der Stirn, er perlte herab, aber ich wischte ihn nicht fort, weil … Ja, warum nicht? Weil Hunde das auch nicht tun?

Warum verlieh ich Milan solche Macht über mich?

Mir war übel, als wir an der Zimmertür ankamen. Doch Milan bog nach links in das Badezimmer ab und wusch sich die Hände. Er gab mir Zeit, mich zu sammeln. Ich setzte mich auf meine Füße, schloss für einen Moment die Augen und atmete tief durch. Er hatte mich reingelegt, hatte meinen Blutdruck hochschnellen lassen, obwohl es gar keinen Grund dafür gegeben hatte, denn auf den Korridor hinauszutreten war niemals sein Plan gewesen. Ich verfluchte ihn innerlich und gab ihm tausend Schimpfnamen, war aber so vernünftig, sie für mich zu behalten.

Als er seine kühle Hand an meine Wange legte, öffnete ich meine Augen und sah ihn an.

»Willst du mir nicht für mein Erbarmen danken?« Erwartungsvoll hob er seine Augenbrauen und schaute selbstgefällig auf mich herab.

Die Bodenfliesen waren hart, sodass meine Unterschenkel bald wehtaten.

Ich öffnete meinen Mund, doch er fügte lächelnd hinzu: »Meine kleine Ficky, was für ein süßer, kleiner, ängstlicher Welpe du doch bist.«

Da wusste ich, dass er von mir Bellen und keine Dankesworte erwartete. Ich biss mir auf die Unterlippe, ließ meinen Blick nervös durch den Raum gleiten und räusperte mich. Mühevoll presste ich ein »Wuff« heraus. Es schallte im Bad, mein Bellen klang viel lauter als beabsichtigt.

»Sieh mich dabei an!«, befahl er.

Natürlich war er mit einem zaghaften Wuff nicht zufrieden. Seine Miene verfinsterte sich, und ich fuhr fort, leise zu kläffen. Immer wieder musste ich wegsehen, weil ich mich derart schämte. Und jedes Mal ohrfeigte er mich, zwar nur leicht, aber dadurch dass er ständig auf ein und dieselbe Seite schlug, tat es mit jedem Mal mehr weh.

Im Badezimmer klang alles doppelt so laut: das Bellen, das Klatschen seiner Handfläche auf meine Wange und seine harschen Worte.

Ich probierte eine neue Taktik aus und konzentrierte mich angestrengt darauf, ihn anzusehen, wodurch das Bellen in den Hintergrund trat. Es wurde beinahe ein Automatismus, den ich abspulte, wie ein Programm, das nebenher lief und dadurch weniger beschämend war.

»Na, siehst du.« Selbstzufrieden tätschelte er meine schmerzende Backe. »Ist doch gar nicht so schlimm. Mit ein bisschen Überwindung geht alles.«

Während er wieder den Hahn aufdrehte, seine Handfläche zu einer Schale formte und Wasser in die Mulde laufen ließ, war ich stolz auf mich, weil ich den Ohrfeigen nicht ausgewichen war, nicht einmal gezuckt hatte, und weil ich meine Scham und meine Hemmungen überwunden und gekläfft hatte.

Ich war zu mehr fähig als ich gedacht hatte. Obwohl ich es war, die kniete und sich erniedrigte, fühlte ich mich in diesem Moment stark.

»Zur Belohnung darfst du trinken.« Milan setzte sich auf die Toilette und hielt mir seine Hände hin.

Mir fiel auf, dass ich tatsächlich durstig war. Allerdings bevorzugte ich es, aus einem Glas zu trinken. Über eine solche Kleinigkeit wollte ich mich aber nicht mehr aufregen, nachdem ich mich schon zu Schlimmerem überwunden hatte. Ich kroch also zu ihm hin, spitzte meine Lippen und schlürfte das Wasser, das mein Herr mir gnädigerweise hinhielt.

Plötzlich zog er seine Hände weg. »Trinkt so eine Töle? Nein, tut sie nicht, Ficky. Sie schleckt mit der Zunge. Also, noch einmal.« Er streckte seine Arme wieder aus.

Ich schluckte und sah ihn ungläubig an. Was würde er noch

alles von mir verlangen? Wie weit würde er gehen, um aus mir einen Hund zu machen? Er trieb das Spiel auf die Spitze.

Ich schaute das Wasser an, als wäre es ein Ding aus einer anderen Welt. Langsam neigte ich den Oberkörper vor, denn das steife Lederband hinderte mich daran, ausschließlich meinen Hals zu beugen, und stoppte abrupt. Mein Gesicht befand sich nun über seinen Händen. Ich senkte es herab, verharrte erneut. Wie in Zeitlupe streckte ich meine Zunge aus. Kaum hatte sie die Oberfläche berührt, zuckte sie zurück.

»Das ist ein Anfang«, munterte Milan mich mit falscher Freundlichkeit auf, »aber noch nicht genug.« Er sprach mit mir wie mit einem wilden Hund, den er mit freundlichen, verheißungsvollen Worten in einen Käfig locken wollte, um ihn einzufangen und zu domestizieren.

Vorsichtig, als könnte das Wasser verseucht sein, leckte ich ein zweites Mal. Es schmeckte gut, erfrischend. Meine Zunge schnellte erneut hervor. Das Wasser, das ich auf diese Art und Weise trank, war mir zu wenig, die Methode für Tiere geeignet, für mich jedoch nicht effizient genug. Aber darum ging es nicht.

Milan wollte mich damit demütigen, in dem er mir das Privileg, zu trinken wie ein Mensch, verbot. Und ich ließ es zu, wieder einmal.

Inzwischen leckte ich schneller. Es war ermüdend, und nur wenige Tropfen Wasser gelangten tatsächlich in meinen Mund, aber ich merkte, dass ich mehr zu trinken bekam, je schneller ich schleckte.

»Sieh mich an!«, wies er mich an. »Andere Herrn mögen es, wenn ihre Sklavinnen ständig demütig zu Boden blicken. Ich bevorzuge es, mich an ihrer Verlegenheit aufzugeilen.«

Meine Beschämung nahm zu, als ich zu Milan hochblickte. Seine Miene war hart, doch seine Augen funkelten lüstern. Es machte ihn an, mir all das anzutun. Während meine Zunge eifrig immer wieder in das Wasser tauchte, stellte ich mir vor, was er sah.

Milan schaute auf mich herab. Ich kniete nackt vor ihm, mit hochrotem Gesicht, Schweißperlen auf der Stirn, die Nippel hart und die Möse nass. Er konnte den Schlauch sehen, der aus meinem Poloch hing und die Handpumpe zwischen meinen Schenkeln.

Ob es sich heroisch anfühlte, eine junge Frau wie mich dazu zu bringen, sich wie ein Hündchen aufzuführen? Hatte er sein Spiel akribisch geplant oder spontan entschieden, auf was er Lust hatte? Das Einzige, was ich wusste, war, dass er sich nicht allein an seinen Vorlieben orientierte, sondern auch meine Fantasien berücksichtigte, denn unsere Wünsche kamen sich sehr nah. Das hatten wir bereits durch unseren regen E-Mail-Austausch festgestellt.

Jetzt beobachtete er meine Zunge, die leckte und schleckte und immer langsamer wurde, weil es mittlerweile anstrengend war.

Erregt öffnete Milan zuerst seine Hände, sodass sich das restliche Wasser auf den Fliesen vor mir verteilte, und dann den Reißverschluss seiner Hose. Sein steifer Schwanz sprang heraus. Milan holte auch seine Hoden hervor und schloss den Verschluss wieder so weit, dass Penis und Eier vom Stoff umgeben waren.

Ein obszöner Anblick, der mir ein Lächeln auf die Lippen zauberte. Milan vergrub seine Finger in meinen Haaren und zog mich heran. Er brauchte nichts zu sagen, ich verstand ihn auch so: Er hatte mir nur zu Trinken gegeben, um meinen Mund zu ölen, damit ich es ihm besser oral besorgen konnte.

Ich war gelehrig und wusste, dass ich meine Hände nicht benutzen durfte. Milan wollte die Hündchen-Nummer bis zum bitteren Ende durchziehen, deshalb benutzte ich nur meinen Mund und meine Zunge, um ihn zu erregen. Als ich meine Lippen um seinen Schwanz legte, blickte ich sogar freiwillig zu ihm auf. Ich war mir bewusst, dass ich mich hatte konditionieren lassen.

Ich tat all diese Dinge mit einem Mal aus freien Stücken, weil ich dankbar für seine Beharrlichkeit war, und weil es mich, verdammt noch mal, anmachte.

Lasziv ließ ich seinen Schwanz aus meinem Mund herausgleiten und drückte dabei meine Lippen fest auf sein Glied. Bevor auch die Eichel mir entglitt, hielt ich sie sanft mit meinen Zähnen fest und leckte mit der Zungenspitze darüber. Ich stieß sie in das Penisloch und schmeckte den salzigen Tropfen, der herausquoll.

Wild züngelte ich über den harten Schwanz. Ich stieß ihn mit meinem Kopf beiseite und saugte an den prall gefüllten Hoden. Während ich sie mit meinen gespitzten Lippen bearbeitete, fragte ich mich, ob er die Samenflüssigkeit in meinen Mund oder meine Möse spritzen würde.

Eine Welle der Geilheit erfasste mich.

Ich hatte noch nie zuvor Sperma geschluckt. Bisher war mir der Geschmack zuwider gewesen, aber jetzt plötzlich sehnte ich mich danach, eine volle Ladung in den Rachen gespritzt zu bekommen. Mein Sinneswandel lag an Milan und an meiner Erregung. Ich hatte das Gefühl, noch nie so unter Strom gestanden zu haben. Der Lustschmerz und die Erniedrigung lösten eine Geilheit in mir aus, die normaler Sex noch nie verursacht hatte.

Ich hatte es geahnt, jetzt hatte ich den Beweis. In mir wohnte eine Sklavin, und Milan hatte sie an die Oberfläche gekitzelt.

Das neue Ich in mir wollte eine Hure sein, und wie eine Hure nahm ich dann auch Milans Schwanz in meinen Mund auf, so tief wie möglich und unterwürfig zu ihm aufschauend. Die

Eichel stieß an meinen Rachen. Ich würgte, Tränen traten in meine Augen. Das machte Milan noch mehr an.

Als er meinen Kopf an den Haaren festhielt und ein paar Mal in meinen Mund stieß, versuchte ich halbherzig ihn abzuwehren. Das Würgen wurde intensiver, doch ich genoss selbst das, weil ich den Zwang brauchte. Es erregte mich, gezwungen zu werden, einen Schritt weiterzugehen als ich es von selbst tun würde, dieses Verschieben der Tabugrenze.

Welche Frau fuhr schon darauf ab, benutzt und missbraucht zu werden? Ich, denn ich besaß ein Sklavenherz.

Milan schob mich weg, damit er aufstehen konnte. Er trat hinter mich, drückte meinen Oberkörper auf den WC-Deckel und band meine Leine so straff an das Rohr, das in den altmodischen Spülkasten mündete, dass ich mich keinen Millimeter mehr aufrichten konnte.

Ich wurde nervös, als er aus dem Badezimmer ging. Er kehrte mit Handschellen zurück, mit denen er meine Handgelenke hinter meinem Rücken fesselte. Sie waren gefüttert und ich lernte, dass mein Herr auch fürsorglich sein konnte.

Er schob meine Beine auseinander und kniete sich dazwischen. Als er die Luft aus dem Analzapfen ließ, war ich im ersten Moment froh, endlich den Druck in meinem Enddarm loszuwerden. Kurioserweise fehlte er mir, sobald er weg war. Im nächsten Augenblick jedoch zog Milan an dem Schlauch. Der Zapfen drückte von innen gegen meine Rosette. Er dehnt sie auf, und ich verkrampfte mich unweigerlich. Milan musste es merken, aber er nahm keine Rücksicht, sondern zerrte weiter an dem Plug.

Warum ließ er ihn nicht einfach in mir, während er mich fickte? Oh, mein Gott, auf einmal dämmerte es mir. Er hatte gar nicht vor, in meine Möse zu stoßen, sondern in meinen After. Mein Herz schlug mir bis in den Kopf.

Der Zapfen öffnete mein Poloch immer weiter. Als es gerade anfing wehzutun, rutschte er aus mir heraus. Ich atmete erleichtert aus. Mein Anus pochte. Er war gereizt und empfindlich.

Bevor ich mich richtig entspannen konnte, führte Milan seine Schwanzspitze in mein enges Loch ein. Ich war verwundert, wie einfach sie hineinglitt. Dennoch wurde meine Rosette nun erneut gedehnt. Alles in mir rebellierte, aber ich gab keinen Ton von mir.

Während Milan seinen Penis weiter in meine Hinterpforte hineinschob, bemühte ich mich, ruhig zu bleiben und mich nicht zu wehren. Ich konzentrierte mich auf meine Atmung, versuchte meinen Hintern locker zu lassen und den Eindringling willkommen zu heißen, anstatt herauspressen zu wollen. Aber es war schwer.

Ich kämpfe gegen dieselbe Panik an, die in mir aufgestiegen war, als Milan den Zapfen in mich eingeführt hatte. Trotz der Vorbereitung war das Einführen seines Schwanzes kein bisschen einfacher zu ertragen. Im Gegenteil, mein Hintern wollte in Ruhe gelassen werden, wollte sich erholen, bevor er wieder gefordert wurde. Pustekuchen!

Unerbittlich drängte Milan sein Glied in meinen After. Ab und an zog er es ein Stück heraus, nur um es sofort wieder einzuführen. Er massierte meine Arschbacken und zog sie auseinander, um tiefer eindringen zu können.

Es dauerte eine Ewigkeit, bis er ganz in meinem Anus steckte. Ich spürte seine Hoden an meinem Hintern und seinen zuckenden Schwanz in meinem After. Erst jetzt gab er ein Stöhnen von sich. Wahrscheinlich hatte es ihn genauso viel Kraft gekostet, sich zurückzuhalten, um nicht sofort gierig in mich hineinzustoßen, wie es für mich mühsam gewesen war, nicht gegen ihn zu arbeiten.

Als Milan begann, mich vorsichtig zu ficken, war es zuerst kaum zu ertragen. Es war das erste Mal, dass mein jungfräulicher Hintern genommen wurde, und normalerweise presste man Dinge heraus, anstatt sie aufzunehmen. Das Gefühl war unangenehm, es tat nicht weh, aber ich wollte, dass es aufhört.

Doch dann geschah etwas Merkwürdiges. Je länger Milan in mich hineinstieß, desto mehr wuchs meine Lust, und je erregter ich wurde, desto besser konnte ich die Penetration ertragen.

Mein Widerstand schmolz dahin. Ich fing an, es zu genießen.

Diese Öffnung war eng, deshalb waren die Empfindungen intensiv, außerdem war sie nicht dazu bestimmt, einen Männerschwanz in sich aufzunehmen. Genau dieser Tabubruch machte den Arschfick umso geiler.

Milan vögelte mich immer schneller, dabei stöhnte er so laut, dass man es auf dem Korridor hören musste. Ihn schien das nicht zu stören, vielleicht erregte ihn das sogar. Er riss meine Pobacken weit auseinander und stieß zunehmend härter in mich hinein.

Die Reibung an meiner Rosette war gewaltig! An den Toilettensitz gefesselt zu sein, machte mich ebenfalls an. Selbst wenn ich gewollt hätte, hätte ich mich nicht dagegen wehren können, dass mein Herr mich in den Po fickte. Ich war ihm ausgeliefert. Er hatte mich unterworfen, hatte sich viel Zeit für seine kleine Hundelektion genommen und forderte nun den Lohn für seine Geduld ein.

Es dauerte nicht lange und er spritzte in meinen After ab. Ein letztes Mal stöhnte er. Dann blieb er in mir stecken und rang nach Atem.

Ich spürte, wie sein Schwanz in mir erschlaffte und war verunsichert. Bedeutete das, dass Milan mir einen Höhepunkt verwehrte? Er hatte die Macht dazu. Die Entscheidung lag bei ihm. Eine Sklavin hatte nicht das Recht, auf einen Orgasmus zu bestehen.

Aber ich war unartig oder in meiner Rolle noch nicht gefestigt, das konnte man sehen wie man wollte. Jedenfalls wusste ich insgeheim, dass ich es mir selbst besorgen würde, sobald ich alleine war, egal, ob mein Herr mir das Masturbieren verbieten würde oder nicht. Aber ich wollte von ihm zum Höhepunkt gebracht werden. Das war nicht der Abschluss meiner ersten Session, den ich mir erhofft hatte. Sie war doch vorbei, oder? Welches Interesse sollte ein Herr noch an seiner Lustdienerin haben, wenn er befriedigt war?

Und so lernte ich wieder etwas über BDSM. Spiele waren nicht immer perfekt. Es hing alles vom Dominus ab. Selbst er konnte keine Gedanken lesen, und die Session abzusprechen würde das ganze Gefüge ad absurdum führen.

Wenn man auf Perfektion besteht, dachte ich ernüchtert, während Milan glücklich seufzte und seinen Schwanz aus mir herauszog, kann sich SM nur im eigenen Kopf abspielen.

Trotz dieser Erkenntnis hätte ich die reale Erfahrung um nichts missen wollen. Es war nicht dasselbe, gleichzeitig Sklavin und Herrin zu sein. In der Fantasie gab es weder Überraschungen, noch Berührungen.

Milan band die Leine los und half mir aufzustehen. Zu meinem Erstaunen war die Session allerdings noch nicht beendet. Es war ein Fehler gewesen zu glauben, alles wäre vorbei, nur weil mein Herr gekommen war.

Er klappte den WC-Deckel hoch und drückte mich auf die Klobrille, und zwar so, dass ich falsch herum mit dem Gesicht zur Wand saß.

Noch während ich nervös feststellte, dass ich aufgrund des Spülkastens meine Beine nicht mehr schließen konnte, spürte ich, wie Milans Sperma aus meinem After tropfte. Ich musste nicht einmal pressen. Die Samenflüssigkeit lief von selbst aus mir heraus, weil meine Rosette von dem Fick so gereizt worden war, dass sie sich immer noch nicht vollkommen zusammengezogen hatte.

Ich drehte meinen Kopf nach links, denn das war alles, was das steife Halsband zuließ, und sah im Spiegel, dass Milan hinter mir hockte und auf meinen Anus starrte. Obwohl er abgespritzt hatte, war die Geilheit in seinem Gesicht nicht verschwunden. Er erregte sich an dem Anblick erneut, doch dass er nicht vorhatte, in meine Möse zu stoßen, ahnte ich, da er aufstand, Schwanz und Hoden in die Hose stopfte und den Reißverschluss schloss.

Für ihn war das Spiel vorbei. Für mich scheinbar noch nicht. Was hatte er vor? Die Ungewissheit machte mich rasend.

Milan beugte sich und flüsterte in mein Ohr: »Dir wird Hören und Sehen vergehen. Ich werde nicht eher aufhören, bis du dreimal gekommen bist.«

Bevor ich nachfragen konnte, was er vorhatte, verschloss er meinen Mund mit seiner linken Hand. Dann begann er mit seiner Rechten meine Möse zu bearbeiten. Grob befingerte er meine Schamlippen, als würde er das erste Mal eine Frau berühren, aber natürlich war es pure Absicht. Er kniff in das heiße geschwollene Fleisch und rieb über meinen Kitzler.

Meine Lust schoss empor. Ich hatte so lange darauf gewartet, dort berührt zu werden, dass mich die Geilheit nun überwältigte. Mir fiel das Atmen schwer, ich spannte meine Unterschenkel an und versuchte gleichzeitig locker zu bleiben, was natürlich unmöglich war.

Doch eh ich kam, schlug Milan mit der flachen Hand zu. Seine Handfläche klatschte auf meine nasse Muschi. Es war laut. Obszön. Und unangenehm.

Lachend fuhr er fort, mein Fötzchen zu reiben. Er steckte einige Finger in mich hinein, fickte mich damit und verteilte meinen Saft auf meinem Unterleib, als wäre er noch nicht feucht genug.

Er rieb so stark, dass ich meine Schenkel schließen wollte, um dem Druck zu entgehen, aber der Spülkasten machte dies unmöglich. Meine Hände waren immer noch hinter meinem Rücken gefesselt.

Ich konnte nichts dagegen tun, als Milan erneut auf meine Möse schlug. Die Schläge waren nicht fester als zuvor. Aber durch die Stimulation ragte mein Kitzler inzwischen aus der Vorhaut heraus und Milans Handfläche traf auf die ungeschützte hochempfindliche Klitoris.

Aus Leibeskräften zappelte ich und schrie, doch Milan war stärker als ich und zwang mich auszuhalten, was er mir antat.

Ich verlor jegliches Zeitgefühl und konnte nicht sagen, wie viele Minuten verstrichen waren, bevor er mich das erste Mal bis zum Höhepunkt rieb. Zuckend saß ich auf dem Klositz und schämte mich nicht einmal, in Milans Hand zu stöhnen, wie ein brunftiger Hirsch.

Ich hatte die Augen geschlossen und war so berauscht von dem Orgasmus, dass ich zuerst nur ein Klatschen hörte und erst ein paar Sekunden verzögert wahrnahm, dass Milan schon wieder mein Fötzchen schlug.

Inzwischen tat es weh. Ich sah Milan flehend an, um ihm zu verstehen zu geben, dass seine Schläge schmerzten, aber er machte unbarmherzig weiter. Immer wieder landete seine Handfläche auf meiner nassen Möse. Meine Schamlippen brannten wie Feuer. Das Blut rauschte durch sie hindurch, als würde flüssiges Lava durch meine Adern fließen.

Der Lustschmerz baute sich langsam auf. Schlag für Schlag, immer schmerzhafter, immer lustvoller. Hätten Milan und das Lederband meinen Hals nicht aufrecht gehalten, wäre mein Kopf einfach zur Seite gekippt.

Plötzlich hörte Milan auf und streichelte so unendlich sanft über meine Klitoris, dass meine Lust sofort explodierte. Mein Jammern wurde von seiner linken Hand gedämpft, während seine rechte unentwegt über meinen Kitzler kreiste, sodass der Orgasmus viel länger andauerte als ich es normalerweise gewohnt war. Ich spannte immer wieder meinen Bauch an, mein Unterleib zuckte und ich fühlte mich wie in einer Blase aus Geilheit.

Mein Saft lief aus meiner Muschi, selbst noch, nachdem Milan sie schon wieder mit Schlägen bearbeitete. Schweißtropfen rannen an meinen Seiten herab. Der Schmerz war kaum auszuhalten. Eine Träne löste sich aus meinem Augenwinkel.

Meine Klitoris war höllisch empfindlich, sodass jeder Schlag mit der Handfläche schmerzhafte Eruptionen auslöste. Eine davon führte zu meinem dritten Orgasmus.

Er brach einfach so aus dem Nichts über mich herein. Überraschend erfasste mich ein gigantischer Lustkrampf, der durch meinen ganzen Körper hindurchfloss wie eine Riesenwelle, die gnadenlos alles mit sich riss. Ein Schwall Flüssigkeit löste sich aus meinem Inneren und schoss in die Kloschüssel. Ich war zu fertig, um mir Gedanken darüber zu machen, ob ich gerade abgespritzt oder gepinkelt hatte.

Diesmal hörte Milan sofort auf. Er umarmte mich von hinten, hielt mich fest und gab mir Halt, denn ich war so erschöpft, dass ich kaum noch aufrecht sitzen konnte. Mein Fötzchen pochte, als würde mein Herz nicht mehr im Brustkorb, sondern zwischen meinen Beinen sitzen.

Während ich gierig Luft in meine Lungen saugte, strich mein Herr beruhigend über meine Haare und sagte leise: »Ich bin stolz auf dich. Du bist wirklich tapfer gewesen. Mach dir bewusst, dass ich dir das alles nur deinetwillen angetan habe.«

Im ersten Moment war ich verwirrt, aber dann begriff ich, was er meinte. Er hatte meine Sehnsüchte bei unserem regen Mailaustausch erfahren und sie wahr werden lassen, dabei wusste ich damals noch nicht einmal genau, wie meine Wünsche genau aussahen. Ich wollte Lustschmerz und Demütigung erfahren, Rollenspiele machen und mich teils freiwillig hingeben, teilweise unterworfen werden. Konkrete Vorstellungen besaß ich nicht.

Erst durch Milan hatten meine Wünsche Formen angenommen.

Er löste das Halsband und die Handschellen, half mir beim Aufstehen und hob mich völlig unerwartet auf seine Arme. Lächelnd trug er mich in den Wohnbereich. Er legte mich auf das Bett und deckte mich zu.

Dankbar schaute ich zu ihm auf.

»Ich muss zurück ins Büro«, sagte er mit fester Stimme. »Du kannst liegen bleiben und dich ausruhen, so lange wie du möchtest. Ich habe das Zimmer bis morgen früh gemietet.«

So lange, fuhr es mir durch den Kopf. Ich wurde hellhörig.

»Ich werde um neunzehn Uhr zurück sein«, kündigte er an. »Wenn du dann noch hier bist, werde ich deine Erziehung fortführen, gegebenenfalls auch gegen deinen Willen.«

Der Zusatz, dass er mich auch gewaltsam unterwerfen würde, erregte mich schon wieder.

Er kniff mir in die Wange, wie einer Göre. »Es ist deine Entscheidung. Ich gebe dir die Chance zu schlafen und dann zu gehen. Nichts und niemand würde dich aufhalten. Wenn du es willst, sehen wir uns nie wieder.«

Er hatte recht, denn er kannte nur meine E-Mail-Adresse.

»Solltest du dich allerdings dazu entscheiden zu bleiben, werde ich tun und lassen mit dir, was ich will. Ich werde dir wehtun, dich demütigen und missbrauchen, wie es mir passt.

Deine Erwartungen spielen keine Rolle. Du bist meine Sklavin und hast dich meinem Wunsch unterzuordnen. Ich scheue auch nicht davor zurück, deinen Gehorsam mit Gewalt zu erzwingen.« Milan nickte, um seine Worte zu unterstreichen. »Es liegt bei dir.«

Dann ging er. Ohne sich zu verabschieden. Ohne seine Sporttasche mit den Folterwerkzeugen mitzunehmen. Er machte sich lediglich im Badezimmer frisch und verschwand.

Ich war mir sicher, dass er wusste, wie sehr er mich bereits am Haken hatte. Das Rollenspiel hatte mir viel abverlangt, aber es war nur ein Anfang, ein Tropfen auf den heißen Stein, ein Appetizer … ich wollte mehr!

Seine drohenden Worte hatten mich schon wieder nass werden lassen. Ich überlegte, ob ich es mir selbst machen sollte, aber ich war zu erschöpft.

Alles war ruhig. Das Zimmermädchen musste die Etage verlassen haben, der Korridor schien verwaist, und selbst von der Straße drang nur ein gedämpftes Murmeln zu mir, das mich noch schläfriger machte. Träge schaute ich zu den Sonnenstrahlen, die an den Seiten des schweren Vorhangs in das Hotelzimmer fielen. Staub schwebte umher. Die Atmosphäre war heimelig, so wie damals bei meiner Großmutter. Ich fühlte mich unglaublich wohl und kuschelte mich tiefer in die weiche Bettwäsche.

Glücklich schloss ich meine Lider. Ich hatte genug Zeit, um auszuschlafen und neue Kraft zu schöpfen. Am Abend würde ich duschen, mich nackt neben die Tür knien und auf ihn warten. Auf Milan, meinen ersten Herrn.

Die Wachsfigur

Dóra war wie Wachs in meinen Händen. Indem ich ihre Lust geweckt hatte, war sie nachgiebig geworden, und jetzt konnte ich sie zu allem formen, was ich mir in meinen wildesten SM-Fantasien vorstellte. Es brauchte nur ein wenig Zeit. Die Lust würde sie hinab in die Abgründe ziehen, die ich ihr bereiten würde.

Vor wenigen Stunden hatte ich sie in einem Lesbenclub am Stadtrand von Debrecen aufgegabelt. Sie war nur auf der Durchreise, wollte eigentlich nach Budapest, aber ihr war das Geld ausgegangen. Ein typisches Mädchen aus einem ärmlichen Dorf, das ihr Glück in der Hauptstadt versuchen wollte.

Ich hatte sie mir gekauft.

Eigentlich hatte ich das nicht nötig, doch heute gab es mir einen besonderen Kick, ihr einige Forint zuzustecken und ihr zu befehlen, mir gehorsam zu folgen. Wieso ich diese Ausnahme machte? Weil ich Dóras Interesse an mir bemerkt hatte. Weil sie in jeder Hinsicht biegsam erschien. Und weil ich das Spiel ein wenig variieren wollte.

Es sprach nichts dagegen. Eine erfahrene Domina erkannte die Anzeichen einer devoten Neigung, und ich benötigte ein neues Spielzeug.

Ich brachte sie in meine Wohnung. Als ich ihre Enttäuschung bemerkte, weil sie davon ausgegangen war, dass eine Frau, die so selbstbewusst und perfekt durchgestylt auftrat wie ich, reich sein musste, log ich eiskalt, dass ich sie in dieser heruntergekommenen Bude wie eine billige Straßenhure ficken wollte, um sie zu erniedrigen. Erst wenn sie sich für würdig erwies, würde ich sie in mein Penthouse mitnehmen.

Nun kniete sie vor mir. Nackt und appetitlich. Sie hatte ihren Oberkörper so weit vorgeneigt, dass ihre Stirn den Wohnzimmerteppich berührte. Ihr Hintern war in die Höhe gereckt. Ich stieß gegen ihre Beine, damit Dóra sie spreizte. Ein köstlicher Anblick. Ihr Po war so klein. Alles an ihr war klein: ihre Nase, ihr Bauch und ihre Tittchen, sogar ihre Füße.

Ich ließ mich zu Tragträumen hinreißen, während Dóra vor mir zitterte, weil sie nicht wusste, was ich mit ihr vorhatte.

Was könnte ich diesen Füßen mit diesen niedlichen Zehen alles antun! Ich träumte davon, sie mit dem Rohrstock zu schlagen, sie mit Nadeln zu traktieren und der Kitzelfolter zu unterziehen – die meist unterschätzte Qual, da sie im ersten Moment nicht grausam erscheint. Weit gefehlt!

Aber das wäre zu viel für die naive Dóra gewesen. Die Kleine ging davon aus, dass wir ein bisschen Unterwerfung spielen würden, aber ich spielte nie nur ein bisschen und ging auch nicht zimperlich mit meinen Subs um. Allerdings musste ich meine neue Marionette vorsichtig zurechtbiegen, damit sie sich nicht losriss und vorzeitig flüchtete.

Mirko öffnete träge seine Augen und schaute gelangweilt zu uns rüber. Der alte grau getigerte Kater, dessen Fell so struppig wie eine alte Klobürste abstand, lag auf dem Wohnzimmersessel und hatte Verständnis für meine Beutezüge, brachte er doch auch hin und wieder ein Mäuschen mit heim. Unbeirrt döste er weiter, die Ohren gespitzt.

»Réka.« Schüchtern sprach Dóra meinen Namen aus und sah zu mir hoch, ohne den Oberkörper anzuheben.

Die Kleine hatte Potenzial. Ich zeigte ihr lächelnd die 1,5

Literflasche mit stillem Mineralwasser, die ich in der Hand hielt. »Das werde ich langsam in dein Poloch gießen und du wirst stillhalten. Habe ich mich klar ausgedrückt?«

Ich las den Schrecken auf ihrem Gesicht und rieb mit der Hand, die sie nicht sehen konnte, unauffällig über meinen Lederslip. Dóra behauptete dreiundzwanzig Jahre alt zu sein, aber ich ahnte, dass sie nicht älter als achtzehn oder neunzehn war. Genau der richtige Zeitpunkt, um ihre Erziehung zur Sub zu beginnen: volljährig, aber noch nicht gefestigt.

»Das ist zu viel Flüssigkeit.« Dóras Stimme zitterte kaum merklich. »Bitte, Réka.«

»1,5 Liter«, wiederholte ich lasziv und lächelte diabolisch.

Dóras Blick wechselte zwischen der Wasserflasche und meinem Gesicht hin und her. »Ich werde mich nicht bewegen, aber bitte, bitte, bitte, schütte nicht die ganze Flasche in mich hinein. Das halte ich nicht aus.«

Wie wunderschön sie betteln konnte! Es kam so natürlich aus ihrem Mund. Außerdem hielt sie noch immer die Position, was mir zeigte, dass sie die Erfahrung, die ich ihr aufdrängte, machen wollte.

Meine Fingerspitzen glitten über das dünne Leder zwischen meinen Beinen. Leder war solch ein erotisches Material! Das Streicheln machte mich an. Natürlich ließ ich mich von meinen Subs auch lecken, aber ich war eine Sadistin. Ich erregte mich am Lustschmerz der jungen Frauen, die ich abschleppte. Je mehr sie litten, desto geiler wurde ich. Das Quäntchen Demütigung war wie das Salz in der Suppe.

Am schwersten taten sich die Wachspüppchen, die noch keinerlei Erfahrung mit Schmerz und Erniedrigung besaßen. Sie quälten sich schon bei Kleinigkeiten, sodass ich nicht einmal mein volles Potenzial auszuschöpfen brauchte. Meine Grausamkeit war nie ausufernd. Es ging mir nicht darum, ihnen unerträgliche Schmerzen zuzufügen, sondern mich an ihrer Qual aufzugeilen. Je eher sie für mich litten, desto eher hörte ich mit der Tortur auf.

Aber wehe, wenn ich herausfand, dass eine Sub mir etwas vorgaukelte! Dann schöpfte ich aus dem Vollen und entfesselte meine ganze Macht.

Mein neues Spielzeug zuckte, als meine Spucke ihr Poloch traf. Ich cremte meinen Daumen mit dem Speichel ein und bohrte ihn behutsam in ihren Anus, um ihn auf die Dehnung vorzubereiten.

Einige Male fickte ich sie mit dem Daumen, nahm dann den Zeigefinger hinzu und zum Schluss auch noch den Mittelfinger. Ich stieß eigentlich nur die Fingerkuppen hinein, denn das arme Ding verkrampfte sich sehr – war wohl noch nie anal gevögelt worden – und es musste ja nur der Flaschenhals in sie hineinpassen.

Nachdem ich meine Finger herausgenommen hatte, drückte ich rasch den Flaschenhals hinein, um zu verhindern, dass sich der Ringmuskel wieder zusammenzog. Die Flasche war nur zu zwei Drittel gefüllt, weil ansonsten jetzt schon die Flüssigkeit in sie hineingelaufen wäre. Ich hatte die Wasserflasche absichtlich oben festgehalten, damit Dóra dachte, sie sei voll. Diese kleinen Tricks gaben mir einen Kick.

Langsam kippte ich die Flasche. Ein dünnes Rinnsal floss in Dóras Enddarm. Sie schrie erschrocken auf, und mein Fötzchen antwortete mit einem Prickeln.

Ich massierte ihr Steißbein, grinste breit und kippte einen Schwall Wasser nach. Diesmal stöhnte sie. Ihre Pobacken verkrampften sich, doch sie wagte nicht, ihre Position zu verändern. Gelehrige kleine Maus!

»Du wirst es schon ertragen«, sagte ich harsch, aber die Lüsternheit in meiner Stimme war unüberhörbar.

Ich benässte meinen Daumen und verteilte meinen Speichel auf ihrer Rosette, die sich ein wenig öffnete, jedoch sogleich wieder um den Flaschenhals presste. Diese Reaktion, so unscheinbar, dass nur ein geübtes Auge sie bemerken konnte, war wundervoll.

Während ich die Wasserflasche wieder anhob, um nachzugießen, schaute ich auf Dóras Muschi. Meine kleinen Schamlippen ragten weit über die großen hinaus, aber ihre schlossen fast ebenbündig mit den äußeren ab, selbst jetzt noch, da sie anschwollen. Ihr köstlicher Mösenduft stieg zu mir auf. Ich hörte mein Püppchen leise Jammern, doch sein Körper reagierte mit Geilheit. Und meiner auch. Mein Lederslip war schon ganz nass.

»Das ist fürchterlich, Réka! Ich kann es in mir spüren, es schwappt hin und her. Und … und … ich höre es gluckern. Mach, dass es aufhört, bitte.«

Ich lachte leise. »Und wieso streichelst du dein Tittchen?«

Erstaunt hielt Dóra inne, so als ob sie gar nicht bemerkt hatte, dass ihre rechte Hand ihren Busen immer fester knetete. Sie stützte sich damit wieder auf dem Boden ab.

Wie süß! Sie errötete. Natürlich lief ihr auch das Blut in den Kopf, weil ihr Hintern höher als der restliche Körper war. Die Stellung, die ich ihr befohlen hatte einzunehmen, war auf Dauer sehr unangenehm. Aber ihr Gesicht war so schnell rot angelaufen, dass nur Verlegenheit der Grund sein konnte.

»Hör auf zu winseln! Die Prozedur ist erst vorbei, wenn ich es sage. Hast du verstanden, Dóra?«

»Ja, Réka«, antwortete sie kleinlaut.

Mein Gespür hatte mich nicht im Stich gelassen. Die Kleine besaß tatsächlich eine angeborene Demut. Sie ordnete sich freiwillig unter, und selbst wenn sie lasch aufbegehrte, war es ein Leichtes, sie mit wenigen harschen Worten auf ihren Platz zu verweisen.

Aber das Schönste war, dass Dóra es genoss. Gehorsam zu sein erregte sie. Mir war noch nicht klar, ob sie sich dessen bewusst war und es versuchte vor mir zu verstecken, oder ob sie ihre Neigung noch nicht erkannt hatte. Ich vermutete Letzteres und würde es herausfinden.

Mit den Fingern meiner linken Hand spreizte ich ihre Pobacken, während meine rechte das Plastik vorsichtig eindrückte und wieder losließ. Durch das Geräusch zuckte Dóra zusammen. Für sie musste es klingen, als wäre die Flasche schon halb leer, was wiederum bedeutete, dass die Hälfte des Inhalts in ihr sein musste. Ein Trugschluss, den ich absichtlich hervorgerufen hatte.

Dóra versuchte über ihre Schulter hinweg zu sehen, wie voll die Wasserflasche noch war, doch ich hielt die Flasche so geschickt, dass meine Wachsfigur es nicht erkennen konnte.

Mit jedem Manöver machte ich sie heiß und weich und biegsam. Mit jedem Trick gewann ich mehr Macht über sie. Ich war eine Künstlerin und sie mein Material, das ich erst einschmelzen musste, um daraus zu formen, was mir vorschwebte.

Stück für Stück füllte ich ihren Enddarm mit Wasser und geilte mich an ihrem inneren Kampf auf, der immer mehr zum Vorschein trat. Mal schimpfte ich mit ihr, sie solle stillhalten, dann wieder redete ich gefühlvoll auf sie ein.

Inzwischen hörte ich selbst, wie die Flüssigkeit in ihr schwappte, es mochte auch nur eine Illusion sein, doch sie machte mich an. Am liebsten hätte ich sie bis zum Rand gefüllt, bis das Wasser aus ihrem Anus laufen würde, obwohl sie den Po nach oben gestreckt hatte, doch das wäre barbarisch gewesen und die Regeln safe, sane und consenual galten auch für mich. Also gab ich mich mit der Fantasie zufrieden.

Die kleine Dóra wurde inzwischen von Bauchschmerzen gequält. Sie waren nicht stark, kamen jedoch konvulsiv und brachten das Wasser in ihrem Enddarm in Aufruhr.

»Drück es heraus«, befahl ich ihr und entfernte den Flaschenhals aus ihr. Doch sie schaffte es nicht. Nicht in dieser Stellung.

Dóra war enttäuschter darüber als ich. »Es tut mir leid, tut mir wirklich leid. Ich strenge mich an, aber ich schaffe es einfach nicht.«

Mir war klar, dass es nicht funktionieren konnte, aber ihr verzweifeltes Bemühen gefiel mir. Es war hübsch anzusehen, wie ihr der Schweiß ausbrach, sie ihren Hintern immer wieder anspannte und ihren Bauch hielt.

Bevor ihr übel wurde, sagte ich: »Genug! Ich möchte, dass du ganz langsam aufstehst, damit dein Kreislauf nicht verrückt spielt. Press deine Arschbacken zusammen und folge mir ins Badezimmer.«

Sie erhob sich. Da sie wankte, hielt ich sie so lange fest, bis sie wieder sicher stand. Dann fing sie an auf der Stelle zu tippeln, weil das Wasser gegen ihren Ausgang drückte und herauswollte. Sie konnte es kaum halten und musste ihre Pohälften mit den Händen zusammendrücken.

Ich packte ihren Arm und zerrte sie ins Badezimmer. »Wehe, wenn sich auch nur ein einziges Tröpfchen auf den Boden ergießt! Dann wirst du es auflecken.«

Erschreckt schaute Dóra zu mir auf, denn ich überragte sie um eine Kopflänge. Sie hatte die größten Augen, die ich je bei einer Frau gesehen hatte. Wie diese Mangafiguren – kindlich und Mitleid erweckend. Auch ich war nicht immun gegen diesen Blick, doch anstatt schwach zu werden, reizte er mich dazu, sie zu quälen.

Im Badezimmer führte ich sie zum Katzenklo und nicht zum WC. »Dort wirst du reinmachen.«

»Warum?« Ihre Stimme war leise, unsicher und ein wenig zittrig.

»Weil ich es will, so einfach ist das. Und mein Befehl ist Gesetz.« Ich baute mich in meiner vollen Größe vor ihr auf. »Du wirst dich rechts und links davon hinknien und deine Arschbacken auseinanderhalten. Erst dann hast du meine Erlaubnis, es laufen zu lassen.«

Dóra haderte. Ihre Wangen waren gerötet und ihr Blick glitt immer wieder zwischen mir und dem Katzenklo hin und her. Sie schämte sich, aber ich sah ihr an, dass ein Teil von ihr – der versaute, obszöne, perverse und der abenteuerlustige, der sich ohne Zukunftspläne auf nach Budapest gemacht hatte – es tun wollte und sich an der Erniedrigung erregte.

Das Wasser in ihrem After quälte sie. Sie verzog das Gesicht und presste ihre Pobacken fester zusammen. Lange würde sie den Druck und die Krämpfe nicht mehr aushalten können, und ich freute mich darauf, sie für ihr Vergehen zu züchtigen.

Als ich schon befürchtete, sie würde sich nicht überwinden können, kniete sie sich mit ihrer Kehrseite zu mir über das Katzenklo. Sie schaute über die Schulter zurück, wagte aber nicht zu fragen, ob es nicht doch eine andere Möglichkeit gäbe. Ihr Blick streifte die Toilette. Eine erneute Kontraktion erfasste sie.

Endlich nahm Dóra ihre Arschbacken und zog sie auseinander. Sie neigte den Oberkörper sogar ein wenig vor, obwohl ich ihr das nicht einmal befohlen hatte. Doch es tat sich nichts. Ihre Rosette blieb verkrampft. Sie hatte sie so lange zusammengekniffen, dass es ihr jetzt schwer fiel, den Krampf zu lösen. Außerdem kniete sie über einem Katzenklo und wurde beobachtet.

Unvermittelt riss ich ein Handtuch von der Stange neben dem Waschbecken und schlug ihr damit so fest wie möglich auf ihre Ritze.

Sie schrie auf. Ließ locker. Ein Strahl Wasser schoss aus dem Löchlein. Aber bevor es im Katzenstreu versickert war, hatte sich der Anus schon wieder geschlossen.

Ich legte das Handtuch in das Becken und ließ Wasser darüberlaufen, bis es durchtränkt war. »Damit werde ich dich schlagen, wenn du nicht sofort alles aus dir herauslaufen lässt.«

Ängstlich guckte sie zu mir auf, um zu prüfen, ob ich es ernst meinte und um stumm um Gnade zu betteln. Selbstverständlich meinte ich es bitterernst, und Erbarmen würde sie von mir nicht erfahren. Die kleine Dóra schien das zu ahnen, denn sie begann zu kämpfen. Sie drückte, als würde sie ein Geschäft verrichten. Zuerst tat sich gar nichts. Schweißperlen traten auf ihre Stirn. Dann endlich flossen einige Tropfen aus ihrem Loch. Sie rannen durch ihre Ritze, über ihre Schamlippen und fielen ins Katzenklo.

Dóra stöhnte. An ihrer seligen Miene las ich ab, dass es nicht vor Qual, sondern vor Lust war. Die zarte Liebkosung der Tropfen machte sie an. Wieder schoss ein Strahl auf ihrem Poloch heraus – es schloss sich – öffnete sich wieder, um etwas Flüssigkeit freizugeben, die durch ihre Spalte floss.

So ging es weiter, bis sie seufzend locker ließ und das restliche Wasser aus ihrem Anus herausplätscherte. Ein hübscher Anblick! Ebenso hübsch war Dóras Gesichtsfarbe, als sie nach vollendeter Tat die durchtränkte Streu unter ihr betrachtete. Ihr blasser Teint war inzwischen feuerrot. Er harmonierte gut mit ihren grünen Augen. Sie war ein streunendes Kätzchen, das ich dressierte.

Mirko schaute um die Ecke. Er musterte Dóra, wie sie über seinem Klo kniete, und schüttelte sich. Dann sah er zu seinem Fressnapf, der unter dem Waschbecken stand, und starrte mich mit diesem Blick an, den ich nur zu gut kannte.

Normalerweise bekam er natürlich nachts nichts mehr zu

fressen, doch ich wollte Dóras Angst ein wenig schüren und griff nach einer Katzenfutterdose, die auf meinem Kosmetikschrank stand. Eine alte, verbogene Gabel lag gleich daneben. Ich stellte mich so, dass Dóra sehen konnte, wie ich den Deckel der Dose langsam öffnete und lächelte sie diabolisch an.

»Bitte, Réka, nicht.« Es lag erneut diese Verletzlichkeit in ihrem Blick, die mich erregte. »Nicht das. Dazu kann ich mich keinesfalls überwinden.«

Arrogant hob ich eine Augenbraue und lockerte das Futter mit der Gabel.

»Ich flehe dich an, verlange das nicht von mir.« Sie stieg vom Katzenklo, kniete sich vor mich hin und schmiegte ihre Wange an mein Bein.

Das hatte noch nie eine Sub getan. Es berührte etwas in mir, etwas, das vor langer Zeit erkaltet und tief in mir vergraben war.

Mit ihren großen Augen schaute sie zu mir auf und legte ihr Schicksal in meine Hände. Sie zeterte nicht, schimpfte nicht, sondern wartete auf meine Entscheidung. Es lag in meiner Macht, ob sie ein Häppchen von dem Katzenfutter essen würde oder nicht.

Dóra würde es tun, das wusste ich, aber das zarte Band zwischen uns würde einen Riss bekommen. Ihr Vertrauen wäre dahin, wenn ich sie jetzt über diese Grenze stieße.

Ich musste entscheiden, was ich wollte: grausam sein und mir einen Kick verschaffen, der neu und reizvoll war, oder eine gute Herrin und gütig und weise sein.

Eigentlich hatte ich nie vor gehabt, sie das Futter essen zu lassen, sondern hatte sie nur an den Rand der Verzweiflung bringen wollen, um mich daran aufzugeilen. Doch nun war die Versuchung groß.

Ich leerte die Dose in die Schale und Mirko machte sich sogleich über das Futter her.

Eine Weile schaute ich ihm zu, dann wandte ich mich an Dóra. »Folge mir ins Wohnzimmer und zwar auf allen vieren.«

Ich konnte ihr förmlich ansehen, wie ihr ein Stein vom Herzen fiel. Sie lächelte über das ganze Gesicht und lief wie ein treues Kätzchen hinter mir her. So enthusiastisch hatte ich sie noch nicht erlebt. Was ein Quäntchen Barmherzigkeit doch auslöste!

Aber das Strahlen fiel augenblicklich von ihr ab, als ich ihr die Plastiktüte über den Kopf stülpte und sie mit Paketklebeband locker am Hals zusammenband. Die Öffnung war immer noch so breit, dass sie ihre Hände darunterschieben konnte, jedoch würde nicht schnell genug Sauerstoff hineinströmen können, wie Dóra ihn verbrauchte, was eine Art Rauschzustand hervorrufen würde.

Ich besaß Erfahrung mit Atemkontrolle. Sie brauchte keine Angst zu haben, war in keiner Sekunde in Gefahr, denn ich würde die Tüte beim ersten Anzeichen von Ohnmacht zerreißen, ebenfalls wenn ihre Panik zu groß werden würde. Ich verzichtete auf eine Fesselung, damit auch sie sich jederzeit von der Plastiktüte befreien konnte.

»Ich habe Angst«, sagte Dóra. Sie atmete kräftiger ein, als es notwendig war, und sog die Tüte somit in ihren Mund an. Erschrocken spuckte sie sie aus.

Ich konnte mir ein Lächeln nicht verkneifen. »Je flacher du atmest, desto weniger Luft verbrauchst du, denn sie wird nach einer Weile knapp werden. Bleib ganz locker.«

Es würde ihr nicht gelingen, weder das eine noch das andere, dafür würde ich sorgen. Vorfreude regte sich in mir.

Ich befahl ihr sich hinzusetzen, die Beine zu spreizen und sich mit den Händen hinter dem Rücken abzustützen. Ihr Fötzchen klaffte vor mir auf. Mösensaft war an der Öffnung zu erkennen. Diese kleinen Schamlippen besaßen einen jungfräulichen Charme. Ich sehnte mich danach, ihnen wehzutun, und hockte mich zwischen ihre Schenkel.

Erregt entzündete ich eine rote Kerze, hielt sie zwischen mein Spielzeug und mich und beobachtete, wie das Wachs flüssig wurde. Mein Püppchen wurde unruhig. Sie ahnte, dass sie nun einiges an Schmerz würde ertragen müssen. Aber sie schwieg, wahrscheinlich wollte sie meine Geduld nicht auf die Probe stellen, wo ich doch eben erst äußerst gnädig zu ihr gewesen war.

»Halte still!«, wies ich sie an und schaute ernst.

Dóra nickte unter der Plastiktüte.

Ich kippte die Kerze, und ein Schwall Wachs ergoss sich genau auf ihren linken Nippel. Sie schrie auf, ihr Brustkorb hob und senkte sich, aber sie blieb artig sitzen. Ich kroch näher an ihre Muschi heran und ließ sie die Hitze der Flamme spüre. Dóra wollte nach hinten ausweichen, doch ich krallte meine Finger in ihren Oberschenkel, und hinderte sie daran.

Ich überzog ihre rechte Brustwarze mit dem Wachs, vergrub sie darunter und erregte mich an der schmerzverzerrten Miene meiner devoten Gespielin. Durch den Schmerz atmete sie heftiger, die Tüte blähte sich auf und wurde dann wieder von ihr angesaugt. Ihr Gesicht schwitzte unter dem Plastik, ihre Haare klebten bereits am Kopf und Kajal und Mascara begannen zu fließen.

Ihre Schönheit war ramponiert – so musste eine Sklavin aussehen.

Ich zeigte auf das Kerzenwachs. »Die Stellen sehen aus wie zwei rote Nippelshields. Heiß! Gefallen sie dir?«

»Mir fällt das Atmen schwer«, sagte sie, anstatt zu antworten, und griff zum Klebeband.

Ich hielt ihr Handgelenk fest. »Ein bisschen leiden wirst du schon müssen. Für mich. Ich werde dich ablenken und deine Möse lecken.«

Ihre Augen leuchteten erwartungsvoll. Folgsam senkte sie ihre Hand.

Andere Herrinnen ließen sich nicht herab, ihre Sklavinnen mit dem Mund zu befriedigen. Manche fassten sie nicht einmal an, sondern hielten sich Zofen dafür. Ich war anders. Ich brach mir keinen Zacken aus der Krone, wenn ich meine Sub mal verwöhnte, schließlich quälte ich sie auch, da war es nur recht und billig, wenn ich ihr Lust bereitete, schon allein weil sie dann bereit war, noch mehr Leid für mich zu ertragen. Zugegeben, es war ein Trick, aber ein liebenswerter, fand ich. Außerdem wollte ich herausfinden, wie Dóra schmeckte. Ihre Küsse waren köstlich. Würde ihr Mösensaft genauso sein?

»Aber erst muss ich dich vorbereiten.« In meiner Ankündigung schwang eine subtile Bedrohung mit, die meiner Marionette nicht entging. »Öffne dein Fötzchen, ohne die Schamlippen anzufassen. Leg einfach deine Hände an die Oberschenkel und zieh die Haut von der Muschi weg.«

Ihre Finger zitterten leicht, doch sie gehorchte mir. Als ich die Kerze über ihren Venushügel hielt, nahm sie ihre Hände wieder weg.

»Dóra!« Meine Stimme war dunkel und mahnend.

Sie gehorchte bebend. Ihr Blick bettelt darum, ihr nicht wehzutun, aber genau das war mein Plan, und ich würde es genießen. »Wie du an deinen Nippeln gesehen hast, bin ich zielsicher. Solltest du aber zucken oder deine Schamlippen loslassen, wird das Kerzenwachs Stellen treffen, die sehr empfindlich sind. Hast du das verstanden?«

»Ja, Réka«, antwortete sie fipsig wie eine Maus.

Ich versetzte mich in sie hinein, um ihre Angst noch mehr auskosten zu können. Wie durch ein Fenster hindurch sah sie, was um sie herum geschah. Als würde ihre Möse nicht zu ihr gehören, nicht Teil ihres Körpers sein. Dass sie es doch war, würde sie in wenigen Sekunden spüren, wenn das heiße Wachs ihr Fötzchen auf schmerzhafte Weise liebkoste.

Die Luft unter der Plastiktüte wurde dünn, der Sauerstoffmangel verlangsamte ihre Reaktionen, machte sie träge und – verbunden mit der Lust, die ich ihr bereitete, in dem ich sie demütigte und ihr wehtat – sogar berauschte. Schweiß rann ihr in die Augen, sie klimperte ihn weg, und wenn er auf ihre Lippen traf, leckte sie ihn einfach ab. Etwas anderes blieb ihr nicht übrig.

Obwohl nur ihr Kopf umhüllt war, fühlte sie sich von der Welt abgegrenzt, weil ihre Sinne reduziert waren. Die Geräusche klangen gedämpft, sie sah mich nur durch den Plastikschleier hindurch und schmeckte und roch nur sich selbst. Alles, was ihr hundertprozentig geblieben war, war ihr Tastsinn und den kontrollierte ich, in dem ich ihre Hände beschäftigte.

Ich hielt die Kerze schräg, und ein einzelner Tropfen Wachs fiel auf ihre rechte äußere Schamlippe. Dóra biss die Zähne zusammen. Sie hielt kurz die Luft an und keuchte dann.

»Stell dich nicht wie ein Baby an«, schimpfte ich, hielt die Kerze jedoch höher, um den Schmerz milder zu dosieren. Sie sollte leiden, aber auf eine lustvolle Art.

Diesmal kippte ich einen ganzen Schwall Wachs auf die Lippe und beobachtete, wie er herunterlief und rechtzeitig erkaltete. Ich geilte mich an Dóras Gejammere auf. Ihre Hände waren so schwitzig, dass sie fester zugreifen musste. Die Haut an ihren Oberschenkeln war schon gerötet.

Stück für Stück verfeinerte ich das Bild und entlockte meinem Püppchen die verschiedenen Töne der Schmerztonleiter.

Ich goss hie und da Kerzenwachs hin, bis die ganze rechte Schamlippe darunter vergraben war. Kein einziger Tropfen war auf den Teppichboden gefallen. Gekonnt war gekonnt. Ich war gut, das wusste ich.

Dóras Augen waren bereits halb geschlossen und ihr Blick getrübt vor Lustschmerz. Ihre Finger rutschten ab, und sie bohrte sie tiefer in ihre Oberschenkel. Sie winselte leise, als ich die Kerze über ihre linke Schamlippe hielt, weil sie wusste, was auf sie zukam. Das schürte ihre Furcht und meine Geilheit.

Der erste Tropfen fiel auf sie nieder. Tapfer biss sie ihre Zähne zusammen, doch diesmal gab ich ihr keine Zeit, sich zu erholen, sondern goss sofort kräftig nach. Sie schrie auf, und ich bekam eine wohlige Gänsehaut. Feuchtigkeit floss ihre Wange hinab. Waren es Tränen? Oder doch nur Schweiß?

Ich hielt mich nicht damit auf, ihr Gesicht zu betrachten, sondern quälte Subbie weiter, indem ich ihre süße, kleine Lippe Millimeter für Millimeter – schließlich wollte ich nicht, dass der Spaß zu schnell vorbei war – mit heißem Kerzenwachs beträufelte.

Inzwischen heulte Dóra. Sie flennte wie ein Kleinkind, das sich das Knie aufgeschürft hatte, dabei war das bisschen Wachs gar nichts. Es gab tausend schlimmere Qualen, die ich ihr hätte antun können. Aber das Kerzenwachs verfehlte seine Absicht nicht, denn Dóras Mösensaft floss zwischen ihren Pobacken hindurch und mein Lederslip war so nass, dass meine Muschi bei jeder Bewegung darauf herumrutschte und dadurch noch erregter wurde. Es war Zeit, ihn endlich loszuwerden.

Ich zog den Slip aus und warf ihn achtlos weg. Mirko, der gerade aus dem Bad kam, wich ihm erschreckt aus und sprang mit einem Satz auf den Sessel. Vorwurfvoll schaute er mich an und begann orgiastisch sein Fell zu putzen.

Grinsend präsentierte ich Dóra meine feuchte Möse. Ihr Blick wurde wieder wacher. Ihre Zunge strich über ihre Lippen.

»Als Belohnung, weil du still gehalten hast, werde ich dich erst lecken«, lasziv fügte ich hinzu: »und danach ficken.«

Subbie nickte überglücklich, weil sie nicht daran dachte, dass sie durch die wachsende Erregung schneller atmen und den Sauerstoff rascher aufbrauchen würde, was ihre Benommenheit steigerte. Ich war eine Schlange und war es gerne!

Ich neigte mich vor, sodass sich Dóras Fötzchen direkt vor meinem Gesicht befand. Während ich sie meinen Atem spüren ließ, betrachtete ich die niedlichen inneren Schamlippen, die eingerahmt von zwei Wachsschamlippen waren. Durch das Rot des Kerzenwachses wirkte ihre Muschi wie eine Wunde.

Ich stellte mir vor, wie ich die kleinen Lippen behutsam mit einer hauchdünnen Nadel durchstach, wie Krokodilklemmen sich in das zarte Fleisch bissen und ich meine Faust in dem nassen Loch vergrub. Oh, ich konnte mir so vieles mit Dóra vorstellen, viel mehr als mit irgendeiner anderen Gespielin zuvor.

Bevor ich grüblerisch wurde, senkte ich meinen Mund auf das Fötzchen herab. Tief atmete ich ihren süßlichen Duft ein und saugte an den Schamlippen. Ich stemmte meine Hände gegen Dóras Schenkel und spreizte sie weiter.

Gierig stieß ich meine Zunge in ihre Nässe. Sie war eng gebaut, es war eben alles an ihr klein und zart, das gefiel mir. Es gab mir das Gefühl, sie mit einer Hand zerbrechen zu können.

Ich schlürfte ihren Mösensaft, rieb meine Nasenspitze gegen ihren Kitzler und lauschte ihrem Seufzen und Stöhnen. Es feuerte mich an, doch ich ging nicht unbesonnen vor, sondern folterte meine Marionette auch diesmal, wenn auch mit Lust.

Quälend langsam zog ich die ganze Länge meiner Zunge über ihre Klitoris. Dóra zuckte schon leicht unter mir, doch anstatt sie zum Höhepunkt zu bringen, setzte ich mich auf. Ich beobachtete ihr verdutztes Gesicht und befingerte mich selbst.

»Ficken?«, fragte Dóra mit unschuldiger Miene, schob ihre beiden Zeigefinger in ihre Muschi und zog die Vaginalwände leicht auseinander.

Ich legte meinen Kopf in den Nacken und lachte laut. »Für diese Unverschämtheit müsste ich dich unbefriedigt wegschicken oder zumindest deine Möse mit dem Flogger bearbeiten, aber ich bin selbst schon zu geil.«

Kopfschüttelnd stand ich auf und holte den roten Strapon aus dem Schlafzimmer. Ich führte den eiförmigen Dildo in mein Fötzchen ein und zerrte den Umschnallgurt fest. Mein Herz pochte wild, als ich mich wieder zwischen Dóras Beine kniete, sie an den Schultern zu Boden drückte und das andere Ende des Strapons in sie einführte.

»Er passt nicht, Réka.« Sie hob den Oberkörper an und betrachtete den großen Kunstpenis, dessen Eichel in ihrem Eingang festzustecken schien.

Grob packte ich ihre Handgelenke und nagelte sie auf den Teppichboden. »Dann machen wir dich passend.«

Ich spannte meine Vaginalmuskeln fester an, presste den Dildo in Dóra hinein und zog ihn heraus. Das wiederholte ich und bohrte das künstliche Riesenglied immer tiefer in sie hinein. Ich scheute auch nicht davor kräftig zu pressen, egal wie sehr Dóra wimmerte. Sie wehrte sich gegen meine Hände, aber so zaghaft, dass ich ihren Widerstand nicht ernst nahm. In einem Moment versuche sie von mir wegzurücken, im nächsten drückte sie ihren Unterkörper gegen den Strapon, damit er sie noch weiter aufdehnte.

Schließlich ging ihr Winseln in Stöhnen über. Sie hatte ihre Augen geschlossen. Ihr Mund stand weit offen, da sie verzweifelt nach Atem rang, wodurch sie die Plastiktüte immer wieder kurz einsaugte.

Ich witterte Gefahr. Gefahr, die mich anmachte. Atemkontrolle barg ein großes Risiko. Aber ich war eine Meisterin des Spiels und besaß die Erfahrung zu erkennen, dass sich Dóra nur dem Rausch hingab. Ihre Muschi wurde geschmeidiger.

Wie eine Muschel ging sie auf und ich stieß den – meinen! – Penis bis zum Anschlag in sie hinein.

Ich fing an, mein wehrloses Püppchen zu vögeln. Sie war mir ausgeliefert. Nicht weil ich stärker war als sie, sondern weil ich ihre Neigung längst erkannt hatte, während sie noch auf der Suche war.

Eine Weile beobachtete ich den Schwanz, der in sie hineinhämmerte. Dann zog ich ihn bis auf die Eichel heraus und presste ihn auf ihre inneren Schamlippen, damit er nur von den äußeren umrandet war. Das Rot des Glieds biss sich ein wenig mit dem des Kerzenwachses, aber dieses künstliche Material, unter dem ich ihre Möse vergraben hatte, war hübsch anzusehen. Als hätte ich ihr Allerheiligstes ersetzt. Aber es war ja noch da, im Verborgenen, und es gehörte mir.

Ich konnte mit Dóras Körper tun und lassen, was ich wollte.

Langsam fuhr ich fort, sie zu ficken. Ich kratzte die Nippelshields aus Wachs ab, ließ Dóra meine langen, spitzen Fingernägel spüren und stach die Nägel in die empfindlichen Brustwarzen. Sie krallte ihre Finger in den Teppich, nicht in meinen Unterarm, und erbebte unter dem Lustschmerz.

»Ich warne dich«, brüllte ich. »Wehe du kommst vor deiner Herrin!«

Meine Geduld war am Ende. Nicht mit meinem Spielzeug, sondern mit mir selbst, und so nahm ich Dóra härter ran. Ich rammelte sie hemmungslos und stieß dabei nicht nur den Kunstschwanz in ihre Möse, sondern auch das andere Ende in meine. Während ich sie fickte, fickte ich mich selbst auch.

Ich starrte mein Püppchen an, genoss den grausamen Anblick der Tüte über ihrem Kopf und vögelte ihr das Gehirn raus. Mein Loch war so nass, dass der Dildo ohne Umschnallgurt herausgerutscht wäre. Dass man diese verfluchten Strapons allein durch seine Vaginalmuskulatur halten konnte, gehörte für mich ins Land der Mythen und Märchen. Oder ich fickte einfach zu hemmungslos!

Als sich mein Fötzchen schon wund anfühlte, schrie ich auf und entlud mich. Ich legte meine Hände um die Schwanzwurzel und wünschte, der Dildo hätte eine Öffnung gehabt, um mein Ejakulat in Dóra hineinzuspritzen. Stattdessen quoll mein Saft seitlich an dem eiförmigen Ende, das in mir steckte, heraus.

Es benötigte nur einen weiteren Stoß, dann kam auch mein Püppchen. Ihr Körper verkrampfte sich, und sie legte beide Hände auf ihren Schamhügel. Als der Orgasmus sie erfasste, zuckte sie so heftig unter mir, dass ich mich bereithielt, sie an den Schultern festzuhalten, weil der Lustkrampf einem spastischen Anfall gleich kam. Doch es war nur die Geilheit, die ihre Energien freisetzte.

Während Dóra nachglühte, riss ich ein Loch in die Plastiktüte. Gierig sog sie frische Luft in ihre Lungen. Sie sah mich dankbar an, schloss jedoch sofort wieder ihre Augen, weil sie vollkommen erschöpft war.

Lächelnd zog ich den Strapon aus. Ich setzte mich neben meine Sub, lehnte mich gegen die Wand und bettete ihren Kopf auf meinem Schoß. Ob sie den Duft meiner Möse roch? Oder war sie schon eingeschlafen?

Zärtlich streichelte ich über ihr verschwitztes Haar und berührte das Klebeband um ihren Hals, das zusammenhielt, was von der Plastiktüte übrig war.

Ich werde die Kleine noch ein wenig behalten, dachte ich so satt und zufrieden, wie Mirko es war, nachdem er eine Dose Thunfisch gefuttert hatte.

Was für eine erfolgreiche Jagd! Ich war glücklich, wie die Nacht verlaufen war. Allerdings graute es mir vor dem Morgen, weil der Sonnenaufgang jedes Mal die Ernüchterung brachte.

Tagsüber arbeitete ich als Näherin in einer Jeansfabrik. Nachts jedoch gehörte mir die Welt, und Mädchen wie Dóra machten mich zur Königin!

Das Biest und der Kriecher

Alexandra nippte an ihrem Champagnerglas und musterte den jungen Mann, der ihr gegenüber im hinteren Teil der Limousine saß und immer wieder verlegen den Blick senkte. Ein wenig tat er ihr leid – die Kabine musste ihm wie eine Falle vorkommen – aber Jasper, wie er sich nannte, konnte jederzeit gehen. Noch. Sollte er Alexas Prüfung bestehen und sich dazu entscheiden, ihre exklusive Einladung anzunehmen, wäre dieses Privileg passé.

»Schön, dass du gekommen bist«, sagte Alexandra im Plauderton und stellte das Glas auf die Minibar.

Jasper sah kurz auf, um dann nervös auf seine Schuhspitzen zu schauen.

Alexa war sich ihrer dominanten Ausstrahlung bewusst. Sie achtete stets auf eine aufrechte Haltung und trug immer einen Rock, der bis knapp über die Knie reichte, und ein Nadelstreifenjackett. Sie zog dies nicht extra für die SM-Treffen an, sondern kam direkt aus dem Büro. Das Business-Outfit verstärkte auf simple Art und Weise ihre Macht, ließ sie autoritär und geheimnisvoll wirken und beeindruckte die Sklaven.

Jasper schien es sogar einzuschüchtern. Wie niedlich!

Alexa trug ihre langen schwarzen Haare im Nacken zusammengebunden und hatte blutroten Lippenstift auf ihre vollen Lippen aufgetragen. Sie wollte nicht den Anschein einer Matrone erwecken, sondern sinnlich und verheißungsvoll auftreten, deshalb kombinierte sie streng mit verrucht.

Ihr Jagdgebiet war Toronto. 2,5 Millionen Menschen, unter denen sich immer Bewerber fanden. Sie lernte die Männer über den recruit chat kennen, den der Betreiber des größten und bekanntesten chats rooms dank einer großzügigen Zuwendung eigens dafür eingerichtet hatte, fühlte ihnen auf den Zahn und lud sie bestenfalls zu einem Treffen in ihrer Limousine ein, um sie in natura zu begutachten.

Erst wenn sie im chat eine intime Befragung bestanden und Fotos geschickt hatten, wurden sie exklusiv von ihr vorab live getestet. Nach dieser Prüfung gab sie den Sklaven entweder eine Einladung auf ihr Anwesen, das sich in einer abgelegenen Gegend zwischen Mississauga und Brampton befand, oder setzte sie an irgendeiner Ecke aus, wie ein Köter, den niemand haben will. Ganz oder gar nicht. Alex konnte es sich leisten nur die besten Rüden auszuwählen. Die größte Stadt Kanadas bot so viel Potenzial, und Alexa war reich.

Aber zu was war Reichtum gut, wenn man ihn nicht dazu nutzte, Spaß zu haben? Ihr Job war stressig genug. Andere Top-Manager joggten zum Ausgleich, Alexa vögelte.

Tagsüber arbeitete sie in einer leitenden Funktion bei der Totonto-Dominion-Bank, dem größten privaten Arbeitgeber der Stadt. Ihre Freizeit hatte sie mit den Jahren immer mehr darauf ausgerichtet, blutjunge, aber volljährige Männer zu dominieren. Bis sie sich dazu entschied, dieses wunderschöne gotische Haus im Grünen zu kaufen, um dort einer geheimen Gesellschaft Platz zu bieten.

Sie verbot sich entschieden dieses Domizil als Roissy-Abklatsch zu bezeichnen! Sie hatte beim Lesen der *Geschichte der O* immer ein schlechtes Gefühl gehabt. Liebe und Abhängigkeit hatten im Crush – wie sie es doppeldeutig bezeichnete, da dieser Begriff sowohl »verliebt« als auch »zerquetschen« bedeutete – zu suchen. Es ging um Hingabe, nicht um Selbstaufgabe. Jeder kam auf seine Kosten. Es ging nicht um die Erziehung zum Sklaven, sondern um die Lust für den Augenblick. Ein Spiel für eine Nacht. Eine wechselnde Dienerschaft machte dieses Spiel interessanter. Was gab es Aufregenderes als das Unbekannte?

Es war nur ein Ort, an dem SMler ihre Neigungen freizügig und niveauvoll ausleben konnte. Nicht mehr und nicht weniger. Alexa war auf die Idee gekommen das Crush zu gründen, weil sie die einschlägigen Bars und Szene-Partys satt hatte.

Für sie kam beides nicht mehr in Frage!

Sie mochte Stil, mochte Klasse, bevorzugte ein sauberes gehobenes Ambiente. Nur weil sie und ihre Freunde perversen Gelüsten frönten, mussten sie nicht in dunklen, schmutzigen Löchern herumkriechen. Das Crush hatte sich in der Szene schnell herumgesprochen. Alle – Dominante, Devote und sogar Personen, die nicht einmal SM praktizierten, aber neugierig und sexuell offen waren – wollten auf das Anwesen gelangen, doch ohne Alexas persönliche Einladung ging gar nichts.

Sie hatte nicht vor, einen Club daraus zu machen, nahm keine Mitglieder auf, sondern lud nur ihre engsten Freundinnen ein, sich mit den Kriechern – wie sie die Sklaven manchmal nannten, um sie zu erniedrigen – zu vergnügen.

Die Dienerschaft wurde immer wieder neu rekrutiert. Nur selten gefielen die Rüden so gut, dass sie wiederkommen durften. Es gab nur eine Handvoll, die zum festen Sklavenstamm gehörten. Der Rest kam einmal, wurde benutzt und an der Autobahn 401, die an der südlichen Stadtgrenze Bramptons vorbeiführte, ausgesetzt, um sich an dem verzweifelten Betteln, wiederkommen zu dürfen, aufzugeilen – eine wahrlich boshafte Variante der Bestrafung.

»Ich würde absolut alles tun, alles!« Wie oft hatten die Herrinnen das schon gehört. Sie hatten gelacht, sich am Flennen erregt und gleichzeitig von einem anderen Sklaven bedienen lassen.

Alexa war sogar ein abgeänderter Spruch zu Ohren gekommen, der sie gleichsam amüsierte und erschreckte: »Das Crush sehen und sterben.« Das ging natürlich zu weit!

Diesmal war ihr Jasper ins Netz gegangen. Er war Ende neunzehn, schlank, mit muskulösen Armen, die hoffen ließen, dass unter seinem T-Shirt ein gut gebauter Körper darauf wartete, geschlagen und gedemütigt zu werden. Seine braunen Haare waren jugendlich zerzaust. Sie schätzte, dass er ein College-Boy war, vermutlich Spross wohlhabender Eltern, den das Leben langweilte, und der deshalb nach einem Abenteuer suchte.

Er hatte ja keine Ahnung! Sich mit ihr einzulassen war nicht abenteuerlich, sondern eine Herausforderung, der nicht jeder gewachsen war.

Alexas Kopfkino lief bereits auf Hochtouren. Doch sie durfte nicht zu voreilig sein. Eine schöne Hülle sagte nichts über einen guten Sklaven aus. Ein Kriecher musste weitaus mehr Qualitäten vorweisen, zumindest wenn er Alexandra dienen wollte.

Sie parkten an einer der Straßen, die durch das Greater Toronto Area führte, einem Stadtgebiet mit mehr als 2000 Gebäuden, die höher als 90 Meter waren. Die Wolkenkratzer verhinderten, dass die Julisonne bis in die Häuserschluchten drang. Aber für Alexandra war das unwichtig, denn ihre Limousine besaß natürlich eine Klimaanlage. Es erregte sie lediglich, dass die Menschen an dem parkenden Wagen vorbeihasteten und nicht wussten, welch sündiges Treiben hinter den getönten Fenstern stattfand.

Jasper hatte sie beeindruckt, indem er offen zugegeben hatte, noch keine Erfahrungen als Sklave zu besitzen. Die meisten Männer, die Alexandra über den recruit chat kennen lernten, biederten sich ihr an und behaupteten, bereits perfekt erzogen worden zu sein, doch genau dadurch wurden sie uninteressant.

Nicht nur, dass Alexa ihnen kein Wort glaubte, sondern sie mochte ungeschliffene Diamanten. Es war putzig, wie leicht man Frischlinge erschrecken und an den Rand des Erträglichen drängen konnte, dabei waren sie in der Lage, so viel mehr zu ertragen – sie wussten es nur noch nicht.

»Was sind deine Tabus?«, fragte sie geradeheraus.

»NS.« Jasper antwortete, ohne lange nachdenken zu müssen.

Gut, dachte Alexa, der Toyboy hatte sich folglich mit SM auseinandergesetzt, was sein ernsthaftes Interesse unterstrich. »Und wenn ich dennoch von dir verlangen würde, meinen Natursekt zu trinken?«

Verunsichert schaute der Anwärter auf und errötete. »Ich weiß es nicht.«

»Du würdest trotzdem schlucken. Ich könnte dich dazu bringen.« Selbstverständlich würde Alexandra ihn niemals dazu zwingen, sollte er diese Praktik als sein absolutes Tabu bezeichnen. Sie zwang ihre Sklaven nur zu Dingen, die diese im Vorgespräch als »möglicherweise, mit etwas Nachdruck« betitelt hatten. Aber das Biest in ihr erfreute sich immer wieder an der konsternierten Miene der Testpersonen und prüfte gleichzeitig ihre psychische Belastbarkeit, indem sie die mit ihren Tabus konfrontierte.

»Vielleicht.« Jaspers roter Teint wurde noch eine Nuance dunkler.

Er knickte also schnell ein, das war eine Warnung für Alexa, aber es zeigte ihr auch, dass dieser Rüde leicht formbar war. NS-Spiele waren Geschmackssache, wie so viele Praktiken. Für Alexandra gehörten sie nicht zum Basisrepertoir, wie beispielsweise Schläge mit diversen Schlaginstrumenten und Bondage, sie würde Jas ohnehin nicht damit quälen. Aber seine Abneigung gegenüber NS war gut zu wissen. Alexa würde ihn damit emotional in eine Ecke drängen können, auch das war Teil von

SM. Und sie war eine Meisterin darin, ihre Kriecher nahezu verzweifeln zu lassen.

Elegant hob sie ihren Hintern hoch und nahm eine Gerte, die unauffällig dort gelegen hatte, wo sich die Sitzfläche und Rückenlehne trafen, beides bezogen mit schwarzem Leder. »Präsentiere mir die Landschaft deines Körpers. Ich will alles sehen. Hörst du? Alles!«

Da Alexa ihn nicht überfordern und erschrecken wollte, schlug sie nur sachte gegen seinen Nippel, der sich auf dem T-Shirt abmalte.

Jasper hielt sich einen kurzen Moment lang am Sitz fest, aber er wehrte den Schlag nicht ab.

Ein gutes Zeichen, dachte Alexa und musterte die Wölbung in seiner Jeans. Sie war von Anfang an da gewesen, doch nun schien es so, als wollte sein Schwanz die Hose sprengen.

»Lass den armen Wurm endlich frei«, bemerkte sie großzügig von oben herab und tätschelte die Beule mit der Gerte.

»Ja, Herrin«, brachte Jasper atemlos hervor und zog sich das T-Shirt über den Kopf.

Er hatte bisher nicht viel gesprochen. Im chat war er offener gewesen, aber Alexa hatte Verständnis dafür, dass die Hürde, sich einer Fremden zu unterwerfen, nicht leicht war. Doch er würde seine Scheu abstreifen müssen, um ihr zu gefallen. Schüchternheit war reizvoll, allerdings nur bis zu einem gewissen Grad.

Sein durchtrainierter Oberkörper ließ darauf schließen, dass er Sport trieb, keinen Muskelaufbau, vielmehr etwas Athletisches wie Basketball. Es juckte Alexandra in den Fingerspitzen bei der Betrachtung seiner erigierten Brustwarzen. Sie hielt sich jedoch zurück und beobachtete Jasper mit der Erhabenheit einer Königin. Er musste fest davon überzeugt werden, dass sie jeden Rüden haben konnte.

Die Wahrheit war, dass ihr gefiel, was sie sah. Die wachsende Begierde machte es ihr schwer, die kühle Haltung zu wahren. Am liebsten hätte sie seine Hände an den Ausstieggriff gefesselt, mithilfe der Gerten die fünf Buchstaben ihres Kosenamens auf seinen Oberkörper geschrieben und ihn gemolken, ohne ihm einen Orgasmus zu gestatten. Welch herrliche Tortur!

Sie umschlang den Griff der Gerte fester und sah ihm zu, wie er seine Jeans abstreifte. Er trug keine Unterhose. Ein Pluspunkt für ihn.

Auch Alexa verzichtete auf Unterwäsche, denn sie fühlte sich dadurch freier und unterstrich damit ihre Sexualität. Sie war ein durch und durch sexuelles Wesen. Keine Nymphomanin, denn die hatten sich nicht im Griff und nahmen alles, was nicht bei drei auf den Bäumen war. Nein, sie war ein Genussmensch, der gerne und oft die süßen Früchte der Lust aß, und Laszivität ausstrahlte, selbst wenn sie zugeknöpft Vertragsverhandlungen für die Bank führte. Diese Lüsternheit war nicht wie ein zweites Gesicht, sondern ein wichtiger Teil ihrer Persönlichkeit.

Alexandra spielte keine Rolle. Sie war eine Herrin durch und durch.

Unsicher verlagerte Jasper sein Gewicht von einer Pobacke auf die andere. Seine Finger zuckten dann und wann, als wollte er jeden Moment seinen Schwanz, der steil von seinen Lenden abstand, damit bedecken. Glücklicherweise tat er das nicht, denn dann hätte Alexa ihn bestrafen müssen, und dafür war es noch zu früh.

Ein Welpe musste erst erregt werden. Erst wenn er bereits geil war, würde er seine ersten Bestrafungen überstehen. Schmerz als Vorspiel war nur etwas für die Rüden mit Erfahrung.

Plötzlich holte sie aus und schlug fest auf den Sitz ihr gegenüber, knapp neben Jaspers Händen. »Hab ich dir nicht befohlen, dich zu präsentieren? Ist das alles, was du zu bieten hast?«

»Nein, Herrin«, beeilte er sich zu sagen und nahm seine Hände vom Sitz, um nicht Gefahr zu laufen, auf den Handrücken oder die Finger geschlagen zu werden. Langsam öffnete er seine Schenkel.

Er hatte sich rasiert. Für Alexa war das eine Selbstverständlichkeit, aber sie hatte ihm das im chat absichtlich nicht mitgeteilt, um ihn zu prüfen. Diesen Test hatte er bestanden. Achselhöhlen, Brust und Unterleib waren wundervoll glatt. Alexandra war verführt, ihre Fingerspitzen über die haarlosen Körperstellen gleiten zu lassen.

Stattdessen öffnete sie unvermittelt die Wagentür und machte eine harsche ausladende Geste. »Dein Engagement lässt sehr zu wünschen übrig. Scher dich raus!«

»Was?« Jasper riss überrascht seine Augen auf. Er schirmte seinen steifen Schwanz mit beiden Händen ab, damit die Passanten, die ins Wageninnere sahen, nicht seine erniedrigende Blöße bemerkten.

Alexa schaute provozierend auf ihre Armbanduhr. »Die Anwärter stehen bei mir Schlange. Gewinn Land, Jasper. Ich brauche dich nicht.«

Aber er brauchte sie, dessen war sie sich bewusst, und erregte sich an dem Bestürzung, die sich auf seinem Gesicht widerspiegelte.

Er rang nach den richtigen Worten, um sie davon zu überzeugen, dass er bleiben durfte, und kämpfte gleichzeitig mit seiner Verlegenheit, weil er nackt in der Limousine einer bekleideten Lady saß und sich ihr anbiederte, wie ein Stricher.

Leider fand er sie nicht, die richtigen Worte. Er stammelte irgendeinen Unsinn und blickte dabei immer wieder aus der offen stehenden Autotür.

Als in Alexa bereits Enttäuschung aufkam, bewegte sich Jas endlich. Er war offensichtlich kein Mann vieler Worte, was für sie in Ordnung war, da er seine Zurückhaltung überwand. Leicht zitternd spreizte er seine Beine so weit, dass er seine Füße auf die Sitzbank stellen konnte. Er fasste seine Arschbacken und zog sie auseinander.

Alexandra schenkte ihm ein großzügiges Lächeln, das jedoch so schnell verschwand, wie es aufgetreten war, denn er sollte nicht glauben, dass sie so leicht zufriedenzustellen war. »Ein Schritt in die richtige Richtung, Kriecher, mehr nicht.«

Sein Blick glitt von ihr zur Tür, stumm bettelnd, Alexa möge sie schließen, doch sie tat ihm den Gefallen nicht. Um sie noch mehr von sich zu überzeugen, benässte er seine Mittelfinger mit Speichel und führte beide in seinen After ein. Er weitete die Rosette ein wenig, öffnete sein enges Loch, um ihr anzudeuten, dass sie ihn benutzen durfte, wie sie wollte.

»Nett«, meinte sie herablassend, dabei hatte er wirklich schöne sportliche Beine, einen Knackarsch und einen After, den sie ihm nur allzu gerne stopfen würde.

Sie schloss die Tür, öffnete eine Schublade, die sich unmittelbar unter der Minibar befand, und nahm einen langen Silberkegel heraus, auf dem eine Skala eingestanzt war.

»Zieh die Finger aus dir heraus. Das sieht billig aus«, sagte sie in einem abfälligen Ton, obwohl ihr Fötzchen bei dem obszönen Anblick kribbelte. Sie reichte ihm den Kegel. »Führ ihn so tief wie möglich in dein Loch ein. Wir Herrinnen des Crushs nennen es das Analmeter. Ich will deine Dehnbarkeit prüfen.«

Jasper errötete, sein Schwanz zuckte lustvoll. Er nahm den silbernen Kegel und setzte die Spitze an. Vorsichtig drückte er sie in seinen After hinein. Seine Rosette öffnete sich Stück für Stück. Irgendwann verzog er das Gesicht, zog sie wieder heraus, doch als er Alexas missbilligenden Blick sah, bohrte er das

Analmeter mithilfe von Drehbewegungen tief in seinen Enddarm hinein.

Um seinen Schließmuskel zu lockern, fickte er sich einige Male mit dem Kegel und presste ihn dabei immer weiter in sich hinein. Scheißperlen standen ihm auf der Stirn. Er bemühte sich redlich, biss die Zähne zusammen, um den Dehnschmerz zu überwinden, gleichzeitig machte es ihn geil, sich vor Alexandra zu erniedrigen, denn seine Hoden wurden immer praller.

Als Jasper das skurrile Messinstrument nicht weiter einführen konnte, lächelte er Alexa verlegen an.

»Schlappschwanz!«, ranzte sie ihn. Sie wischte seine Hände weg und packte das Analmeter.

Tatsächlich schaffte sie es, den glatten Kegel noch tiefer hineinzupressen, nur ein kleines Stück, damit der Welpe ihre Macht spürte und sie ihm bewies, dass er sich nicht genug angestrengt hatte. Natürlich war das ein unfairer Schachzug, solche Spielchen machten sie heiß. Es klappte immer wieder, das Messinstrument weiter hineinzubohren, weil sich die Sklaven nun mal mehr anstrengten, wenn sich ihre Herrin an ihnen zu schaffen machte als wenn sie es selbst taten. Sich selbst Schmerzen zuzufügen war immer schwerer. Außerdem wurden sie allein durch die Tatsache, die Hände der Herrin nah an ihrem Schwanz zu wissen, spitz.

Sklaven waren jämmerlich berechenbar!

Das Analmeter war etwas mehr als ein Drittel in Jaspers Arschloch versenkt, was für den Anfang recht gut war, aber das würde Alexa ihm natürlich nicht unter die Nase reiben. Zu viel Aufmunterung führte nur dazu, dass sich Sklaven weniger bemühten. Lobende Worte mussten zur rechten Zeit ausgesprochen werden, um den Rüden zu motivieren, sich noch mehr anzustrengen, um ihr zu gefallen. Erst am Schluss einer Session gab es Anerkennung.

Das Prinzip von Belohnung und Bestrafung, Alexandra kannte sich bestens damit aus.

»Die anderen Kriecher haben es bis zur Hälfte geschafft«, murmelte sie und setzte ihn damit unter Druck. Ach, wie gemein sie doch sein konnte! Sie liebte Mindgames. »Halte das Analmeter. Und wehe es gleitet auch nur einen Millimeter aus deinem Fickloch heraus!«

Ihre derben Worte verfehlten ihre Intention nicht. Jasper wurde puterrot und hielt den Silberkegel mit beiden Händen so fest, dass seine Knöchel weiß hervortraten.

»Ich werde dich jetzt abgreifen.« Sie ließ ihre Ankündigung wirken, in dem sie in Seelenruhe ihre Champagnerflöte leerte.

Mit einer majestätischen Bewegung stellte sie das Glas ab und zog Latexhandschuhe über, die in derselben Schublade wie das Analmeter gelegen hatten. Sie verstärkten die Distanz zum Untergebenen und machten ihm bewusst, dass er sich direkte Berührungen erst verdienen musste. Außerdem plante Alexa eine Paste einzusetzen, deren Wirkung sie nicht spüren wollte.

Als Erstes steckte sie Jasper ihre Finger in den Mund und öffnete ihn weit. Der Junge schaute herrlich konsterniert drein, damit hatte er nicht gerechnet.

»Wusstest du, dass auch du drei Ficklöcher hast?«, fragte sie lasziv, packte seine Zunge fest, damit sie ihr nicht entglitt, und zog sie heraus.

»Drei?«, nuschelte er.

»O ja, viele Welpen denken immer nur an ihr Arschloch.« Sie ließ seine Zunge los und zog die Wangen an den Mundwinkeln auseinander, sodass Jas entstellt aussah. Nur mühsam unterdrückte sie ein Lachen. Es machte ihr Freude, ihre Sklaven manchmal etwas zu verunstalten, denn das kratzte an deren Eitelkeit. Subliminale Folter. »Dabei kann man auch ihren Mund und ihre Harnröhren penetrieren.«

Jasper Brustkorb hob und senkte sich. Diese Information versetzte ihn in Aufregung. »Meine Harnröhre? Herrin, bitte, nicht … ich …«

»Halt den Mund!« Sie gab ihm eine Ohrfeige und kniff in seinen rechten Nippel.

Das Analmeter rutschte ein Stück aus seinem Poloch heraus, aber er fing sich rasch und drückte es wieder hinein.

Amüsiert zwackte Alexandra in seine Brustwarzen. Sie zog sie lang, rollte sie zwischen Daumen und Zeigefinger und stach ihre langen spitz gefeilten Fingernägel hinein, bis Jasper vor Lustschmerz keuchte.

Etwas gefiel ihr ganz und gar nicht. Sie betastete seinen steifen Schwanz, presste ihre Fingerknöchel in die hochroten Hoden und stellte fest, dass er viel zu erregt war. Unter diesen Umständen würde es nicht lange dauern, bis er abspritzte, und Alexa war noch lange nicht mit ihrer Prüfung zu Ende.

Sie musste etwas gegen seine Geilheit unternehmen!

Sie zog das Analmeter aus seinem After und legte es auf Jaspers T-Shirt. Lasziv schob sie ihren Rock hoch und spreizte ihre Schenkel. Sollte der Kleine durch den Anblick ihrer blitzblanken Muschi ruhig ein wenig Appetit bekommen. Bestimmt hatte sich schon ein wenig Mösensaft an ihrem Eingang gesammelt. Ihre Schamlippen waren spürbar heiß und geschwollen. Aber sie hatte sich völlig unter Kontrolle, im Gegensatz zu Jasper, aus dessen Schwanzöffnung sich ein Tropfen seines Saftes löste.

Doch die Geilheit würde Alexandra ihm gleich vermiesen.

Sie nahm das leere Sektglas, rutschte mit ihrem Hintern auf die Sitzkante und hielt das Glas an ihr Fötzchen. Während sie es mit ihrem kostbaren Natursekt füllte, beobachtete sie Jaspers Miene. Köstlich!

Am Anfang war er fasziniert von ihrer Tabulosigkeit. Welcher Mann wünschte sich nicht eine Frau, deren sexuelle Grenzen weit gesteckt waren. Alle Männer standen auf schmutzigen Sex, aber keiner wollte etwas dafür opfern. So lief das aber nicht bei Alexa! Sie verschenkte sich aus Prinzip nicht, sondern stellte hohe Anforderungen an ihre Sexpartner.

Erst nach und nach ahnte Jasper, was ihre Hemmungslosigkeit zu bedeuten hatte. Entsetzt riss er seine Augen auf, folgte gebannt jeder ihrer Bewegungen, als sie das Glas schwenkte und die rotierende blassgelbe Flüssigkeit betrachtete.

Alexandra roch an ihrem Natursekt, als würde es sich um einen teuren, lange gereiften Wein handeln. Dann stellte sie das Glas wieder auf die Minibar. Dort stand es wie eine Trophäe – und eine Warnung für Jasper. »Eine wahre Kostbarkeit, die man sich erst verdienen muss.«

Jasper schluckte. Seine Schamesröte war verschwunden, dafür war er inzwischen kreidebleich.

Was hatte er denn erwartet? Dass diese Prüfung ein Kinderspiel werden würde? Welpen, die sich ständig zierten, zu viele Tabus hatten und nur an ihrer eigenen Geilheit interessiert waren, waren für verwöhnte Herrinnen, wie die Ladys, die Alexa um sich gescharrt hatte, nicht zu gebrauchen.

Ein wenig verärgert nahm sie wahr, dass Jaspers Schwanz nicht abgeschwollen war. Trotz Angst, seinen Ekel überwinden zu müssen. Obwohl sie ihr Ziel verfehlt hatte, gewann sie seiner Reaktion etwas Gutes ab. Er war nicht so angewidert, dass er seine Sachen packte und nackt aus der Limousine flüchtete. Wahrscheinlicher machte ihn diese Furcht sogar noch geiler. Er lernte sich ja selbst gerade erst kennen, was SM betraf.

Jasper hatte zwar NS-Spiele als ein Tabu benannt, aber sein Körper sprach eine andere Sprache.

Außerdem fing er nicht an zu jammern. Er war ein schweigsamer Bursche. In Alexa wuchs die Ahnung, dass er ein folgsamer, stiller Sklave werden könnte, der zu mehr bereit war, als ihm zum jetzigen Zeitpunkt bewusst war.

Vorfreude regte sich in ihr.

Sie nahm ein schwarzes Ledergeschirr aus einem Geheimfach unter der Sitzbank. Ohne zu erklären, was sie vorhatte, stülpte sie das untere Teil über seine Eier, zog es enger und band dadurch jeden Hodensack einzeln ab. Das obere Teil schlang sie um die Peniswurzel und zurrte es ebenfalls fest. Das Geschirr war extra dafür angefertigt worden, das Blut im männlichen Geschlecht zu stauen und somit ein Abspritzen unmöglich zu machen.

Aber das war nur die erste Maßnahme gegen seine Geilheit.

Alexa gab einen Strang Gleitgel auf eine Hand, verteilte sie auf beiden Handflächen und rieb sie quälend langsam in Jaspers strammen Schwanz ein. Sie bearbeitete auch seine hervorgetretenen Hoden.

Stöhnend legte Jas seinen Kopf in den Nacken und gab sich der Intimmassage hin. Seine Beinmuskulatur spannte sich immer wieder kurz an. Er umgriff seine Knie, vielleicht um sich zu zügeln und sich ihr hinzugeben, denn dass er sie am liebsten sofort gevögelt hätte, stand außer Frage.

Als Alexa es bis zum Äußersten getrieben hatte, nahm sie das Geschirr ab. Sie lächelte Jasper an, dessen Gesicht strahlte, weil er dachte, sie würde es ihm nun besorgen. Naivling! Sie war keine von der schnellen Sorte, sondern bevorzugte Sessions, die über viele Stunden gingen. Er hatte ihr bisher nicht einmal Lust bereitet. Und ein Sklave kam niemals vor seiner Herrin.

Alexandra gab einen zweiten Strang Gel in ihre Hände, wohl wissend, dass Jasper vor Erregung nicht die zweite Tube bemerkt hatte, die im selben Fach lag. Auch diesmal massierte sie seinen Schwanz und seine Hoden lasziv. Sie glitt mit den Händen von der Peniswurzel bis zur Eichel, rieb das Glied mal kräftig, mal hauchzart ein und rollte die prallen Eier hin und her.

Als Jas schon wieder stöhnte, entfernte sie ihre Hände, zog die Latexhandschuhe aus und warf sie in die Schublade, bedauernd, dass sie aufgrund der Creme Jasper nicht erlauben würde, sie zu ficken.

Als die Kühlpaste anfing zu wirken, keuchte er auf und schenkte Alexandra einen überraschten Blick. Sie wusste haargenau, was in ihm vorging. Sein Geschlecht prickelte, Kälte breitete sich darauf aus. Es schwoll ein bisschen ab, aber nicht vollkommen. Jasper war entgeistert darüber. Es war nicht das, was er wollte. Aber darum ging es ja schließlich bei diesem Treffen auch nicht.

Zufrieden lächelte Alexandra in sich hinein. »Stell die Füße wieder auf den Boden, aber lass deine Beine gespreizt.«

Sie öffnete eine weitere Schublade, diesmal unter Jaspers Sitzbank. Wie gut, dass sie sich zahlreiche Geheimfächer hatte einbauen lassen. Ohne diese Sonderanfertigung hätte sie ständig eine große Tasche mit sich herumtragen müssen. Sie entnahm zwei Nippelklemmen, die mit Schrauben versehen waren, durch die man die Intensität des Drucks einstellen konnte.

Mit diabolischer Gelassenheit zwirbelte sie Jaspers linke Brustwarze so lange, bis sie hart war. Sie setzte die Klemme an und begann die Schraube enger zu drehen.

Obwohl sie nur schwer den Blick von der Warze, die zusammengequetscht wurde, nehmen konnte, sah sie immer wieder in Jaspers Gesicht, um zu verhindern, dass sie zu weit ging. Sie mochte diese Art Nippelklemme, weil sie damit individueller auf den Sklaven eingehen konnte. Dadurch wollte sie herausfinden, wie viel Schmerz Jasper ertragen konnte.

Er schlug sich tapfer, verzog am Anfang keine Miene, bis der Druck zu stark wurde. Aber selbst dann gab er keinen Laut von sich. Er biss die Zähne zusammen und atmete immer schwerer. Als der Schmerz kam, schloss er sekundenlang die Augen, um sie plötzlich aufzureißen und hektisch in der Limousine umherzuschauen, als würde er Halt suchen. Alexa rechnete es ihm hoch an, dass er kein einziges Mal auch nur ansatzweise die Hand hob, um sie wegzustoßen. Er litt stumm.

Als er zu Winseln anfing und »Bitte« mit den Lippen formte, ohne das Wort laut auszusprechen, hörte Alexa auf, denn seine Reaktion zeigte ihr, dass seine Grenze erreicht war.

Nicht schlecht für den Anfang, dachte sie, und brachte die zweite Nippelklemme an seiner rechten Brustwarze an. Sie war empfindlicher als die linke, und Jas begann früh, stumm um Gnade zu flehen, doch Alexa gewährte sie ihm nicht, um ihm zu beweisen, dass er auf Crush jegliches Recht über seinen Körper abgeben würde.

»Bist du stark genug, um mir zu dienen?«, fragte sie provozierend.

Sein Blick flackerte unsicher. »Ich will es versuchen.«

»Das reicht mir nicht.« Ihre Stimme klang hart. »Wenn du es wirklich willst, wirst du aushalten, was ich dir antue. Ich bin keiner deiner feuchten Träume, sondern grausame Realität. Bist du entschlossen genug, deinen Willen abzulegen und den meinen zu erdulden?«

Er nickte ergeben. »Ja, Herrin.«

Daraufhin schraubte sie die Klemme noch ein wenig enger, damit er körperlich spürte, dass sie die Kontrolle übernahm – über das Spiel und über ihn.

Sie strich mit einer Fingerkuppe über die gequetschten Nippel, und Jasper erschauerte. Als sie ihn kratzte, keuchte er auf.

Alexa folterte ihn ein wenig, in dem sie Lust und Qual abwechselte, bis sie selbst so geil war, dass sie fand: »Es wird endlich Zeit, dass du mir deine Leckfähigkeiten beweist.«

Laszív lehnte sie sich im Sitz zurück, schob ihren Hintern wieder an den Rand des Sitzes und spreizte ihre Schenkel, wie schon zuvor, als sie ihren Natursekt abgefüllt hatte. »Knie dich in den Fußraum und leck, als ginge es um dein Leben.«

Er tat wie ihm befohlen. Gierig starrte er auf ihre aufklaffende Möse.

Kurz bevor er sie anfassen konnte, schrie sie ihn an: »Und wehe, du benutzt deine Hände, Toyboy! Dann müsste ich deinen schlaffen Schwanz mit der Gerte bearbeiten. Hast du das verstanden?«

Er hatte es nicht verdient, als Schlappschwanz bezeichnet zu werden, denn er schlug sich redlich. Es tat ihr sogar ein wenig Leid, ihm Unrecht zutun. Doch eine Demütigung hin und wieder wies ihn auf seinen Platz zurück. Ein Sklave war ganz unten – und es gefiel ihm sogar.

»Ja, Herrin.« Sein Glied zuckte. Die Aussicht auf Bestrafung ließ ihn wieder ein kleines bisschen härter werden.

Je näher er ihrem Fötzchen mit seinem erhitzten Gesicht kam, desto schneller ging sein Atem. Er zögerte beinahe ehrfürchtig, was Alexandra einen Kick gab. Sie wollte nicht länger darauf warten, von ihm verwöhnt zu werden, daher vergrub sie ihre Finger in seinen Haaren und zog ihn an ihre Muschi heran.

Jasper war nervös und erregt. Er begann nicht sofort zu lecken, sondern küsste Alexas Oberschenkel. Sie ließ ihn los, damit er mehr Spielraum hatte. Er pirschte sich an, in dem er mit seinen Lippen über ihre Schenkel glitt, ihre großen Schamlippen streifte und schließlich ihrem Venushügel einen Kuss aufdrückte.

Noch einmal umkreiste er ihr Fötzchen, dann endlich streckte er seine Zunge aus und tauchte zwischen ihren kleinen Schamlippen ab. Sie war herrlich glitschig.

Alexa öffnete ihre Beine so weit, dass die Außenseiten an die Sitzbank stießen, und umschloss ihre Knie, um die Position zu halten.

Jasper inhalierte den köstlichen Duft ihrer Muschi und ließ seine Zunge durch das Tal zwischen ihren Schamlippen gleiten. Er leckte durch die Zwischenräume, führte seine Zunge in ihr patschnasses Loch ein und schleckte ihren Lustsaft, als wäre dieser kostbarer als Champagner.

Und war er das nicht auch? Champagner gab es in unzähligen Flaschen zu kaufen. Ihr Mösensaft wurde nur in einem einzigen Gefäß serviert – in dem Kelch zwischen ihren Schenkeln – und er war unverkäuflich.

Alexa lehnte sich zurück, legte ihren Kopf auf der Rückenlehne ab und schloss ihre Augen. Mochte Jasper auch keine Erfahrung in punkto SM haben, im Lecken war er grandios. Mit ein bisschen Führung, einer strengen Hand und vielen intensiven Gesprächen, konnte aus dem Welpen ein folgsamer Rüde werden. Sie bedauerte es, dass das Crush keine Erziehungen anbot. Vielleicht sollte sie ein Konditionierungsprogramm einführen?

Jaspers Zunge stieß in sie hinein, glitt über die Innenseite ihres Fötzchens und streifte immer wieder ihren G-Punkt. Seine Lippen saugten sich an der Öffnung fest, und er trank ihren Saft.

Alexa öffnete ihre Augen und betrachtete Jasper. Wie gerne hätte sie in diesem Moment ihren Gefühlen freien Lauf gelassen und ihm ihren Natursekt direkt in den Mund gegossen! Aber zum jetzigen Zeitpunkt war das unmöglich ... was nicht hieß, dass es nie geschehen würde.

Lächelnd zerkratzte sie seinen Rücken. Jasper löste sich erschrocken von ihr, doch sie drückte ihn auf ihre Klitoris. Während er um den Kitzler herumzüngelte, zeichnete Alexa ihn weiter, eine kleine Erinnerung an diese Begegnung. Er würde sie nicht so leicht vergessen.

Als sie zu berauscht war um fortzufahren, hatte sie bereits ein Gemälde aus blutigen Kratzern auf seiner Kehrseite hinterlassen. Wie gekonnt er sie oral verwöhnte! Er leckte genau mit der richtigen Intensität, änderte seinen Rhythmus, um ihre Gier nach seiner Zunge anzustacheln, und lutschte zwischendurch immer wieder kurz an der Klitoris.

Er trieb sie fast in den Wahnsinn! Wie sollte sie da die kühle Fassade einer Herrin bewahren?

Sie riss ihn an den Haaren zurück und versuchte sich ihre Verzweiflung nicht anmerken zu lassen. »Setz dich in den Fußraum und leg deinen Kopf zurück, sodass dein Hinterkopf auf dem Sitz liegt.«

Er folgte ihrem Befehl. Sein steifer Schwanz stand wie ein Speer von seinem Unterleib ab. Die Kühlcreme hatte seiner Geilheit nicht genug Kraft entgegenzusetzen.

Mal sehen, wie er dieses Spiel findet, dachte Alexandra teuflisch und setzte sich auf sein Gesicht. Sofort erhob sie sich wieder, ließ ihm Zeit nach Atem zu ringen, und nahm wieder auf ihm Platz. Diesmal blieb sie länger sitzen.

Seine Fingerspitzen bewegten sich, er rang mit sich.

Sie stand auf, und er japste nach Luft. Lachend rieb sie ihre Möse an seinem Gesicht, bis es über und über mit ihrem Saft besudelt war. Der Gedanke, dass er ungewaschen und stark nach ihr duftend aus der Limousine würde steigen müssen, machte sie unglaublich an.

Wieder raubte sie ihm mit ihrer Muschi den Atem. Sie spürte, wie er unruhig wurde. Zuerst bewegten sich nur seine Finger, als würde er Klavier spielen, dann zuckte ein Arm hoch, doch er wagte nicht sie herunterzustoßen. Seine Zehen klopften gegen den Boden. Hilflos ruderte er mit den Armen.

Da endlich erhob sich Alexa. »Sei nicht so ein Waschlappen. Bemüh dich gefälligst mehr!«

»Ja, Herrin«, antwortete Jasper, wobei ihr Mösensaft Fäden zwischen seiner Unter- und Oberlippe zog.

Sie packte seinen Schwanz fest. Quetsche ihn! Sein Penis war steinhart und heiß. »Du wirst jetzt aufhören herumzuzappeln und stillhalten, damit ich auf dir kommen kann. Hast du das kapiert, Kriecher?«

Jasper stöhnte gequält lustvoll. »Ich tue alles für Sie, Herrin.«

»So?« Sie hob eine Augenbraue, obwohl er es nicht sehen konnte, denn seine Augen waren mit ihrem Saft verklebt. »Das werden wir später herausfinden.«

»Du würdest alles für mich tun«, wiederholte sie seine Worte und kratzte sein geschwollenes Glied, bevor sie ihre Hand wegzog, »das sind große Worte für einen Welpen.«

Ein Ruck ging durch seinen Schwanz und sie befürchtete schon, er würde abspritzen, doch er hielt sich gerade noch zurück. Das war auch besser für ihn.

»Streck deine Zunge so weit heraus wie möglich.« Kaum hatte er ihrer Anweisung Folge geleistet, ließ sie sich wieder auf sein Gesicht nieder. Sie versenkte seine Zunge in ihrer Möse und lehnte sich vor, sodass ihre Klitoris an seine Nase stieß.

Dann fickte Alexa sein Gesicht.

Sie hob und senkte sich auf ihn nieder, vögelte seine Zunge und rieb ihren Kitzler dabei an seiner Nase, wohl wissend, dass er Mühe hatte, Luft zu bekommen. Er japste jedes Mal, wenn sie sich erhob, doch ihm blieb nur eine Sekunde, bevor sich ihr Fötzchen wieder auf sein Gesicht drückte.

Alexandra war ein Biest, aber keine Bestie. Obwohl seine Atemnot ihre Geilheit anstachelte, wollte sie das Spiel nicht zu weit treiben, weshalb sie den Rhythmus bald erhöhte. Außerdem war sie schon höllisch erregt und wollte endlich kommen.

Schnell senkte und hob sie ihren Unterleib. Ihre Muschi war Feuer, sie war Lava, williges, glühendes, pochendes, geschwollenes Fleisch. Sie vögelte Jaspers Gesicht mittlerweile hart, presste ihren Saft in seinen geöffneten Mund und genoss den Kitzel seiner Zunge in ihrem Inneren.

Als sie sich noch weiter vorlehnte und ihre Klitoris stärker an seiner Nase rieb, brach der Orgasmus über ihr zusammen. Heiß pulsierende Wellen flossen durch sie hindurch. Sie keuchte, erschauerte und blickte benommen zu ihrem Anwärter hinunter.

Er blieb in der Position liegen, die sie ihm befohlen hatte. Selbst seine Zunge streckte er weiterhin heraus. Seine Augen waren geschlossen, sein Mund geöffnet und sein Atem ging rasch.

Ihr Unterleib schwebte einige Zeit über Jaspers Gesicht, denn sie wollte sich erst hinsetzen, wenn sie sich wieder gefangen hatte. Es schmälerte ihre Autorität, sich einem Sklaven völlig aufgelöst zu zeigen.

Als sie so weit war, nahm sie wieder auf dem gegenüberliegenden Sitz Platz, entfernte die Nippelklemmen und zwirbelte Jaspers Brustwarzen, um die Blutzirkulation anzuregen. Er quittierte dies mit einer gequälten Miene, die Alexa bezauberte. Fürsorglich wischte sie sein Gesicht mit seinem eigenen T-Shirt sauber. Sein Schwanz stand noch immer wie eine Eins. Alexa hatte den Welpen offensichtlich nicht mit dem Facefuck erschreckt.

Er war zu gebrauchen, lautete ihr Fazit.

Ihr Blick schweifte zum Champagnerglas. Er hatte zwar behauptet, NS-Spiele wären tabu für ihn, aber er war nicht empört gewesen, als sie gesagt hatte, sie könne ihn dazu bringen ihren Natursekt zu trinken. War er vielleicht schon an diesem Punkt?

Die Teufelin in ihr nahm das Glas von der Minibar und weidete sich an der Furcht, die sich in Jaspers Miene widerspiegelte.

Er erbebte, aber der geile Glanz in seinen Augen verschwand nicht. Sein Mund öffnete sich sogar einen Spalt breit. War der Sklave, der tief in seinem Inneren wohnte, durstig? Jasper besaß nur eine vage Ahnung von seiner devoten Seite, und Alexandra half ihm, sie genauer zu erforschen.

»Du solltest dankbar sein.« Sie meinte nicht nur, dass sie ihm die Gunst erwies, ihren Natursekt kosten zu dürfen, sondern auch, dass sie den Diener in ihm erweckte. Stattdessen sagte sie keineswegs kühl, sondern verführerisch: »Dankbar dafür, dass ich mich mit so etwas Niederem wie dir abgebe, meine Zeit mit deiner Prüfung verschwende, statt mich von einem gut erzogenen Sklaven verwöhnen zu lassen, einem geformten Stück Fickfleisch.«

Jasper schienen ihre Worte nicht zu treffen, sondern sie machten ihn glücklich, denn er nickte strahlend. »Ich danke Ihnen, Herrin, von ganzem Herzen.«

Eigentlich hatte ihr Natursekt nicht zum Einsatz kommen sollen. Sie wollte Jasper nicht überfordern. Warum musste er auch so niedlich gucken? Wie ein Welpe, der auf den Schoß seines Frauchens springen wollte, sich aber erst traute, wenn sie ihm die Erlaubnis dazu gab.

Nur ein bisschen, säuselte die Teufelin, ihn nur einen halben Schritt über seine Grenzen hinaustreiben, sehen, wie weit ich bei ihm schon beim ersten Treffen gehen kann, wie er reagieren wird. Fassungslos? Erregt? Panisch, gar verzweifelt? Angewidert oder sehnsüchtig?

Alexa lockte den Sklaven, von dem Jasper noch so wenig wusste, näher an die Oberfläche, in dem sie ihn einer weiteren Prüfung unterzog und seine Grenzen erweiterte. Sie tauchte ihren Zeigefinger in die gelbe Flüssigkeit und benetzte damit Jaspers Lippen.

Fasziniert beobachtete sie, wie er seine Zungc langsam herausschob. Er leckte die Flüssigkeit ab, verzog das Gesicht, weil er sich ekelte, und streckte seine Zunge dann wieder heraus, um stumm um mehr zu betteln. Seine Hoden waren zum Platzen angespannt.

»Ich bin stolz auf dich.« Ein Lob zur rechten Zeit spornt an und jetzt war der richtige Moment.

Sie tunkte Zeige- und Mittelfinger in das Glas und schob sie tief in Jaspers Mund. Er lutschte an ihnen wie ein Mann, der kurz vor dem Verdursten stand.

Nachdem sie ihre Finger aus ihm entfernt hatte, machte er erneut seinen Mund weit auf, aber Alexa schüttelte den Kopf und stellte das Glas in die Minibar. Den restlichen Natursekt würde sie bei der Session in der kommenden Nacht benutzen.

»Nie zu schnell gehen, sonst stolpert man über die eigenen Füße.« Sie tätschelte seine Wange. »Ein halber Schritt reicht für heute, ein ganzer wäre schon zu viel. Knie dich mit dem Rücken zu mir auf den gegenüberliegenden Sitz. Du hast dir einen Orgasmus verdient. Das ist eine Belohnung, die dir auf Crush niemals sicher wäre.«

Verblüfft sah er zu ihr auf, dann freute er sich umso mehr und nahm die befohlene Position ein.

Alexa entnahm eine Schwanztasche aus einer der Schubladen. Sie hatte mehrere Versionen erfunden und patentieren lassen. Dabei handelte es sich immer um einen Lederbeutel, der allerdings mit unterschiedlichen bösen Inhalten gefüllt war. Ein Sextoyhersteller hatte schon Interesse an der Palette bekundet.

Manchmal grübelte sie, ob sie nicht ihren Job bei der Toton-to-Dominion-Bank hinwerfen und sich ganz der Lust widmen sollte. Aber sie wollte unter keinen Umständen als Domina arbeiten. Sie war nicht käuflich. Nur ein interessanter Sklave konnte sie dazu verführen, ihm ihre grausamen Künste an ihm vorzuführen. Sie war zwar reich, aber nicht stinkreich. Das Crush musste unterhalten werden. Aber eines Tages würde sie ihren Traum wahr machen!

Die Schwanztasche, die sie für ihr heutiges Opfer ausgewählt hatte, war mit Holzwolle gefüllt. Den Lederbeutel konnte man an der Peniswurzel zuschnüren, aber das brauchte Alexa diesmal nicht. Sie hatte andere Pläne. Natürlich war das Hervorrufen von Lustschmerz ihre Intention, aber sie fing auch sein Sperma auf, denn sie wollte ihre Limousine nicht besudeln.

Sie führte Jaspers Penis in den Beutel ein, was ihn bereits dazu veranlasste, seine Muskeln anzuspannen. Er hatte ja keine Ahnung!

»Spreiz die Beine und stütze dich an der Trennwand ab.«

Diese Wand war nur einseitig durchsichtig. Für ihren Chauffeur, der seinen Sack kraulte, während er Zeitung las, da es auch ihn nicht kalt ließ zu wissen, was hinter ihm vor sich ging, war sie verdunkelt. Alexa nahm ihm die Erregung nicht übel. Im Gegenteil, sie mochte sexuelle Menschen, wie sie sie nannte – Frauen und Männer, die oft Lust verspürten und diese auslebten, denn Alexa war eine von ihnen.

Vorsichtig drückte sie das Analmeter in Jaspers After. Er keuchte auf. Sie nahm wahr, dass er sich bemühte, seine Gesäßmuskeln locker zu lassen. Es funktionierte mit mäßigem Erfolg, daher musste Alexandra leicht pressen, um den Schließmuskel zu öffnen.

Die gedehnte Rosette und der in einem immer noch tabubehafteten Ort verschwindende Silberkegel bildeten gemeinsam immer wieder einen höchst geilen Anblick.

Alexa wurde schon wieder heiß, aber dieser Moment gehörte Jasper, nicht ihr. Behutsam begann sie, ihn mit dem Analmeter zu ficken. Sie zog es heraus und schob es hinein, entfernte es bis auf die Spitze und stieß es kräftiger in seinen After. Nach einer Weile schloss sich die Rosette nicht mehr, sondern blieb einen daumenbreit offen, wenn der Kegel herausglitt.

Alexa entlockte Jasper den ersten Aufschrei ihrer Session, als sie die Hand um die Schwanztasche legte und sie vor und zurück schob. Dabei verrutschte auch der Lederbeutel und die Holzwolle schabte über den harten Penis. Je weiter sie ihr teuflisches Spiel trieb, desto mehr zitterten Jaspers Beine. Er gab Wehlaute von sich, zuerst nur leise, doch sein Jammern wurde bald lauter, weil die Qual beinahe zu viel für ihn war. Dabei drückte Alexa die Tasche nicht einmal fest auf das steife Glied, um ihm nicht zu schaden.

Rhythmisch fickte sie Jasper mit dem Analmeter und vögelte ihn gleichzeitig mit dem Folterbeutel.

Er hatte seine Geilheit so lange zurückgehalten, hatte mehrfach vor einem Höhepunkt gestanden, dass er augenblicklich kam. Den Laut, den er beim Abspritzen von sich gab, lag irgendwo zwischen qualvollem Schrei und lustvollen Wimmern.

Sie presste das Analmeter so fest, wie sie eben konnte, in seinen Arsch hinein, hielt jedoch die Tasche nur noch fest, um seine Samenflüssigkeit aufzufangen. Jaspers Unterleib zuckte, er spritzte die letzten Schübe in den Beutel. Völlig außer Atem lehnte er sich gegen die Trennwand.

Zufrieden nahm Alexa die Schwanztasche weg, drückte zuerst Jaspers T-Shirt auf seinen erschlaffenden Schwanz und dann seine Hand auf das Shirt, damit er es selbst festhielt.

Sie schob ihren Rock herunter und richtete ihre Bluse. »Wir sind fertig. Du kannst gehen.«

Als er sich umdrehte, sah er fertig aus. Seine Haare klebten an seiner Stirn, dank seinem Schweiß und ihrem Mösensaft. Er stank nach Lust. Alexa sah ihm an, dass er sich am liebsten sofort auf dem Sitz ausgestreckt und geschlafen hätte.

So weit würde es noch kommen! Sie öffnete die Wagentür.

»Herrin, was ist mit der Einladung?«, fragte Jas zaghaft nach. Er war so erschöpft, dass er sich nicht mehr darum scherte, dass die Passanten ihn nackt in der Limousine vor einer bekleideten Business-Frau sitzend entdecken konnten.

»Schweig!« Mit Genugtuung sprach sie die nächsten Worte aus: »Du hast noch eine weitere Prüfung zu bestehen.«

»Noch eine?«

»Was hattest du denn gedacht? Dass mit dem Abspritzen das Dienen beendet sei?« Herablassend musterte sie ihn von den ramponierten Haaren bis zu den Zehen, die sich schon wieder nervös bewegten.

Er war sichtlich verwirrt, zog sich aber endlich an.

Alexandra stieg aus dem Auto und wartete, bis Jasper vor ihr auf dem Bürgersteig stand. Dann zeigte sie auf den Asphalt. »Küss mir zum Abschied die Schuhe.«

»Ich soll was?«, entgegnete er nicht sonderlich unterwürfig.

»Auf die Knie, Sklave!«

Er riss seine Augen auf und errötete, weil sich ein Mann, der gerade an ihnen vorüberging, verwundert zu ihnen umdrehte. Alexa sah ihm an, dass er einen inneren Kampf austrug. Selbstverständlich wollte er den gigantischen Höhepunkt, den er gerade gehabt hatte, wiederholen und so kurz vor seinem Ziel nicht aufgeben.

»Ist das Crush es wert, sich öffentlich lächerlich zu machen«, stichelte Alexa. »Wie stark ist dein Wille zu dienen, Kriecher?«

Trotz sprach aus seiner Miene. Sein Blick wanderte zu ihren mörderisch hohen High Heels. Dann sah er sie flehend an, merke aber schnell, dass sie die Forderung nicht zurücknehmen würde.

Bei 2,5 Millionen Einwohnern war das Risiko gering, dass ein Bekannter just in diesem Moment ausgerechnet diese Straße entlangging, aber die Gefahr bestand trotzdem. Ein köstlicher Reiz, fand Alexa, und eine große Überwindung für einen Welpen. Aber sie wollte wirklich nur die Sklaven auf ihr Anwesen einladen, die einen starken Willen besaßen, denn die Vorprüfung war nur Geplänkel und kein Vergleich zu dem, was sie auf Crush erleben würden.

Ihr Herz schlug höher, als Jasper sich tatsächlich vor ihr auf die Knie niederließ. Er wagte es nicht, noch einmal aufzuschauen, sondern hielt seinen Blick gesenkt. Wahrscheinlich zog er sich in sein Inneres zurück und baute emotionale Wände um sich auf, damit er diese Demütigung ertrug. Einige langjährige Mitglieder der erlesenen Dienerschaft hatten ihr von dieser Taktik berichtet.

Er beugte sich vor, erstarrte und richtete seinen Oberkörper wieder auf.

Alexa seufzte innerlich, sein Versagen deutete sich an. Umso überraschter war sie, als er ihr den Stiletto auszog und ihre Füße anstatt den Schuh küsste. Er küsste jeden Zeh einzeln und lutschte sogar kurz an ihrem kleinen Zeh, was herrlich prickelte und ihre Lust erneut anfachte.

Jasper zog ihr den Stöckelschuh wieder an und sah zu ihr auf.

Mit einer majestätischen Geste deutete sie ihm an aufzustehen. Sie zog einen beigefarbenen Umschlag aus ihrer Jacketttasche und reichte ihn Jasper. Einladung stand in geschwungenen goldenen Lettern darauf.

»Herzlichen Glückwunsch, du hast den Test bestanden.« Sogar mit Sternchen, aber das behielt sie für sich.

Zum Abschied schenkt Alexandra ihm ein verheißungsvolles Lächeln und stieg in die Limousine ein. Sie klopfte an die Trennwand, worauf ihr Fahrer die Scheibe herunterfuhr.

Sogleich startete er den Wagen und fuhr los. »War die Rekrutierung erfolgreich, Lady Alexa?«

»In Jasper steckt viel Potenzial.« Verträumt schaute sie aus dem Fenster und rieb ihre Oberschenkel aneinander, um ihren Mösensaft zu verteilen, wobei sie sich vorstellte, es wäre Jaspers Sperma. »Mach einen Vermerk in der Gästeliste, Joseph. Der Kleine ist für mich reserviert.«

»Sie benutzen zweimal denselben Welpen? Dann muss er sie beeindruckt haben.«

Sie lächelte. »Oh, ja …«

Der dunkle Lord

Als Cassandra Rodson den Fremden sah, bekam sie weiche Knie. Das war ihr schon lange nicht mehr passiert. Sie hatte ja bisher nicht einmal ein einziges Wort mit ihm gewechselt.

Wie angewurzelt stand die 21-Jährige in einem mit schwarzen Samtvorhängen abgedunkelten Saal und beobachtete, wie er eine Sklavin an einer dicken Gliederkette, die um ihren Hals lag, in die Mitte führte.

Im Gegensatz zu vielen Anwesenden, die sich in Lack und Latex gekleidet hatten, trug er nur eine einfache schwarze Stoffhose und ein dunkles Shirt, das sich eng an seinen wohlgeformten Oberkörper schmiegte. Doch das reichte aus, um ihn finster wirken zu lassen. Er benötigte keine Szenekleidung, um aufzufallen.

Er war groß gewachsen, sein Gang stolz. Bewusst setzte er einen Schritt vor den anderen, schritt aufrecht und selbstsicher an der schaulustigen Menge vorüber und zog hin und wieder an der Kette.

Seine Sklavin zuckte jedes Mal ängstlich zusammen. Sie senkte den Blick etwas tiefer, aber es war ihr unmöglich, ihre Beschämung zu verbergen, denn ihr Kopf war kahl rasiert.

Cassy musterte sie bewundernd und auch ein wenig neidisch. Ihre olivfarbene Haut musste mit Öl eingerieben worden sein, denn sie glänzte im Schein der unzähligen Tropfkerzen, die im Saal verteilt standen. Sie war nackt und bis auf die Augenbrauen am ganzen Körper rasiert. Ihre kleinen Schamlippen ragten leicht über die großen hinaus. Ihre Klitorisvorhaut war gepierct, der filigrane Ring mit dem blauen Stein war ein echter Hingucker. Ihre Hände waren auf dem Rücken mit breiten, mittelalterlich wirkenden Metallhandschellen fixiert, wodurch ihre Handgelenke dünn und zerbrechlich wirkten.

Wie wundervoll hilflos sie aussieht, dachte Cassy. So verwundbar!

Sie war so aufgeregt, als wäre sie selbst es, die von dem attraktiven Fremden vorgeführt wurde. Ihre Möse prickelte. Ihre Brustwarzen, welche die weiße Korsage kaum verdeckte, wurden hart und drückten gegen das Leder.

Derek knuffte sie in die Seite und grinste. »Mach den Mund zu. Du bist nicht das erste Mal auf einer SM-Party.«

»Aber diese hier ist die exklusivste. Ich war noch nie in einem Schloss.«

»Das ist doch nur der kleine Nachbau eines europäischen Schlosses.«

»Aber nicht weniger beeindruckend!«

Es war jedoch nicht nur das Ambiente, das Cassandra elektrisierte, sondern dieser Fremde, der eine so dominante Ausstrahlung besaß, wie Cassy sie noch nie zuvor gesehen hatte.

»Wir sind immer noch in Boulder County, 30 Minuten von der City entfernt, auch wenn man das aufgrund der Abgeschiedenheit nicht glauben mag.« Derek breitete seine Arme aus, um seine Worte zu unterstreichen. »Auf der einen Seite Wald – auf der anderen Seite die Rockies.«

»Spielverderber«, schimpfte sie und konnte in diesem Moment kaum glauben, dass sie sich ihm während ihrer gelegentlichen Sessions freiwillig unterwarf, da er im Vergleich mit dem Fremden wie ein kleiner Junge wirkte. »Ja, ja, hol mich ruhig wieder runter.«

Lächelnd gab er ihr einen Nasenstupser. »Wer soll dich sonst runterholen, wenn nicht ich, Prinzesschen?«

Es lag ihr auf der Zunge zu erwidern, dass sie keine Prinzessin, sondern eine Sklavin war, schwieg jedoch, weil der Fremde die Kette um seine Hand wickelte und die exotische Schönheit näher an sich heranzog. Ruhig hob und senkte sich sein Brustkorb. Er blickte ihr ernst in die Augen. Buschige Augenbrauen wölbten sich über dunklen Augen. Sein Blick war durchdringend, und obwohl er einer anderen galt, schmolz Cassandra dahin.

»Das ist Magie«, flüsterte eine Frau in einem schwarzen Latexkostüm ihr zu. Das Dress klebte wie eine zweite Haut an ihr. Sie stand auf der anderen Seite der Säule. Der Anzug aus Latex umschloss sogar ihren Kopf, nur Nase, Mund und Augen waren ausgespart. Auf ihrer Brust war der Schriftzug »Domina Deity« zu lesen, der von ihren großen Brüsten ziemlich auseinandergezogen wurde.

Nicht sehr bescheiden, sich »Gottheit« zu nennen, dachte Cassy und fragte sich, wie der attraktive Fremde wohl hieß.

»Er ist ein Zauberer, ein Virtuose, der einem Sklaven alle Töne entlocken kann, die er möchte«, schwelgte die Domina weiter und schaute Cassandra an, als wollte diese sie gleich verspeisen.

»Wie heißt er?«

Sie lachte leise melodisch auf, bevor sie spöttisch antwortete: »Aus welchem Loch bist du denn hervorgekrochen? Hast du bisher auf dem Mond gelebt? Ah, du bist Frischfleisch, ich verstehe, neu in unserem kleinen Club. Das ist der dunkle Lord, unser Gastgeber.«

»Der dunkle Lord?« Cassy hob ihre Augenbrauen.

»Wir bezeichnen ihn so. Er nennt sich selbst nur ›Lord‹. Ein einfacher Name für den Meister der Meister.«

Derek neigte sich von hinten über Cassys Schulter. »Das ist der dunkle Lord?«

»Du hast schon von ihm gehört?«, fragte Cassandra und rang dabei nach Atem, denn der Lord kam mit seinem Gesicht so nah an das seiner Sklavin, dass es so aussah, als wolle er sie küssen. Doch das tat er nicht. Einen Fingerbreit vor ihrem Mund hielt er in seiner Bewegung inne.

Der Blick der Sklavin wanderte unsicher von seinen Augen zu seinen Lippen und wieder zu seinen Augen. Sie gierte danach ihn zu küssen, wagte jedoch nicht, die Initiative zu ergreifen.

Cassys Mund kribbelte. Sie leckte mit der Zungenspitze über ihre Lippen und sah, dass der Lord begann, die Tittchen seiner Untergebenen unendlich zärtlich zu liebkosen. Er streichelte ihren Busen, massierte ihn sanft und zwirbelte die Nippel, bis sie dunkelrot waren und wie kleine saftige Beeren abstanden.

»Yepp, er ist so etwas wie der Mäzen der BDSM-Szene Boulders«, flüsterte er Cassy ins Ohr. »Ich habe gehört, dass er stinkreich ist und großzügige Partys schmeißt, damit die SM-Anhänger einen ruhigen Ort haben, an dem sie sich tummeln können.«

Cassy nickte. Sie hatte nur ihren engsten Freunden von ihrer Neigung erzählt und sie gebeten, darüber Stillschweigen zu bewahren. Derek zu treffen war ein Glücksfall gewesen. Sie war zu einem SM-Stammtisch gegangen, hatte aber vor der Bar Muffensausen bekommen und auf dem Absatz kehrtgemacht.

Dabei war sie Derek in die Arme gelaufen. Mit seinem blonden Struwwelkopf, den großen weißen Zähnen und den Lachfältchen hatte er harmlos und vertrauensvoll gewirkt.

Er war vier Jahre älter als sie, besuchte die Treffen seit einem halben Jahr und hatte ihr die Angst vor der eigenen Courage genommen.

Seine lockere Art hatte es ihr leicht gemacht, sich mit ihm anzufreunden, und irgendwann hatten sie angefangen zu spielen.

Das hatte Cassy gereicht. Bis jetzt.

Denn nun spürte sie ein Kribbeln in jeder Pore ihres Körpers, das sie bei Derek nie verspürt hatte, dabei spielte sie mit dem Lord nicht einmal, sondern beobachtete nur sein Spiel mit einer anderen Sklavin.

Wieder stieg Neid in ihr auf.

Sie wollte seine Hände auf ihrer nackten Haut spüren, in seine Augen abtauchen, von seinem Atem gekitzelt werden und von seinem Blick eine Gänsehaut bekommen, weil er stumm von Qualen berichtete, die er seine Sklavin nach den Zärtlichkeiten erleiden lassen würde.

Die Ruhe vor dem Sturm.

Cassy schüttelte sich, um Neugier und Sehnsucht loszuwerden. Sie kannte ihn nicht einmal.

Der Lord klatschte in die Hände. Sofort eilte ein Diener herbei. Er trug zwei dünne Seile über dem Arm und ein Samtkissen wie ein Tablett vor sich her. Auf dem Kissen lag etwas Silbernes, das Cassandra erst erkannte, als der Lord es in die Hand nahm.

Es waren zwei Nippelklemmen, die wie mittelalterliche Miniaturdaumenschrauben aussahen. Behutsam, als würde er mit kostbaren Juwelen hantieren, öffnete er eine der Klemmen, steckte die linke Brustwarze der Sklavin hindurch und drehte an der Schraube. Die Klemme schloss sich immer mehr, sie drückte den Nippel zusammen und quetschte ihn, bis sich das Blut darin staute und er rot und prall hervorstand.

Während die exotische Sklavin die Lippen zusammenpresste und stolz ertrug, was ihr Herr ihr vor dem interessierten Publikum antat, steckte er ihre rechte Brustwarze in die zweite

Minidaumenschraube und klemmte sie zwischen den dünnen, aber effektiven Silberstäben ein.

Dann nahm er eines der kurzen Seile und wickelte es fest um den rechten Busen der Sklavin. Dasselbe wiederholte er mit der linken Brust. Die Frau hatte kleine Brüste, die nun wie faustgroße Luftballons aussahen. Sie atmete schwer. Ihr Brustkorb und somit auch ihre abgebundenen Brüste hoben und senkten sich.

Welch lüsterner Anblick! Cassy spürte den Mösensaft, der sich in ihrem Netzslip sammelte, und musste sich zusammenreißen, damit sie es sich nicht auf der Stelle selbst besorgte. Sie fühlte sich sexy in ihrer weißen Lederkorsage, dem ledernen Minirock und den hochhackigen Schuhen.

Ihr fiel die Wölbung in der Hose des Lords auf, und ein Gedanke formte sich wie von alleine: Wie gerne wäre sie diejenige, die ihn aufgeilte!

Der Lord betrachtete kurz sein Werk. Mit einem Wink schickte er den Diener weg.

Er zwirbelte die Brustwarzen seiner Sklavin, nur sachte, aber die junge Frau verzog schmerzerfüllt das Gesicht. Doch gab sie erst einen Schmerzenslaut von sich, als er seine Fingernägel in ihre Nippel drückte. Sie krümmte sich und gab ihre Beherrschtheit auf.

Der Lord gab eine Brustwarze frei und legte seine Hand unter das Kinn der Frau. Er hob es an, worauf sie den Rücken wieder durchstreckte. Während er ihr tief in die Augen schaute und sie mit seinem Blick ermahnte, die Haltung zu waren, kämpfte sie um ihre Fassung.

Schließlich atmete sie wieder ruhiger, ihre Miene war nun nicht mehr verzerrt vor Qual. Schwärmerisch schaute sie zu ihrem Herrn auf. Ihre Mundwinkel zuckten, aber sie wagte nicht, zu lächeln.

Der dunkle Lord rieb mit dem Daumen über ihre Unterlippe. Sein Finger drang in ihren Mund ein, und Cassy konnte ihre Zunge sehen, die seinen Daumen umzüngelte.

Gleichzeitig drückte er den Fingernagel fester in die abgebundene Brustwarze.

Die Sklavin zuckte zusammen, hörte aber nicht auf, seinen Daumen mit ihrer Zunge zu liebkosen. Wie gebannt starrte sie ihn an. Ihre Augen waren halb geschlossen. Cassy konnte sehen, dass sie schneller züngelte, je intensiver der Schmerz in ihrem Nippel wurde. Jedoch gab sie ihre Haltung diesmal nicht auf, sondern nahm die Qual ergeben hin, um ihren Meister zu erfreuen.

Dieser nickte anerkennend und begann, ihre Brüste zu massieren. Die Haut war bläulich angelaufen, weil sich das Blut darin staute. Der Anblick war bizarr. Die Metallkette, die als Halsband diente, hing zwischen den Ballonbrüsten der Sklavin herab.

Kräftig packte er zu. Weil der Busen abgebunden und prall war, musste er fest zugreifen, um die Brüste kneten zu können.

Die Sklavin verlagerte ihr Gewicht von einem Fuß auf den anderen, hielt ihren Rücken aber gestreckt. Vor Anstrengung schnaufte sie. Schweiß perlte von ihrer Stirn.

Dann ließ der Lord von ihr ab und trat beiseite.

Cassandra war erstaunt, wie offensichtlich die Enttäuschung der Sklavin war.

Der Blick der exotischen Schönheit schweifte kurz über die Gesichter der Zuschauer, und sie bekam einen knallroten Kopf, weil sie sich wieder ihrer öffentlichen Erniedrigung bewusst wurde. Zuvor hatte sie nur Augen für ihren Herrn gehabt, sich emotional an der Lust und der Qual, die er ihr bereitet hatte, festgekrallt und die übrigen Anwesenden im Saal verdrängt.

Aber nun, da er neben sie trat, die Gliederkette nahm und sie ein Stück beiseite führte, verlor sie diesen Anker, und die Beschämung kehrte zurück.

Es kam jedoch noch schlimmer.

Zwei Diener brachten eine kleine Guillotine, auf der das Opfer nicht liegen, sondern stehen musste und den Oberkörper auf eine Vorrichtung zu legen hatte, die an ein Turngerät – einen Sprungkasten – erinnerte.

Die Menge tuschelte aufgeregt. Die Sklavin riss bestürzt ihre Augen auf.

Selbst die Domina murmelte: »Er hatte doch angekündigt, dass es eine softe Vorführung werden sollte. Soft, jawohl. Und jetzt geht es doch rund. Er ist ein Teufelskerl! Ein kreativer Teufelskerl. Herrgott, er denkt sich aber auch immer wieder etwas Neues aus. Woher hat er nur immer wieder diese herrlich bizarren Ideen?«

»Herrlich bizarr?«, entrüstete sich Cassy. »Geht es nicht ein wenig zu weit, so ein Gerät ins Spiel zu bringen?«

Die Domina lachte. »Kleines, das ist noch gar nichts. Wir sind ganz andere Dinge vom dunklen Lord gewohnt.«

»Noch groteskere Gerätschaften?«

»Das auch.« Deity zwinkerte geheimnisvoll, ohne weiter darauf einzugehen. »Er verlangt seinen Sklavinnen immer viel ab. Sehr viel. Sie müssen sehr belastbar sein.« Sie machte eine Pause und beäugte Cassy kritisch.

Cassandra fühlte sich unwohl. Sie beide wussten sehr wohl, dass sie eine »junge« Sklavin war, mit wenig Erfahrung und vielen Träumen, Hoffnungen und Erwartungen. Eines konnte sie noch nicht von sich behaupten: belastbar zu sein.

Derek mutete ihr nie viel zu, fast schon zu wenig für ihren Geschmack, als könnte er ihre Grenzen nicht deutlich erkennen und wollte lieber frühzeitig aufhören, um keinen Zusammenbruch zu riskieren. Cassy bedauerte das, denn es schmälerte ihren Genuss. Derek fehlte es einfach an Erfahrung, genau wie ihr selbst.

Ganz im Gegensatz zum Lord. Er machte den Eindruck eines geübten Jägers, der seine Beute kompromisslos hetzte, um sie am Ende voller Genuss niederzustrecken.

Cassy fühlte einen Stich im Herz. Sie war zu grün hinter den Ohren, sie würde ihm als Sklavin ganz sicher nicht genügen.

Derek neigte sich von hinten an ihr Ohr. »Was hat er vor? Das ist doch Wahnsinn!«

»Ach, beruhige dich. Das ist bestimmt alles nur Schall und Rauch«, meinte Cassy laut. »Wahrscheinlich ist die Guillotine nur eine Attrappe und das Fallbeil nicht einmal scharf.«

Da spürte sie den Blick des Lords auf sich. Er kniff die Augen zusammen und starrte sie an.

Und Cassy wäre am liebsten im Boden versunken.

Hatte sie sich nicht insgeheim gewünscht, seine Aufmerksamkeit zu bekommen? Ja, hatte sie, doch nun zitterten ihre Knie, weil er sie streng fixierte und sie unter seinem Blick dahinschmolz. Es war ihr peinlich, weil die umherstehenden Partygäste sie verwundert ansahen, sie, die Neue in diesem exklusiven Club. In ihren Fantasien hatte sie stets mehr Mut als in der Wirklichkeit.

Der Lord schritt bedächtig auf sie zu.

Instinktiv wich sie zurück und stieß an Derek. Sie kam sich so lächerlich vor! Sie spürte, wie ihr die Hitze in die Wangen schoss. Verlegen senkte sie den Blick, um ihn sofort wieder alarmiert auf den Lord zu richten.

Er stand mittlerweile vor ihr. Abfällig musterte er sie, von den hochgesteckten blonden Haaren bis zu den High Heels. »Engelslocken und teuflisch hohe Lackschuhe. Eigentlich eine köstliche Kombination. Wäre da nicht der Netzslip.«

Woher wusste er …? Es war das erste Mal, dass sie ihn sprechen hörte. Er besaß eine warme, tiefe und fordernde Stimme, die sie wohlig erschauern ließ.

Ohne zu zögern schob er ihren ledernen Minirock hoch und zeigte allen ihr Höschen. »Eine Sklavin, die sich unnötig bedeckt, darf keine Anerkennung erwarten.«

Na, super! Jetzt machte er sich auch noch lustig über sie. Und die Gäste schauten sie teils mitleidig, teils geringschätzig an. Sie raunten, lachten oder schüttelten die Köpfe.

Und Derek stand hinter ihr und schwieg.

Hätte er als Dom nicht den Arm um sie legen müssen, um zu symbolisieren, dass sie sein Eigentum war? Hätte er sie nicht verteidigen sollen, wenn auch durch eine Lüge, indem er behauptete, seiner Sklavin das Tragen eines Netzslips befohlen zu haben?

Cassandra war wütend auf ihn. Oder doch eher auf sich selbst, weil sie sich nicht getraut hatte, mit nacktem Fötzchen auf die Party zu gehen?

Zu allem Übel packte der Lord ihr Handgelenk und zog sie mit sich in die Mitte. Ungelenk stolzierte sie auf den hohen Hacken hinter ihm her.

Nun bekam Cassy, die noch nie öffentlich vorgeführt worden war, eine Ahnung davon, wie die exotische Sklavin sich fühlen musste.

Alle Blicke ruhten auf ihr. Sie stand im Zentrum der Aufmerksamkeit, den Launen des Lords ausgeliefert. Ihr Gesicht brannte vor Verlegenheit, und ihr Mösensaft tropfte aus ihrer Spalte. In diesem Moment war sie froh, den Slip zu tragen, damit ihre Geilheit nicht für jedermann offensichtlich wurde. Immerhin fand die Session nicht mir ihr, sondern der kahlen Exotin statt. Oder?

Da kam es ihr wie ein Schreck: Ob der Lord sie in die Session mit einbeziehen wollte?

Noch immer hielt er ihr Handgelenk mit sanftem Druck fest. Seine Hand war warm. Durch seine Berührung fühlten sich ihre Beine wie Gummi an, gleichzeitig gab sein Griff ihr Halt, und er erregte sie.

»So, so, du denkst also, ich bin ein Aufschneider«, sagte er schließlich.

Cassy hob fragend die Augenbrauen.

»Du denkst, die Guillotine sei nichts als Effekthascherei und in Wahrheit nur ein stumpfer Apparat, den ich benutze, um eine entsprechende Atmosphäre zu schaffen«, fuhr er fort, drückte dabei ihr Handgelenk fester und rümpfte die Nase.

Sie wollte etwas erwidern, wusste aber nicht was, und schüttelte lediglich leicht den Kopf. Es raubte ihr den Atem, dass er so nah vor ihr stand. Sie verlor sich in seinen dunklen Augen, genoss seine körperliche Präsenz, und es machte sie an, dass er sie so rügte.

Würde er sie bestrafen?

»Ich werde dir beweisen, dass bei mir mit allem zu rechnen ist.« Er nickte und hob ihr Handgelenk an. Dann nahm er ihren Zeigefinger und führte ihn in Richtung des Fallbeils.

Ängstlich zog Cassandra die Hand zurück, zumindest probierte sie es, doch er intensivierte seinen Griff und knurrte: »Halt still, Sklavin!«

Cassy bekam eine Gänsehaut. Sie hing an seinen Lippen und war fasziniert von seinem markanten Kinn, dem Grübchen, das sie erst jetzt erkennen konnte, da sie so nah bei ihm stand, und den Augen, die so dunkel waren, dass Iris und Pupille verschmolzen.

Er führte ihren Zeigefinger zur Schneide des Fallbeils und ritzte mit der scharfen Kante die Haut an ihrer Fingerkuppe ein.

Sie schrie auf und betrachtete das Blut, das aus der Wunde

trat. Es war nicht viel und gerann sofort, dennoch war sie schockiert.

»Glaubst du mir jetzt?«, fragte er eindringlich, und es lag eine subtile Drohung in seiner Stimme. Noch immer hielt er ihr Handgelenk fest umschlossen.

»Ja.«

»Ja, Sir!«, korrigierte er sie scharf. Aber da war auch ein belustigtes Schmunzeln, das ihr nicht verborgen blieb.

Atemlos antwortete sie: »Ja, Sir.«

»Stell mich nie wieder in Zweifel«, warnte er sie und ließ sie los.

Cassy flüchtete auf ihren Platz zurück. Sein Blick brannte in ihrem Rücken. Sie vermied es tunlichst, irgendwen anzusehen, sondern konzentrierte sich darauf, auf den hohen Absätzen nicht zu allem Übel auch noch hinzufallen.

Als sie wieder bei der Säule war, flüsterte Deity ihr bissig zu: »Vergiss ihn. Er ist zehn Nummern zu groß für dich.«

»Woher willst du das wissen? Du kennst mich überhaupt nicht«, fauchte Cassy aufgebracht. Sie wehrte Dereks Arm ab, den er ihr um die Hüfte legen wollte.

Die Domina schnaubte. »Lern erst einmal in den Schuhen einer Sklavin zu gehen. Wenn du zu früh zu hoch hinaus willst, wirst du tief fallen und dir böse wehtun.«

»Lass das mal meine Sorge sein!«

»Du bist noch nicht bereit für Herausforderungen, und der Lord ist eine, selbst für hartgesottene Sklavinnen. Der Weg bis dahin ist für dich noch weit, Engelchen.«

Sie überlegte ernsthaft, ob sie sich die blonden Locken glätten und schwarz färben sollte, weil sie es hasste, dass alle ihr Aussehen »zuckersüß« fanden, wusste aber, dass sie das ohnehin nicht machen würde.

»Bist du in Ordnung?«, fragte Derek leise.

Widerspenstig steckte sie ihren Zeigefinger in den Mund, um das Blut abzulecken, und nuschelte: »Natürlich.«

Doch ihr zitternder Körper beruhigte sich nur langsam. Sie spürte noch die Wärme des Lords, seine Hand, die ihr Handgelenk mit sanftem Druck umfasst hatte, sein Blick auf ihrem Gesicht, sie hörte noch den lasziven Spott in seiner Stimme, roch den herben Duft seines Aftershaves – und fragte sich sehnsüchtig, ob sie all dies irgendwann noch einmal erfahren durfte.

Doch jetzt war es eine andere Sklavin, der er sich zuwandte.

Er zog sie an der Gliederkette durch das Fenster der Guillotine, sodass sie sich mit dem Oberkörper automatisch auf die erhöhte Bank legen musste. Ihr Gewicht drückte nun auf den abgebundenen Brüsten. Sie verzog gequält ihr Gesicht. Die Kette fixierte er an einer Öse und band eine Metallschlaufe um die Hüften der jungen Frau.

Er spreizte ihre Schenkel, um allen Zuschauern ihr Fötzchen darzubieten. Nun musste sie auf Zehenspitzen stehen. Ihre Muschi glänzte feucht. Sie war gefangen und seinen Launen ausgeliefert, während das Publikum von ihrem Anblick entzückt war.

Cassy allerdings konnte ihren Blick nicht von dem Fallbeil nehmen. Es zielte genau auf den Nacken der Sklavin.

Da bemerkte sie, dass der Lord sie beobachtete.

Cassandra hielt sekundenlang den Atem an. Sie schaute abwechselnd ihn und das Beil an, runzelte fragend und ängstlich die Stirn und leckte erneut über die Wunde an ihrem Finger, aber er schmunzelte nur und griff nach der Gerte, die ein Diener ihm auf einem roten Samtkissen reichte.

Er ließ seine Fingerspitzen über den Rücken seiner Sklavin wandern. Von ihren Schultern bis zu ihrem Hintern. Sie erschauerte, stöhnte leise und wackelte mit ihrem Gesäß. Aber bevor ihr Herr die prallen Rundungen erreicht hatte, entfernte er seine Hand von ihrem Körper.

Stattdessen schlug er mit der Gerte zu. Zwei Mal kurz hintereinander auf beide Gesäßhälften. In präzisem Abstand, was die roten Abdrücke auf der Haut bewiesen. Er machte eine kurze Pause und ließ dann einige harte Schläge auf ihren Hintern prasseln.

Die Sklavin zerrte an ihrer Halsfessel. Aber als der Lord von ihr abließ, gab sie einen tiefen Seufzer der Enttäuschung von sich. Sie versuchte, über ihre Schulter zu sehen, da die Pause sie scheinbar verunsichert hatte, konnte ihren Kopf aber nicht weit genug drehen.

Ein Schlag zwischen ihre Schulterblätter ließ sie zusammenzucken.

Auch Cassy erschrak, da sie den Schlag nicht hatte kommen sehen. Sie war zu abgelenkt von dem Muster, das sich auf dem Hinterteil der Frau zeigte. Der Lord hatte zwei Rauten auf ihre Gesäßhälften gezaubert.

»Schau nach vorn!«, befahl er, aber seltsamerweise schaute er dabei nicht auf die exotische Sklavin, sondern starrte Cassandra über die Bank hinweg an.

Es formte sich der Wunsch in Cassy, er möge sich ebenso nach einer gemeinsamen Session sehnen, wie sie es tat. Gleichzeitig war da aber diese Furcht in ihr. Sie hatte Angst, nicht tough genug zu sein und ihn zu enttäuschen. Sie wollte ihn beeindrucken, ja, das würde sie gerne tun.

Aber wie beeindruckt man einen Dominus, der mit den erfahrensten Sklavinnen spielt?

Sie senkte den Blick, als könne der Lord bis tief in ihr Innerstes schauen und dabei ihre Gedanken erraten, und er tauschte die Gerte gegen eine Bullenpeitsche aus.

Er ließ den langen dünnen Lederriemen durch seine Hand

gleiten, begutachtete das Schlaginstrument und ließ das gespaltene Ende über den Rücken der vor ihm liegenden Frau tänzeln. Schmunzelnd kitzelte er ihre Seiten in der Nähe ihrer Achseln und strich mit dem Griff über ihre Fußsohlen, sodass sie kichernd ihr Gewicht immer wieder verlagerte.

Es dauerte nicht lange und sie trat wie eine bockende Stute aus, weil das Kitzeln unerträglich wurde.

»Du hast zu ertragen, was ich dir zufüge«, zischte der Lord. Er klatschte in die Hände, und die beiden Diener eilten wieder herbei.

»Welch undankbare Sklavin! Ich widme ihr meine kostbare Zeit und Aufmerksamkeit, und sie reizt meine Geduld aus. Haltet ihren rechten Fuß hoch!«, befahl er.

Die Männer griffen ihren Unterschenkel, wobei einer der beiden das linke Bein der Frau zwischen der Bank und seinem Körper einklemmte, damit sie nicht nach ihnen treten konnte.

Alle Umherstehenden blickten erwartungsvoll auf den Lord, der mit dem gespaltenen Ende der Peitsche über ihre Fußsohle streichelte. Das Bein zuckte vor und zurück, aber sie konnte sich nicht befreien.

Dann trat er einen Schritt zurück. Als er ausholte, sog Cassy laut die Luft ein und schlug ängstlich die Hand vor den Mund. Sie selbst hatte mit Fußfolter noch keine Erfahrung gemacht, litt aber schon nach fünf Minuten in ihren High Heels Schmerzen.

Durch ihre Geste war der Lord für einige Sekunden abgelenkt. Anstatt auf die Fußsohle seiner Sklavin zu achten, suchte sein Blick Cassy und dabei verfehlte er sein Ziel. Sein Peitschenhieb traf einen der Diener, der erschreckt aufschrie, aber nicht wagte, den Lord zornig anzusehen.

Das Publikum tuschelte aufgeregt. Sie beäugten Cassandra kritisch, die am liebsten vor Scham im Boden versunken wäre.

Die Domina neben ihr kommentierte erneut spöttisch: »Na, so etwas ist ihm ja noch nie passiert. Wie ein blutiger Anfänger! Tsts, Engelchen hat Teufelchens Konzentration gestört, Teufelchen ist böse und wird es Engelchen bestimmt heimzahlen, aber das will Engelchen ja nur, stimmt's?«

»Ich habe ihn nicht absichtlich abgelenkt«, protestierte Cassy mit hochrotem Kopf.

Da tauchte er schon vor ihr auf. Sie hatte ihn nicht kommen sehen, da sie sich in Deitys Richtung gedreht hatte. Wie ein Felsmassiv stand er vor ihr und verdunkelte ihre Sicht. Eine Zornesfalte zeigte sich auf seiner Stirn.

Er vergrub seine Finger in ihren Haaren und zog sie zu sich heran. »Willst du ihren Platz einnehmen?«

»Nein, Sir«, antwortete Cassy rasch, aber sie war sich nicht so sicher, ob das nicht eine Lüge war. Sie wünschte sich, von ihm dominiert zu werden, aber nicht hier und jetzt vor Derek, Deity und den anderen Partygästen, die über sie lachten. »Ich entschuldige mich demütig bei Ihnen, Sir, dass ich Ihre Session gestört habe und …«

»Und was?«, säuselte er verführerisch.

So leise wie möglich sagte sie: »Und ich erbitte eine Strafe für mein Vergehen, aber bitte abseits des Trubels.«

Während sie die Zähne zusammenbiss und um Fassung rang, schoss das Blut in ihr Fötzchen. Es prickelte heftig zwischen ihren Beinen. Am liebsten wäre sie vor ihm auf die Knie gefallen. Bei Derek hatte sie noch nie den Wunsch verspürt, sich klein zu machen. Bei ihm gehörte ihre Demut nur zum Spiel, sie war nicht ehrlich gemeint – anders als beim Lord.

Er warf jedoch seinen Kopf in den Nacken und lachte. »Meinst du, eine Sklavin hat das Recht den Zeitpunkt und Ort einer Bestrafung zu bestimmen?«

»Nein, Sir«, gab sie kleinlaut zu. Sie schien einen Bock nach dem anderen zu schießen.

Derek schaltete sich ein. »Ich möchte mich für meine Sklavin entschuldigen. Keine Ahnung, was heute mit ihr los ist.«

»Ich weiß es aber«, warf die Domina ein. »Sie ist ziemlich beeindruckt von Ihnen.«

Erstaunt und amüsiert musterte der Lord Cassandra. Dann verschwand sein Lächeln. Es schien Cassy, als würde er innerlich mit sich kämpfen. Dachte er darüber nach, ob er sie nachher zu sich bestellen sollte?

»Meine Sklavin wird deine Strafe übernehmen«, verkündete er schließlich und knirschte mit den Zähnen. »Du hast ihr zusätzlich drei Peitschenhiebe auf die Möse eingehandelt.«

»Das ist unfair. Ich habe den Ärger verursacht«, protestierte Cassy. Sie bekam Magenschmerzen, weil eine andere ihre Suppe auslöffeln sollte.

»Ich bin der Herr dieser Session, ich bin der Herr dieses Hauses und bestimme, wann, wen und wie ich züchtige!«

Er will mich nicht. Eine tiefe Enttäuschung breitete sich in ihr aus.

Geknickt sah sie ihm hinterher, als er zurück zu seiner Sklavin ging. Er schaute nicht noch einmal zu Cassy, wie sie gehofft hatte, sondern streichelte über die Fußsohle seiner Sklavin, als wollte er ihr damit andeuten, dass er zurück war.

Dann schwang er seine Peitsche. Lediglich das gespaltene Ende traf ihre Fußsohle. Sie stöhnte erschrocken auf. Der nächste Hieb jedoch saß. Diesmal zuckte sie zusammen und gab einen undefinierbaren Laut von sich. Als der dritte Schlag sie folterte, schrie sie auf, jammerte leise und begann zu schluchzen.

Aber Cassy wusste, dass die Tortur die junge Frau erregte, weil ihr Mösensaft auf den cremefarbenen Marmorboden tropfte.

Die Diener gaben den rechten Unterschenkel frei und griff

den linken, um ihn in die richtige Position zu bringen. Die Sklavin versuchte, ihr Bein freizubekommen, was ihr aber nicht gelang. Sie winselte leise, weil sie den Schmerz kannte, der auf sie zukommen würde.

Doch auch diesmal sensibilisierte der Lord ihre Fußsohle erst einmal, indem er sie liebkoste. Mit den Fingerspitzen strich er darüber, ergötzte sich an dem gequälten Lachen der Frau und drang mit dem Daumen in die Zwischenräume ihrer Zehen.

Sie atmete flacher, während er ihre Sohlen massierte.

Er nahm dies als Zeichen, schwang seine Bullenpeitsche und ließ den Lederriemen auf die Fußsohle knallen, die er eben noch gestreichelt hatte. Die Sklavin stöhnte auf. Sie rieb ihren Unterleib an der Kante der Bank, aber einer der Diener stützte sich daraufhin auf ihrem unteren Rücken ab, und somit war sie auch dieser Freiheit beraubt.

Der Lord peitschte ihre Sohle weiter. Die nächsten zwei Schläge kamen kurz hintereinander und entlockten der Sklavin spitze Schmerzensschreie. Aber damit nicht genug, denn er ging nun nahtlos dazu über, ihre Möse zu quälen. Wie er es angekündigt hatte. Und Cassandra trug die Schuld daran.

Der erste Hieb traf ihr Fötzchen von hinten. Doch entgegen Cassys Annahme, flippte die Sklavin nicht aus, sondern ihre Schreie verstummten. Sie stöhnte aus tiefster Seele, als würde sie kurz vor dem Orgasmus stehen. Ihre Augen waren geschlossen, ihre Lippen leicht geöffnet.

Der Lord peitschte ein zweites Mal ihr Fötzchen, und Cassy bemerkte erleichtert, dass er so geschickt zuschlug, dass nur das gespaltene Ende und nicht der geflochtene Lederriemen ihre Möse traf.

Eine seltsame Ruhe ergriff seine Sklavin. Und als der Riemen sie erneut folterte, war sich Cassy sicher, dass der Schmerz sie berauschte.

Sie beobachtete, wie die Diener das Bein der Gepeitschten losließen und zwischen den Zuschauern verschwanden. Dann hockte der Lord sich hin. Seine Hand tauchte zwischen ihren Falten ab. Er drang einige Male in ihre Möse ein und verteilte ihren Lustsaft auf ihrem Kitzler.

Seine kurze Berührung an ihrer empfindlichsten Stelle genügte schon, und die exotische Sklavin erbebte. Ihr Unterleib zuckte, sie stöhnte mit weit aufgerissenem Mund und zitterte am ganzen Körper. Der Orgasmus erschütterte sie. Speichel tropfte von ihrer Unterlippe. Aber das kümmerte sie nicht, auch nicht, dass zahlreiche Zuschauer jede Reaktion ihres Körpers wahrnahmen.

Ihr Gesicht sah entrückt aus. Selbst als der Lord sie längst losgebunden und alle ihre Fesselungen gelöst hatte und sie auf den Arm nahm. Er trug sie aus der Mitte, setzte sie auf einem Sofa ab, das in einer Ecke stand, in der nur wenige Kerzen brannten, und winkte einem seiner Diener. Dieser eilte mit einer cremefarbenen Porzellanschüssel, einem Waschlappen und einem Handtuch, das über seinem Arm hing, herbei.

Cassy war erleichtert, dass die Guillotine doch nur ein Requisit gewesen war. Neugierig folgte sie dem Lord und seiner Sklavin mit ihrem Blick und beobachtete neidisch, wie er den Lappen benässte und über dem Mund der Frau auswrang. Sie trank gierig und schaute ihn dankbar an. Dann rieb er mit dem Lappen ihr verschwitztes Gesicht ab. Er wusch ihren rasierten Kopf und kühlte ihren Nacken.

Obwohl er es war, der sie verwöhnte, war das Machtgefälle zwischen ihnen nicht zusammengebrochen. Sie nahm immer noch willig hin, was er ihr zu geben bereit war. Und er hatte nichts von seiner dominanten Ausstrahlung verloren.

Das war es, was sie wollte, wurde sich Cassandra mit einem Mal bewusst. Dereks legere Art, sein Grinsen und flapsiges Verhalten abseits ihrer gemeinsamen Sessions beeinflusste ihre Erregung während des Spiels erheblich.

Sie nahm ihn nicht ernst. Nicht als Dom.

Ihre Sessions waren nur ein Spiel. Derek und sie waren wie zwei Kinder, die Doktorspiele machten, um den Körper des anderen Geschlechts näher kennenzulernen.

Sie testeten diverse BDSM-Praktiken aus, um ihre Vorlieben herauszufinden und ihre Lust auszuleben, und um ihren Horizont zu erweitern, besuchten sie neuerdings auch SM-Partys. Sie blieben aber meist nur Voyeure, schüchterne Frischlinge, die später im Verborgenen nachmachten, was andere öffentlich trieben.

Bis jetzt hatte es Cassy gereicht, mit Derek spielerisch SM zu erfahren, doch nun, da sie den dunklen Lord beobachtete, der so erfahren mit seiner Sklavin umging, erwachte eine starke Sehnsucht in ihr:

Sie wollte sich einem echten Dominus unterwerfen.

Aber was bedeutete »echt«? Cassandra lehnte sich gegen die Marmorsäule und grübelte, ohne den Blick vom Sofa abzuwenden. Erfahren sollte er sein und eine natürliche Dominanz besitzen … So wie er.

»Schau nicht so verträumt.« Deity war zu ihr geschlendert. »Den wirst du nicht rumkriegen.«

Verwundert hob Cassy die Augenbrauen. War ihr Verlangen so offensichtlich?

»Der dunkle Lord spielt nur mit erfahrenen Sklavinnen, keinen dummen Gänsen.« Die Domina lachte schallend und verließ den Saal, während die anderen Gäste zu spielen begannen oder einfach nur den Champagner genossen.

Widerstand regte sich in Cassandra. Warum nannten sie nur alle Prinzesschen, Engelchen oder Gänschen? Nur weil sie klein war und blonde Locken und Rehaugen hatte? Lag es an ihren prallen Brüsten, die ihrer Meinung nach viel zu groß für ihre zierliche Statur waren? Sie hatte sich nie über einen Mangel an Zuspruch von Männern beklagen können. Bei Kerlen weckte sie den Beschützerinstinkt. Man verwöhnte sie, las ihr ihre Wünsche von den Augen ab und behandelte sie so behutsam, als wäre sie aus Porzellan.

Aber das war es nicht, was sie wollte!

Cassy sehnte sich nach Schmerzen und Demütigungen. Träumte von einer inszenierten Vergewaltigung, qualvoller Orgasmuskontrolle, einer Verschmelzung von Leid und Lust. Sie wollte verbal niedergemacht, tabulos in alle Löcher gefickt und so hart rangenommen werden, dass sie danach einen Tag das Bett hüten musste, weil sie völlig fertig war.

Fast alle Gäste trugen schwarze oder rote Latex- oder Lederbekleidung, es gab nur wenige Ausnahmen, wie zum Beispiel die Domina im Krankenschwester-Outfit. Die meisten Frauen färbten ihre Haare schwarz oder trugen dunkelhaarige Perücken. Ihre Fingernägel waren dunkelrot oder schwarz lackiert, ihre Augen dick mit dunklem Kajal umrandet und ihr Lippenstift hatte die Farbe von Blut.

Cassandra stach mit ihrer blonden Lockenpracht, der weißen Korsage und dem dezenten Make-up aus der Menge heraus. Sie hatte mittlerweile das Gefühl, dass man sie nicht ernst nahm. Aber sie war kein Vanillasex-Typ, der mal was Verrücktes tun und auf eine SM-Party gehen wollte, nur um festzustellen, dass BDSM zu verrückt war, und der deshalb schon am nächsten Tag wieder zu Vanilleeis zurückkehrte.

Ihre Seele war genauso schwarz wie die der anderen hier. Sie war kein Püppchen, dachte sie und versperrte dem Lord, der aufgestanden war, um zum Buffet zu gehen, aufmüpfig den Weg. Sie wusste auch nicht, weshalb sie ihn provozieren wollte. Um seine Aufmerksamkeit zu bekommen?

Er war einen Kopf größer als sie und schaute naserümpfend auf sie hinunter. »Sei nicht so dumm und bettele ein zweites Mal um eine Bestrafung.«

»Nein«, antwortete sie ernüchtert und fügte rasch ein »Sir« an.

»Meine Sklavin hat deine Strafe bereits abgegolten.«

»Es tut mir leid für sie, Sir.«

»Mir nicht. Die Peitschenhiebe auf ihre Möse haben ihren Orgasmus noch gesteigert.«

»Darf eine Bestrafung lustvoll sein? Ich meine, sie soll doch läutern?«, fragte Cassy und bereute es sogleich. Manchmal sprach sie, bevor sie nachgedacht hatte. Verlegen suchte sie Unterstützung bei Derek, doch der stand nur stumm neben ihr, als müsse er schweigen, wenn der Meister – der dunkle Lord – sprach. Auch er schien sich ihm unterzuordnen, obwohl er selbst dominant war.

Zuerst zog der Lord seine Stirn kraus, dann schmunzelte er spöttisch. »Es gibt zwei Arten von Strafe. Die eine dient dem Lustgewinn, die andere ist ausschließlich schmerzhaft und wird als Erziehungsmethode angewandt. Wieso sollte ich meine Sklavin ernsthaft für dein Vergehen strafen? Das wäre unfair und ich kein guter Dominus.«

Überrascht riss sie die Augen auf. Er war also doch nicht so skrupellos, wie es den Anschein hatte, sondern nur ein geschickter Pokerspieler. Seine Augen funkelten, und Cassy verlor sich in ihnen. Sie wünschte, ein Fünkchen Interesse in ihnen erkennen zu können, aber da war nur Hohn, weil sie so wenig über SM wusste und ihn anhimmelte. Mit Derek war es nur ein Spiel, beim ihm dagegen hatte alles den Anschein, real zu sein. Genau das erregte Cassandra.

Er wandte sich an Derek. »Ist sie deine Sklavin?«

»Ja, Sir.«

»Nenn mich nicht ›Sir‹. Das tun nur Sklaven«, berichtigte der Lord ihn, worauf Derek die Schamesröte ins Gesicht stieg. »Wie nennst du deine Sklavin?«

»Ihr Name ist Cassandra Rodson, Lord.«

Der Lord stöhnte. »Ich meine ihren Sklavennamen. Es ist verantwortungslos, ihre wahre Identität offenzulegen.«

Derek räusperte sich und legte beide Hände auf seinen Bauch, als sei ihm übel vor Aufregung. »Sie hat keinen.«

»Er nennt mich Sklavin Cassy«, warf Cassandra ein.

Der Lord funkelte sie böse an. Er trat nah an sie heran und legte seinen Zeigefinger an ihre Lippen. Ein wenig neigte er sich vor. Drohend säuselte er: »Wage ja nicht noch einmal unaufgefordert zu sprechen.«

Sie schluckte schwer. Seine Nähe machte es ihr unmöglich, klar zu denken. Sie nahm nur die Widersprüchlichkeit wahr: Er drohte ihr, dennoch klang seine Stimme sanft und sein Finger kitzelte ihre Lippen. Am liebsten hätte sie die Fingerspitze in den Mund genommen, daran gesaugt und geleckt. Aber sie beherrschte sich.

»Du scheinst genauso wenig Erfahrung zu haben wie sie«, meinte der Lord zu Derek und schüttelte den Kopf.

Einige Sekunden lang betrachtete er Cassandras Gesicht. Dann trat er einen Schritt zurück und ging um sie herum. Er musterte sie von allen Seiten, bis er schließlich wieder vor ihr stand.

»Du hast mir den Spaß mit meiner Sklavin verdorben. Weil ihre Möse gepeitscht wurde, ist sie zu schnell gekommen und ich konnte sie nicht mehr ficken. In zehn Minuten erwarte ich dich im Pavillon.«

Mit offenem Mund starrte Cassy ihn an. Seine Miene war unergründlich. Machte er sich lustig über sie? Wollte er sich an ihr rächen? Ging es ihm nur darum, endlich abzuspritzen?

Würde er sie vögeln? Der letzte Gedanke beschäftigte sie so sehr, dass sie kaum bemerkte, dass der Lord sie ohne eine weitere Erklärung stehen ließ.

Derek rief ihm hinterher: »Sie wird da sein und Ihnen zur Verfügung stehen. Dafür werde ich sorgen.«

Erschrocken fuhr Cassy zu ihm herum. »Du kommst mit?«

»Natürlich.«

»Aber …«, sie rang nach Worten. Die Vorstellung, dass Derek dabei zusah, wie sie sich dem Lord unterwarf, war ihr peinlich. O ja, sie begehrte den dunklen Lord, aber Derek und sie hatten bisher nur alleine gespielt.

Oder hast du Angst, dass er sieht, zu welchen Höchstleistungen du fähig bist, wenn der richtige Meister dich nimmt? Befürchtest du, er könnte eingeschnappt sein und nie wieder mit dir spielen, oder sogar tief getroffen, wenn du abgehst wie nie zuvor?

Nein, das würde sie nicht wollen. Sie und Derek waren Freunde. War das eventuell die Krux? Möglicherweise zeigte er nicht seine ganze Härte, weil er sie zu sehr mochte.

Der Lord dagegen hatte eine offene Rechnung mit ihr und würde sich nicht zurückhalten. Die Vorfreude trieb ihr das Blut ins Fötzchen, das lustvoll zu pochen begann.

»Er hat nicht gesagt, dass du dabei sein sollst, Derek.«

»Weil das eine Selbstverständlichkeit ist. Ein Herr lässt seine Sklavin nicht alleine, es sei denn, er leiht sie aus, und das habe ich nicht getan. Ich komme nur dem Wunsch des Gastgebers nach. Außerdem hast du was gutzumachen.« Plötzlich ballte er die rechte Hand zur Faust und stieß sie kraftvoll gegen die Handfläche seiner linken, die er wölbte, als würde er einen Baseballhandschuh tragen. »Verdammte Scheiße, ich habe mich völlig lächerlich vor ihm gemacht.«

»Er ist eben ein Vollprofi.«

»Macht es dir da nicht Angst, dich ihm hinzugeben?«, fragte er aufreizend. »Er könnte viel von dir verlangen, weil er schon alles erlebt hat und nicht so leicht zufriedenzustellen ist.«

»Ich vertraue ihm, eben weil er ein Profi ist. Er wird wissen, wie weit er bei mir gehen kann.« Zumindest hoffte sie das.

Cassandra suchte noch zwei Mal die Toilette auf, bevor sie mit Derek in den Garten ging. Es war eher so, dass Derek sie hinbrachte. Vermutlich um ein Quäntchen Dominanz zu behalten, packte er Cassys Oberarm und führte sie über den englischen Rasen hinüber zum Pavillon, der am Waldrand stand. Der Skunk River floss ganz in der Nähe vorbei, aber Cassandra konnte nur sein Rauschen hören, ihn aber in der Dunkelheit des Waldes nicht ausmachen.

Die Nächte Ende September waren schon ziemlich kühl, was Cassy ausnahmsweise sehr recht war, denn es hielten sich kaum noch Gäste im Freien auf.

Lediglich ein Paar hatte sich für eine Session unter freiem Himmel entschieden. Etwas abseits des Pavillons band gerade eine Domina ihren nackten Sklaven mit dem Rücken an einen Baum. Dann nahm sie eine mit Gummi ummantelte Sisalpeitsche und begann sachte seinen Oberkörper zu bearbeiten.

Dass sie die Intensität ihrer Schläge ständig steigerte, konnte Cassandra nicht nur am Knallen der Seilpeitsche, sondern auch an dem lauter werdenden Stöhnen des Mannes hören. Mit dem ersten Hieb auf seinen Schwanz schrie er lustvoll auf.

»Du lässt dich leicht ablenken«, warf der Lord Cassandra vor. Er war im Eingang des Pavillons, einem sechseckigen weißen Häuschen mit glaslosen Fenstern, aufgetaucht. »Wenn das gleich ebenfalls der Fall sein wird, wirst du auch am Baum enden und deine Brüste gepeitscht bekommen.«

Cassys Nippel wurden hart. Sie redete sich ein, dass die Kälte schuld daran war, aber das war eine Lüge. Wie gut der Lord aussah! Einige Kerzen brannten im Pavillon und beleuchteten ihn von hinten. Dadurch wirkte er noch finsterer. Nur durch das Licht, das durch die Terrassentür seines Hauses in den Garten fiel, konnte sie erahnen, dass er lächelte.

»Ich hätte nicht gedacht, dass du wirklich kommen würdest.« Er drehte sich um, machte drei Schritte in die Laube hinein und nahm auf der Rundbank Platz.

Derek drängte Cassandra vorwärts. »Ich hatte es Ihnen zugesagt und ich halte mein Wort.«

Verärgert schaute sie ihn an. Jetzt musste er auch nicht mehr den Dom raushängen lassen. Das wirkte aufgesetzt und lächerlich. Aber sie sagte nichts dazu, um ihn nicht noch mehr zu blamieren.

»Bleib draußen. Du kannst von der Seite aus zuschauen«, wies der Lord ihn an. Er öffnete seine Schenkel und winkte Cassy zu sich her. »Bring mich zum Abspritzen, und ich rate dir, einen guten Job zu machen.«

Arroganter Macho! So, wie er dasaß – breitbeinig, die Arme auf die Rückenlehne gelegt –, hätte sie ihm am liebsten eine reingehauen. Er sah sie kühl an, aber es lag auch eine Herausforderung in seinem Blick. Erst jetzt bemerkte sie den Flogger, der an seinem Gürtel hing. Das Schlaginstrument besaß einen Holzgriff, aus dem zahlreiche Lederriemen herauswuchsen.

Du kannst jederzeit aufhören, redete sie sich gut zu, kniete sich zwischen seine Beine und starrte den Reißverschluss seiner Hose an.

»Auf was wartest du?«, fragte er blasiert. »Hattest du erwartet, dass ich mich mit deinem Körper befasse? Hast du in deinem Hochmut vielleicht sogar gedacht, ich würde dich ficken?«

Ertappt schaute sie zu ihm auf. Ihre Wangen glühten.

»Engelchen, dieses Privileg musst du dir erst erarbeiten.« Er schmunzelte, weil er ganz genau wusste, dass sie sich wünschte, von ihm gevögelt zu werden. Dann öffnete er Reißverschluss und Hosenknopf. »Worauf wartest du?«

Cassy warf Derek einen kurzen Blick zu. Er stützte sich zu ihrer Linken von außen auf die Fensterbank, da er vom großen Meister dazu verdonnert worden war, nur Voyeur zu sein. Einige Sekunden knabberte sie auf ihrer Unterlippe herum.

Was überlegst du, grübelte sie, du begehrst den Lord doch. Also los!

Cassandra lächelte ihn gewinnend an, um ihm zu zeigen, dass sein barscher Ton sie nicht verletzt hatte und seine kühle Anweisung sie nicht vertreiben konnte.

Das schien ihn derart zu überraschen, dass er sein Machogehabe für den Hauch eines Moments vernachlässigte. Er musterte sie, als würde er über etwas nachdenken.

Seine Verwirrung verschwand jedoch schnell, und er vergrub seine Finger in ihren Haaren, sodass sich die Klammer aus ihrer Hochsteckfrisur löste, und zog ihr Gesicht mit sanftem Druck an seinen Unterleib.

Während sie seinen Schwanz von dem schwarzen Slip befreite, entfernte er die restlichen Haarnadeln aus ihrem Schopf. Ihre blonden Locken fielen auf ihre Schultern, und sie befürchtete, er würde wieder bloß den Unschuldsengel in ihr sehen.

Sie schälte seine Hoden aus dem Stoff. Sie waren prall gefüllt und rasiert. Sein Schwanz reckte sich ihr steif entgegen. Hatte die Vorführung mit seiner exotischen Sklavin ihn so heiß gemacht oder erregte sie ihn? Sie hoffte Letzteres und begann ihr Verwöhnprogramm.

Cassandra küsste zärtlich seine Eichel. Sie führte sie in ihren Mund ein, schloss ihre Lippen allerdings nicht, sondern ließ ihn nur ihren heißen Atem spüren und zog sich dann wieder zurück.

»Kleine Hexe, ich will dich endlich spüren«, murmelte er und verstärkte seinen Griff in ihren Haaren.

Zufrieden lächelte sie in sich hinein und nahm sich vor, ihn noch ein wenig zappeln zu lassen. Sie spitzte ihre Lippen und bedeckte sein Glied über und über mit hauchzarten Küssen, um seine Gier zu schüren. Mit ihrer Nase stupste sie seine Hoden an, atmete tief seinen herben maskulinen Duft ein und schenkte ihm hin und wieder einen unschuldigen Kleinmädchenblick.

Doch sie trieb ihr Spiel zu weit, denn er schaute auf seine Armbanduhr und sagte, ohne ein einziges Mal Luft zu holen: »Du denkst, du könntest das Tempo angeben, dabei hast du vergessen, dass ich der Herr dieser kleinen Session bin, und ich gebe dir genau zwei Minuten, um mich zum Kommen zu bringen oder du wirst meinen Flogger spüren und es wird eine durch und durch schmerzvolle Strafe werden, die zu deiner Erziehung und nicht deiner Lust dient. Deine Zeit läuft ab jetzt!«

Cassandra brauchte einige Sekunden, um die schockierende Ankündigung zu verdauen. Topping from below. Sie hatte einen Kapitalfehler begangen, und der Lord verzieh so etwas nicht, auch nicht einer unerfahrenen Sklavin, sondern zog seine Konsequenzen. Man wickelte einen erfahrenen Dominus wie ihn nicht um den Finger, dafür war er zu gewitzt, und trotz seiner Geilheit behielt er immer noch die Kontrolle.

Er faszinierte Cassy immer mehr.

Sie nahm seinen Schwanz tief in den Mund auf. Ihre Lippen schmiegten sich fest um den heißen Penis. Sie nuckelte an dem harten Schaft, gab ihn zur Hälfte frei und leckte über die Eichel. Als der Lord einen tiefen Seufzer von sich gab, schaute sie zu ihm auf, ohne das Glied aus dem Mund zu nehmen.

Ihm gefiel offensichtlich der Anblick ihrer großen, rehbraunen Augen und seinem Schwanz, um den sich ihre Lippen pressten und der in ihren Mund hineinwuchs, denn er lächelte, und diesmal wirkte sein Lächeln nicht herablassend, sondern anerkennend.

Davon angespornt saugte Cassandra intensiver. Sie nahm seinen Penis wieder bis tief in ihre Mundhöhle auf, drückte ihre Lippen so fest sie konnte um das Glied und glitt von der Wurzel bis zur Eichel. Knapp unter der Penisspitze verharrten ihre Lippen, ohne locker zu lassen. Cassy seifte die Eichel ein und verteilte den Speichel mit ihrer Zunge.

Der Lord verlagerte unruhig seine Beine. Mal streckte er das rechte aus und stellte den linken Fuß auf den Boden, mal winkelte er das rechte Bein an und schob den linken Fuß unter die Bank.

Vorsichtig legte Cassy die Hände an seine Oberschenkel und drückte sie weiter auseinander.

Ihr Gesicht versank in seinem Schoß, als sie seine Eier eins nach dem anderen in den Mund nahm, von einer Backentasche in die andere schob, sodass sich ihre Wangen abwechselnd aufblähten, und sie schließlich mit der Zunge aus ihrem Mund drückte. Sie massierte seine Hodensäcke mit der Zungenspitze, küsste sie zwischendurch gefühlvoll und neckte sie behutsam mit den Zähnen, bis sie köstlich prall waren.

Damit das auch so blieb, nahm Cassy sie in die Hände. Sie knetete sie sachte, während sie die Vorhaut seines Schwanzes von der Seite etwas einsaugte. Jedes Mal hielt der Lord dabei den Atem an, als würde er den Schmerz erwarten, aber so weit ließ es Cassy nicht kommen, sondern hörte rechtzeitig auf.

Mit den Lippen zupfte sie am Ende der Vorhaut, schob sie weit zurück und leckte über den freigelegten Schaft. Eine dicke blaue Ader war hervorgetreten. Der Lord stöhnte leise. Er blickte sie mit halb geschlossenen Augen an und ließ ihre Haare los, um auf die Uhr zu schauen.

»60 Sekunden.« Seine Stimme klang rau vor Geilheit. Er

hielt sich an der Rückenlehne der Bank fest und schloss die Augen. »Weitermachen.«

Das klang jedoch mehr wie eine Bitte als ein Befehl. Dennoch war Cassandra ein wenig traurig, weil sie gehofft hatte, ihn durch den Blowjob von dem Countdown ablenken zu können. Betrübt wurde ihr bewusst, dass es ihm nicht darum ging, sie zu spüren und Spaß mit ihr zu haben, sondern er wollte endlich den Orgasmus haben, der ihm bei der Vorführung verwehrt geblieben war – durch ihre Schuld.

Cassy war bemüht, sich nichts anmerken zu lassen, und leckte über seine Hoden. Sie schleckte sie ab, hob sie mit der Zunge hoch und ließ sie fallen.

Auch ihre Hände waren nicht untätig. Die linke kraulte seinen Schritt, knapp unter dem Hodensack, etwas fester, als sie es gewöhnlich tat, da die Stoffhose im Weg war, und die rechte hielt den Schwanz an der Eichel hoch, damit er nicht störte.

Als ihre Zunge zu rebellieren anfing, nahm sie beide Eier in die linke Hand und wichste den Schwanz mit der rechten.

Der Lord rutschte unruhig auf seinem Sitz hin und her, sodass Cassy ihm mit den Händen folgen musste. Es dauerte nicht lange, und ein Spermatropfen trat aus der kleinen Penisöffnung.

Der kostbare Schwanzsaft des dunklen Lords. Verwegen neigte sich Cassy vor. Sie leckte ihn ab und bohrte mit ihrer Zungenspitze in der Öffnung, als wollte sie noch mehr herausholen. Ihr war es egal, ob es Derek recht war oder nicht, oder ob der Lord seine Einwilligung dazu gab oder sagen würde, dass nur besonderen Sklavinnen die Güte zuteil wurde, seinen kostbaren Saft zu trinken. Derek wagte eh nicht, sich zu melden, und der Lord war zu geil.

Also presste sie die Lippen wieder unterhalb der Eichel um den Penis und saugte.

Der Lord bäumte sich auf. Seine Finger krallten sich in die Rückenlehne. Aber dann riss er plötzlich Cassys Kopf zurück. Er rang nach Atem, überprüfte die Zeit und wandte sich an Derek. »Zähl die letzten zehn Sekunden an.«

Cassandra ärgerte sich, weil sie es bisher nicht geschafft hatte, den Lord um den Verstand zu bringen. Er dachte immer noch zu viel nach. Es brauchte viel, damit er die Beherrschung verlor, zu viel.

»Zehn«, brummte Derek.

Wütend zog Cassandra die Stirn kraus, aber als sie Derek ansah, spiegelte sich Neid auf seinem Gesicht. Mit der einen Hand stützte er sich auf der Fensterbank ab, mit der anderen holte er sich einen runter. Das konnte Cassy zwar nicht sehen, aber die Geräusche und seine Armbewegung reichten vollkommen, um die Situation zu verstehen.

»Neun.«

Sie wichste den Lord einige Male, erst so schnell sie konnte, dann quälend langsam und darauf wieder ungestüm. Sein Schwanz bekam einen rot-bläulichen Schimmer und die Ader trat noch deutlicher hervor, aber er spritzte nicht ab.

»Acht.«

Verärgert darüber, dass er so ein harter Brocken war, kam sie auf eine verrückte Idee. Fix lockerte sie ihre Korsage, verrieb eilig massig Speichel auf seiner Schwanzspitze und lehnte sich nach vorne. Sie versenkte seine Eichel zwischen ihren prallen Brüsten, wofür sie sich weit vorbeugen musste.

»Sieben.«

Nun war sie dem Lord ganz nah. Ihr Dekolleté schmiegte sich an seinen Unterbauch. Sie inhalierte seinen köstlichen Duft, ein Gemisch aus Aftershave und Körpergeruch, und ließ sich eine Sekunde zu lange ablenken.

»Sechs.«

Hastig legte sie die Hand um seine Peniswurzel und drückte zu. Mit der anderen Hand wichste sie ihn. Rhythmisch schob sie seine Vorhaut vor und zurück und verharrte dabei manchmal in der Bewegung. Wenn sie so eine Pause machte, bewegte sie ihren Oberkörper, um die Eichel, die zwischen ihren Brüsten einpfercht war, zu stimulieren.

Hatte Derek schon »Fünf« gesagt?

Der Lord rutschte weiter nach vorne, bis er auf der Kante der Bank saß und sein Oberkörper nach hinten gelehnt war, damit Cassy ihn besser bearbeiten konnte. Für sie war es unbequem und Zweifel nagten an ihr, ob das wirklich der beste Weg war, um den Lord zum Abspritzen zu bringen, aber es war wenigstens eine ungewöhnliche Stellung.

»Vier.« Dereks Ansage war eher ein Stöhnen.

Cassandra fühlte sich gehetzt. Mutig rollte sie das Shirt des Lords herauf. Während sie den Tittenfick weiterführte, leckte sie an seinen Brustwarzen. Die Nippel waren klein, sein Brustkorb hart und die Haut straff. Er musste regelmäßig trainieren.

Er drückte den Rücken durch, sein Körper bebte vor Geilheit.

Anstatt »Drei« zu sagen, gab Derek einen tiefen Seufzer von sich und kam. Er ergoss sich gegen den Pavillon. Dann keuchte er, lehnte sich gegen einen der Trägerbalken und schloss die Augen. Sein Mund war geöffnet und Schweiß perlte von seiner Stirn.

Die Kerzenflammen tanzten.

Der Lord war immer noch nicht gekommen. Cassy machte einfach weiter. Niemand stoppte sie, nicht Derek und auch nicht der Lord. Ob die Zeit schon abgelaufen war? Sie wusste es nicht und es war ihr egal. Sie würde es als persönliche Niederlage empfinden, wenn sie den Lord nicht zum Orgasmus bringen …

Cassandra hatte den Gedanken nicht einmal zu Ende gedacht, als der Lord in ihr Dekolleté abspritzte. Er zuckte, sein Schwanzsaft floss in ihre Korsage und quoll aus dem Spalt zwischen ihren Brüsten heraus. Sein lautes Stöhnen drang hemmungslos über den Rasen.

Cassy wagte es nicht, sich zu bewegen, bevor der Lord es ihr nicht gestattet hatte.

Er drückte sie an den Schultern zurück und betrachtete die milchige Samenflüssigkeit, die den Spalt zwischen ihren Tittchen ausfüllte. Er versenkte seinen Mittelfinger darin und presste somit etwas Sperma heraus. Sein Finger glitt von den Brustansätzen zu den Körbchen ihrer Korsage.

Aufgeregt erwartete Cassy, dass er jeden Moment ihre Nippel berühren würde, aber sie wartete vergeblich, denn er zog den Finger knapp vorher heraus und verteilte seinen Schwanzsaft auf ihren fleischigen Bergen.

»Bei dem Anblick könnte ich glatt noch einmal kommen«, meinte er atemlos. »Aber ich muss mich um meine Gäste kümmern.«

Er steckte seinen bereits wieder halb steifen Schwanz in die Hose und schloss sie. Schwungvoll stand er auf. Im Gehen wandte er sich an Derek. »Sie hat Potenzial, aber du musst strenger zu ihr sein. Viel Spaß noch auf meiner Party.«

Erbost schaute Cassandra ihm hinterher. Er hatte noch nicht einmal das Wort an sie gerichtet. Dieser attraktive Scheißkerl hatte sie zum Abschied nicht einmal eines Blickes gewürdigt.

Das Prickeln in ihrer Möse war unerträglich! Sie war geil, sie wollte ebenfalls kommen. In ihrem Beisein hatten in dieser Nacht schon drei Personen die wundervollsten Orgasmen gehabt – die exotische Sklavin, der dunkle Lord und Derek –, aber sie selbst war unglaublich geil und unbefriedigt.

Zornig sprang sie auf die Füße, rang mit dem Gleichgewicht,

weil sie die hohen Hacken nicht gewohnt war, und rief über den Rasen: »Und was ist mit mir?«

Der Lord flog herum.

Sie konnte sein Gesicht in der Dunkelheit nicht sehen, ahnte jedoch, dass er erstaunt war.

Er stemmte die Hände in die Hüften und wartete einen Augenblick. Dann kam er zum Pavillon zurück, und an seinem forschen Schritt merkte Cassy, dass er ihr unverschämtes Einfordern eines Höhepunkts nicht guthieß.

Er baute sich im Rahmen des Laubeneingangs auf. Seine Miene war finster und verärgert.

Derek tauchte hinter ihm auf und zuckte mit den Schultern, als wollte er stumm fragen, was ihr Verhalten sollte.

»Was soll mit dir sein?« Die Stimme des Lords klang tief und grollend. »Ich habe dich benutzt, und nun brauche ich deine Dienste nicht mehr.«

Cassandra reckte ihr Kinn in die Höhe. »Derek entlässt mich nie, ohne dass ich einen Höhepunkt habe.«

»Er ist dein Herr, ich nicht!«, stellte er richtig und versetzte ihr damit einen Stich. Er wandte sich an Derek. »Hat eine Sklavin das Recht, etwas zu fordern?«

Derek schüttelte den Kopf und antwortete kleinlaut: »Nein, Sir.«

»Dein Herr kann dich einen Monat lang benutzen und dir in dieser Zeit den eigenen Orgasmus verwehren«, sagte er scharf und wartete auf ihre Reaktion. Als eine solche ausblieb, schnalzte er: »Nun gut, ich bin heute in Gönnerlaune. Du wirst deinen Höhepunkt bekommen, Sklavin.«

Ihr Herz machte einen Sprung, denn sie hoffte, dass er und nicht Derek ihr dazu verhelfen würde.

Der Lord rieb seine Handflächen aneinander, so als hätte er einen Plan gefasst. »Setz dich dorthin, wo ich eben gesessen habe. Du wirst diesen verdammten Slip ausziehen und die Füße rechts und links auf die Bank stellen. Dann hast du die gütige Erlaubnis, dich vor unseren Augen zu streicheln, bis du kommst.«

»Ich soll es mir selbst besorgen? Hier und jetzt?«

»Was an meinem Befehl hast du nicht verstanden?« Er legte drohend seine Hand an den Flogger, löste ihn aber nicht vom Gürtel. »Solltest du bei drei nicht wie angewiesen sitzen, werde ich testen, ob du mit meiner Sklavin mithalten kannst.«

Er will mein Fötzchen schlagen, durchfuhr es sie ängstlich. Die Angst bewirkte jedoch, dass ihre Möse zu pochen anfing und ihre Geilheit unerträglich wurde. Sie wollte doch Befriedigung. Warum zögerte sie schon wieder? Sie wollte ihn doch gerne beeindrucken, sonst hätte sie nicht die Show mit dem Tittenfick abgezogen.

Zögernd zog Cassy den Netzslip und die High Heels aus. Sie schob ihren Ledermini höher, setzte sich und atmete tief durch. Bemüht, dem Blick des Lords auszuweichen, hob sie die Füße an und öffnete sich ihm und Derek.

Ihr Spalt klaffte auf. Die beiden Männer mussten bis in ihren Möseneingang sehen können.

Ihr Intimduft stieg ihr in die Nase und berauschte sie. Cassy schaute an sich herab und bemerkte den Glanz auf ihrem Fötzchen. Der Lustsaft klebte an den Schamlippen, die hochrot und geschwollen waren. Die frische Nachtluft fühlte sich durch die Feuchtigkeit an ihrer Möse kühler an als an anderen Stellen ihres Körpers.

Jemand öffnete die Terrassentür des Hauses. Klassische Musik drang über den englischen Rasen zu Cassandra. Doch sie wurde wieder leiser, als die Tür geschlossen wurde. Kamen weitere Personen zum Pavillon, um zu sehen, was dort vor sich ging?

Entsetzt starrte sie zum Haus hinüber. Da war niemand. Wahrscheinlich war die Person vor der Kälte wieder ins Innere geflüchtet.

Weil der Lord in ihrer Blickrichtung stand, sah sie ihn automatisch an. Sofort spürte sie, wie die Schamesröte in ihre Wangen stieg. Sie saß in der noblen Laube, präsentierte sich wie eine Hure und ordnete sich ihm unter wie eine läufige Hündin. Was tat sie nur hier?

»Streichele dich!«, befahl er mit heiserer Stimme.

Zaghaft legte sie die Fingerspitzen auf ihr Fötzchen und begann, ihre großen Schamlippen zu liebkosen. Sie strich immer wieder darüber, von ihrem Möseneingang bis zu ihrem Venushügel, ohne den Kitzler zu berühren.

Ein wohliges Kribbeln breitete sich zwischen ihren weit gespreizten Schenkeln aus.

Behutsam zupfte sie an den kleinen Schamlippen und neckte sich selbst. Cassy verteilte ihren Lustsaft auf ihrer Muschi und sogar auf den Oberschenkeln. Sie roch provozierend an ihren Fingern, in der Hoffnung den Lord zu sich zu locken, doch er kam nicht.

Ein einziges Mal kniff sie sanft in ihre Klitoris. Augenblicklich schwoll ihre Geilheit an. Cassy stöhnte leise.

Übermütig zog sie ihre Schamlippen noch weiter auseinander, um dem Lord zu zeigen, dass sie im ersten Moment zwar wie ein scheues Reh wirken mochte, aber wenn ihre Geilheit erst einmal das Ruder übernommen hatte, war sie fähig, sich gehen zu lassen. Sie bot ihren Möseneingang dar – eine Einladung an den Lord sie zu vögeln.

Und tatsächlich kam er zu ihr. Die Ausbuchtung in seiner Hose war gewaltig. Er war schon wieder stark erregt. Doch anstatt seinen Schwanz herauszuholen, löste er den Flogger von seinem Gürtel.

Ängstlich legte Cassandra beide Hände schützend vor ihre Möse. »Bitte nicht«, flehte sie.

Er stützte sich mit einer Hand an der Rückenlehne der Bank ab, neigte sich über sie und grollte: »Nimm die Hände weg!«

Sie zögerte. Tausend Gedanken schwirrten ihr durch den Kopf. Würde er sie wirklich auf ihre Möse schlagen? Wäre sie in der Lage, die Schmerzen zu ertragen? Würde die Qual ihr Lust bereiten? »Ich habe doch alles getan, was Sie verlangt haben.«

»Seit wann diskutiert ein Herr mit seiner Sklavin? Ich warte ungern. Wenn ich warten muss, werde ich ungenießbar.«

Cassy hatte verstanden. Sie nahm die Hände weg und hielt die Luft an.

Doch anstatt auszuholen und zuzuschlagen, drehte der Lord den Flogger um, sodass der Holzgriff und nicht die Lederriemen auf Cassys Möse gerichtet war. Er legte den Griff längs zwischen ihre Schamlippen und bewegte ihn hoch und runter, sodass er schon bald mit ihrem Lustsaft besudelt war.

Dann drückte er das Ende des Holzgriffs in ihr Fötzchen.

Erstaunt und glücklich stieß Cassy die angehaltene Luft aus und betrachtete den Griff, der schmal anfing, immer breiter wurde und nun zu zwei Dritteln aus ihrer Möse herausragte. Aber es war noch prickelnder für sie, dass der dunkle Lord den Griff führte. Seine Hand war ihrem Fötzchen so nah wie noch nie, und Cassy sehnte sich danach, von seinen Fingern berührt zu werden, aber diesen Wunsch erfüllte er ihr nicht.

Stattdessen drückte er den Griff in ihr Loch hinein. Mösensaft quoll heraus. Er zog ihn ein Stück weit heraus und presste ihn dann tiefer hinein. Langsam fickte er Cassy mit dem Floggergriff.

Er wisperte: »Reib deine Klit. Massier dich zum Orgasmus. Ich werde dein Gesicht dabei beobachten.«

Am liebsten hätte Cassandra den Rücken durchgestreckt,

sich gerade aufgesetzt und ihn geküsst. Aber das würde er nicht wollen, das ahnte sie.

Sie legte Zeige- und Mittelfinger auf ihren Kitzler, der in ihrem Saft schwamm, und begann zu masturbieren. Oh, mein Gott, sie holte sich vor den Augen des Lords einen runter!

Langsam kreisten ihre Fingerspitzen um die Klitoris, doch ihre Geilheit wuchs so schnell, dass sie bald kräftiger zulangte. Währenddessen fickte der Lord sie mit dem Griff. Cassy spürte die Reibung in ihrem Inneren, die ausströmende Wärme des G-Punkts und die Lust, die so schnell anschwoll, dass sie ihr den Atem raubte.

Sie lehnte sich nach hinten. Sie schloss die Augen, als sie dem Orgasmus nah war, besann sich dann aber eines Besseren, denn sie wollte die Anwesenheit des Lords vollkommen genießen. Daher öffnete sie ihre Augen wieder und sah ihn an.

Wie angekündigt beobachtete er sie. Er nahm jede Regung auf ihrem Gesicht wahr, aber er schmunzelte diesmal nicht erhaben, sondern schien wie gebannt von ihrer Losgelöstheit und atmete ebenfalls schwer.

Es dauerte nicht lange und Cassandra kam. Der Orgasmus ließ sie die Kühle der Septembernacht vergessen, selbst Derek trat in den Hintergrund – es gab nur diesen sagenhaften Höhepunkt und den Lord, der dicht bei ihr war und hautnah miterlebte, wie sie zuckte und zappelte, und der trotzdem weiter ihre Klit bearbeitete, als wollte sie, dass der Orgasmus niemals endete.

Irgendwann hielt sie es nicht mehr aus und musste aufhören. Während sie das Nachglühen der Ekstase genoss, zog er den Griff aus ihrer Möse. Sie nahm erschöpft die Füße von der Bank und streckte sie aus, weil sich ein Krampf in den Oberschenkeln ankündigte.

Ohne ihren Lustsaft abzuwischen, befestigte der Lord den

Flogger wieder an seinem Gürtel. Er schenkte Cassy einen langen, durchdringenden Blick, den sie nicht deuten konnte, der aber keinesfalls geringschätzig war.

»Vergnügt euch«, sagte er zu ihr und wandte sich dann an Derek. »Die Nacht ist noch jung.«

Anschließend drehte er sich um und schlenderte zur Terrassentür, durch die er ins Haus verschwand.

Diesmal hielt Cassandra ihn nicht auf. Sie schaute ihm nur sehnsüchtig hinterher, zog ihren Netzslip an, damit ihr Mösensaft nicht an ihren Beinen hinunterlief und glitt mit den Füßen in ihre hochhackigen Schuhe.

»Ich möchte auf die Toilette, um mich abzuputzen, und danach heim.« Cassandra richtete ihren Minirock.

Derek seufzte. »Mir reicht es auch für heute. Woher nimmt der Lord nur diese Energie? Mich hat der Orgasmus ausgepowert.«

Anstatt ihm zu antworten, kam sie zu ihm, hakte sich bei ihm ein und zog ihn mit sich. Sie überquerten den Rasen, betraten die Terrasse und schlüpften durch die Glastür ins Haus.

Cassy entspannte sich, sie genoss die Wärme. Ohne dem Treiben der Gäste viel Aufmerksamkeit zu schenken, steuerte sie geradewegs die WCs an. Hier trennten sich ihre Wege.

Auf der Toilette trocknete sie mit Unmengen von Papier ihre Spalte und Tittchen ab und tröpfelte anschließend Wasser über ihren Nacken. Sie fuhr mit den Fingern durch ihr Haar, aber ihre Locken ließen sich nicht bändigen. Sie sah aus wie ein gerupftes Huhn!

Als sie aus dem Waschraum kam, war Derek noch nicht da.

Sie musterte gerade Domina Deity, die einem Sklaven einen Finger in den Hintern steckte, worauf dessen Schwanz lustvoll zuckte, als ihr Blick auf den Lord fiel. Er plauderte mit zwei Männern in schwarzer Lederkluft.

Wie gut er aussah! Cassy wollte mehr von ihm. Ihre erste Neugier und Lust waren zwar befriedigt, aber ihr Appetit auf mehr war geweckt worden.

Sie gierte nach seinen Berührungen, wünschte seinen Flogger auf ihren Arschbacken zu spüren und sehnte sich danach, von ihm genagelt zu werden. Der Holzgriff in ihrer Möse hatte sich geil angefühlt. Aber wie geil würde erst sein Schwanz sein!

Er löste sich von der Gruppe, und Cassy schnitt ihm den Weg in den Saal ab.

»Hast du immer noch nicht genug?«, fragte er amüsiert.

Sie antwortete keck: »Nein, Sir.«

»Dein Herr, Derek, er wird deine Begierde nicht gutheißen.«

»Wir spielen nur miteinander. Es ist nichts …«, Cassy räusperte sich, »… Ernstes. Ich bin nicht sein Besitz oder so.«

»Nun dann, das ist eure Sache.« Er schickte sich an zu gehen.

»Darf ich Sie etwas fragen?« Ihr Herz schlug heftig. Sie hatte schweißnasse Hände. Sollte sie ihn wirklich darum bitten? Er war nicht sonderlich interessiert an ihr, so jedenfalls schien es. Aber einen Versuch war es wert, immerhin waren sie miteinander intim geworden. Oder so ähnlich. Was konnte er schon anderes tun, als Nein zu sagen.

Verwundert blieb er wieder stehen.

»Ich, also …«, druckste sie herum und knabberte an ihrer Unterlippe. Schließlich fasste sie sich ein Herz. »Ich möchte Sie um die Großzügigkeit Ihrer Erziehung bitten.«

»Was?«, entfuhr es ihm. »Ich glaube, ich habe mich verhört.«

Cassandra wäre vor Scham am liebsten im Boden versunken. Sie fühlte sich wie eine Maus, die er jeden Moment zertreten würde. Ihre Nerven lagen blank. Was hatte sie sich nur dabei gedacht? Aber nun war es nun einmal heraus.

»Sie sehen nur meine Engelslocken, aber ich bin kein Püppchen, das verhätschelt werden will. Ich kann einiges ertragen.«

Hatte sie das wirklich gesagt? »Ich lechze nach Demütigung und Schmerz und möchte die Abgründe einer Sklavenerziehung erfahren. Bitte, ich bin zu wahrer Hingabe fähig.«

»Du weißt nicht, was du da redest«, sagte er, aber er klang nicht wütend, sondern betroffen. »Wir hatten eine kurze unbedeutende Session zusammen. Mehr nicht. Du warst interessant, hattest nette Ideen. Mehr nicht.«

Cassys Augen wurden feucht. Sie würde doch wohl nicht heulen! Sie kam sich lächerlich vor, aber seine Worte trafen sie.

»Fahr mit Derek nach Hause und genießt eure unverfänglichen Spiele.«

»Und wenn mir das nicht mehr reicht?« Ihre zitternde Stimme war ihr peinlich. »Es war okay, um zu sehen, ob SM mir gefallen könnte. Das tut es! Ich möchte mehr erfahren, aber das kann ich nur, wenn ein erfahrener Dominus sich erbarmt, mich zu erziehen.«

Er schmunzelte spöttisch. »Und mich hast du dazu auserkoren.«

»So ist es nicht«, schoss es aus ihr heraus, und sie errötete heftig, weil es offensichtlich war, dass sie sich zu ihm hingezogen fühlte. »Ich würde mich freuen, wenn Sie mich erziehen würden. Ihnen könnte ich mein ganzes Vertrauen schenken. Ihnen würde ich mich vollkommen hingeben.«

Sie verstummte, als er nah an sie herantrat.

»Du weißt nicht, wovon du sprichst, Cassandra.«

Es war das erste Mal, dass er ihren Namen aussprach. Sie erschauerte wohlig und ihre Nippel stellten sich auf.

»Ich bin nicht das, was du suchst, nicht der Dom, den du brauchst«, fuhr er fort.

Flehentlich sah sie in seine dunklen Augen. »Doch, da bin ich mir ganz sicher.«

»Du kennst mich nicht, überhaupt nicht, nicht meine ausgefallenen Vorlieben, nicht das Ausmaß, indem ich über meine Sklavinnen herrsche – gar nichts!« Er wurde ernst und legte sanft die Hand an ihre Wange.

»Spricht man nicht vorher über Tabus?«

»Ich spreche nicht«, seine Finger vergruben sich schmerzhaft in ihren Haaren, »ich nehme mir einfach, was ich will. So bin ich. Ich kann es mir erlauben. Sklavinnen aller Art liegen mir zu Füßen. Ich suche mir einfach eine aus und nehme sie mit, um sie zu bearbeiten. Wieso sollte ich meine Aufmerksamkeit an einen Grünschnabel wie dich verschwenden?«

Jeden Moment würde sie zu heulen anfangen. Cassy kämpfte gegen ihre Tränen an. Sie war zu erschöpft, um ein nervenaufreibendes Gespräch wie dieses zu führen. Außerdem begehrte sie ihn, aber es gab keine Argumente, die für sie sprachen.

Mühsam brachte sie heraus: »Weil ich mich Ihnen mit Leib und Seele hingeben würde. Nicht wie die anderen Sklavinnen, die es nur mit dem Gott der Szene getrieben haben wollen, um damit angeben zu können.«

Sein Erstaunen spiegelte sich auf seinem Gesicht. »Und du meinst, das ist so?«

»Hhm.«

»Du kannst dir nicht vorstellen, dass diese Frauen mich ebenfalls begehren, sondern denkst, dass sie mich nur als Prestigeeroberung betrachten?« Ein feuriges Funkeln trat in seine Augen.

Cassy war auf der Hut. »So war das nicht gemeint, aber vielleicht bin ich weniger von diesem exklusiven Club verdorben als diese Sklavinnen. Ich bin neu, unvoreingenommen und sehne mich aufrichtig danach, mich einem Mann zu unterwerfen, den ich …« Huch, jetzt hatte sie sich fast in eine vertrackte Situation hineingeredet. Am besten hielt sie den Mund.

Der Lord wirkte auf einmal wie ein getretener Hund und

ließ ihre Haare los. »Cassandra, du solltest dich nicht zu mir hingezogen fühlen. Es ist besser für dich, glaube mir. Manchmal begehrt man etwas, was nicht gut für einen ist.«

»Habe ich nicht eine Chance verdient?« Sie schluckte ihre Tränen runter und straffte den Rücken. »Sie könnten es mit mir versuchen. Sollten Sie enttäuscht sein, schicken Sie mich weg, und ich lasse Sie für immer in Ruhe.«

Er schüttelte den Kopf. »Meine Art BDSM zu leben ist extremer, als du es gewohnt bist.«

»Ich lerne schnell.«

»Nein!«, sagte er mit donnernder Stimme. »Für dich ist SM ein Spiel, das du wie ein Hobby betreibst, aber für mich, Cassandra, ist es eine Lebensphilosophie. Ich lebe BDSM! Es ist die Welt, in der ich existiere, und nicht nur eine Maske, die ich nach Feierabend aufsetze. Ich bin dominant!«

»Genau das fasziniert mich ja.«

»Aber du bist nicht 24 Stunden sieben Tage die Woche devot. Könntest du dir das vorstellen?«

»Ich studiere Journalismus und schreibe kleine Artikel für den Boulder Daily, um finanziell halbwegs über die Runden zu kommen«, erklärte sie und hob entschuldigend die Schultern. Der Alltag verlangte von ihr, selbstbewusst zu sein und ihren Mann zu stehen. Vielleicht sehnte sie sich deshalb in ihrer Freizeit nach Unterwerfung.

»Als Geschäftsmann schätzt man meine Beherrschtheit und meine Konsequenz bei Verhandlungen, und meine Freunde sind alle SM-Anhänger. In der Szene findest du viele Bezeichnungen, aber meine ist nicht künstlich. Ich bin der Lord.«

»Ein englischer Adeliger?«

Er lachte schallend auf. »Du hast wirklich nicht die geringste Ahnung, wen du anhimmelst. Mein Name lautet Andrew Callum Lord und ich leite Lord Enterprises, ein Unternehmen, das

Privatjets für zahlungskräftige Kunden konzipiert, baut und vertreibt.«

Cassy verstand. »Ich bin nicht gut genug für Sie, nicht für den Dominus und auch nicht für den reichen Geschäftsmann.«

»Darum geht es nicht. Ich bin eine Nummer zu groß für dich und rette dich vor deinem eigenen Übermut. Leichtsinn kann gefährlich sein!« Sein Handrücken streifte ihr Kinn, bevor er mit eiligen Schritten zurück in den Saal ging.

Traurig blieb Cassy zurück. Sie wusste nicht, was sie von dem Gespräch halten sollte. Immerhin hatte er sie nicht lachend zerschmettert, sondern sie hatte eher das Gefühl, dass er ihr absichtlich hatte Angst machen wollen, damit sie das Weite suchte.

Domina Deity tauchte plötzlich neben ihr auf. Unter ihrer Latexmaske grinste sie breit. »Der Lord und die Gefahr – zwei Dinge, die untrennbar sind.«

»Genau das reizt mich«, erwiderte Cassandra aufmüpfig. Die Domina musste das Gespräch belauscht haben. Hexe!

Deity kniff sie in den Oberarm. »Du bist wie eine Motte, die vom Licht angezogen wird. Pass auf, dass du dich nicht daran verbrennst, und höre auf den Lord. Er erkannte bereits als Teenager seine dominante Seite. Seitdem hat er an seinen Fähigkeiten gefeilt und ist gereift. Er hat viel gesehen, viel erlebt und viele Sklavinnen gehabt.«

»Was willst du mir sagen, was der Lord mir nicht bereits gesagt hat?«, fiel Cassy ihr ins Wort.

»Am Anfang, wenn SM noch neu ist, sind softe Praktiken noch befriedigend. Aber man wird rasch abgebrüht und die Intensität der Sessions steigert sich.«

»Willst du mir damit sagen, ich bin nicht belastbar genug?«

»Du bist zumindest keine Herausforderung für ihn, sondern eher langweilig.«

Cassy riss sich los. »Das war mir schon klar, bevor du es loswerden wolltest. Ich habe keine Lust mehr auf dein Geschwätz.«

Derek kam endlich aus dem WC, und sie konnte es kaum erwarten, mit ihm das Haus zu verlassen.

Aber Deity griff erneut nach Cassandras Arm. »Ja, aber ich meine es nur gut mit dir. Er nimmt seine Sklavinnen hart ran. Manche munkeln sogar, dass er es mit der einen oder anderen schon zu weit getrieben hat.«

Die Domina schnaubte noch einmal und machte sich davon.

Über die letzten Worte von Deity dachte Cassy noch nach, als sie längst im Wagen saß und Derek sie heimfuhr. Konnte es tatsächlich sein, dass der Lord skrupellos handelte? Ließ er sich manchmal gehen und schlug über die Stränge, um den ultimativen Kick zu bekommen? Cassy konnte sich das nicht vorstellen. Er wirkte so beherrscht. Außerdem hatte Deity doch Lobeshymnen auf seine Erfahrenheit gesungen. Wollte die Domina sie am Ende doch nur erschrecken oder war etwas an den Gerüchten um den Lord dran?

»Bist du sauer?«, fragte sie Derek und griff nach der braun karierten Wolldecke, die auf dem Rücksitz lag. Sie knüllte sie zusammen, klemmte sie zwischen Fenster und Schulter ein und lehnte den Kopf dagegen.

Er schaltete die Heizung an. »Warum sollte ich?«

»Weil du im Pavillon nur Zuschauer warst.«

»Ich hatte auch meinen Spaß, wie du gesehen hast, und vom Zuschauen kann man viel lernen.«

Das beruhigte sie. Derek war ein guter Freund für sie und eine der wenigen Personen, mit denen sie über SM reden konnte. Es wäre ihr unerträglich gewesen, wenn er wütend gewesen wäre.

Aber dann sagte er etwas, was ihr gar nicht passte. »Du hast bekommen, was du wolltest. Jetzt solltest du ihn vergessen.« Natürlich meinte er den Lord.

Obwohl Cassy todmüde war, regte sich Widerspruch in ihr. Alle rieten ihr, sich vom Lord fernzuhalten. Warum nur? Aber sie hatte nicht das Bedürfnis, Derek nach seinen Gründen zu fragen. Die Diskussionen mit dem Lord und der »göttlichen« Domina hatten ihr gereicht.

Das Problem war nur, dass Trotz bei ihr meist die gegenteilige Reaktion zu dem hervorrief, was man von ihr erwartete.

Cassandra saß in der Vorlesung und hing ihren Gedanken nach. So sehr sie sich auch bemühte, sie konnte den Ausführungen des Professors zum Thema internationaler Medienmarkt nicht folgen. Immer wieder driftete sie in ihre Tagträume ab.

Andrew Callum Lord. Dieser Name tauchte immer wieder vor ihrem geistigen Auge auf. Alle sagten, sie solle ihn vergessen, aber das war nicht so einfach, weil die Erinnerung an den Sex in seinem Pavillon einfach nicht verblassen wollte.

Sogar er selbst hatte sie abschrecken wollen. Er hatte sich entzaubert, indem er seine wahre Identität preisgegeben hatte. Somit war er nicht länger der geheimnisvolle Unbekannte, der Meister der Meister, sondern ein Mann aus Fleisch und Blut, mit einem Job, mit ganz alltäglichen Problemen … mit einer Familie?

Cassy seufzte. Sie hörte auf, in ihr Ringheft zu kritzeln, und schaute aus dem Fenster. Dicke Regentropfen kündigten den Herbst an. Sie prasselten gegen die Fensterscheibe des Hörsaals und liefen in Schlieren herab. Die Temperaturen waren über Nacht gefallen und der erste Oktober zeigte sich von seiner unfreundlichen Seite.

Das Wetter war genauso trübe, wie Cassy sich fühlte.

»Na, du bist ja bei der Sache.« Ihre Freundin Penelope, die alle nur Pen nannten, stupste sie sanft an. »Presserecht ist langweilig, aber wichtig, Darling. Also, hör besser zu.«

Penelope Townsend war keine Schönheit, aber sie war eine pfiffige Brünette mit viel Charme und Wärme. Zurzeit trug sie ihre Haare glatt und schulterlang mit einem Fransenpony. Ihre Nase fiel jedem, der sie kennenlernte, als Erstes auf, denn sie war groß mit einer auffällig runden Spitze.

»Sie gibt deinem Aussehen etwas Besonderes, sie ist ein Wiedererkennungsmerkmal«, hatte Cassy gesagt, als sie sich das erste Mal auf einer Highschool-Party begegnet waren. »Eine richtige Charakternase.«

Pen winkte ab. »Sie ist ein Zinken, gib's ruhig zu.«

Beide hatten sofort losgeprustet und waren sich lachend in die Arme gefallen. Das war der Beginn einer tollen Freundschaft gewesen, die bis heute hielt. Sie hatten sich sogar für denselben Studiengang entschieden: Journalismus mit anschließendem Aufbaustudium.

»Was soll das denn sein? Ein Pferdeschweif?«, fragte Pen und deutete auf die Kritzeleien in Cassys Heft.

Cassandra folgte dem Finger mit ihrem Blick und errötete. Die Kulizeichnung stellte einen immer dicker werdenden Gegenstand dar, aus dem einige Stränge herauswuchsen, die dem Schwanz eines Pferdes ähnelten. Doch sie hatte einen Flogger gemalt, so einen, wie der Lord … wie Andrew ihn im Pavillon dabeigehabt hatte.

Verschämt lächelnd malte sie über die Zeichnung drüber, bis sie unkenntlich war.

Pen rückte näher an sie heran. »Seit dem Abend, an dem du nicht mit uns Mädels feiern gehen wolltest, bist du verändert. Du hattest wohl etwas Besseres vor. Was hast du in dieser Nacht gemacht?«

»Ich war nur auf einer Party«, sagte Cassy beiläufig.

Pen weitete neugierig die Augen. »Mit wem? Hast du einen neuen Kandidaten?«

»Ich habe keinen Freund, es war nicht einmal ein Date. Ich war nur mit Derek aus.«

Enttäuscht lehnte sich Penelope zurück. »Ach so, einer dieser SM-Treffs.«

Pen meinte dies nicht abfällig. Sie selbst konnte mit Lustschmerz und Erniedrigung zwar nichts anfangen, akzeptierte Cassys Neigung jedoch. Allerdings fand sie, dass es an der Zeit war, dass Cassandra sich einen festen Freund suchte und nicht nur eine Spiel-Beziehung mit Derek führte.

Penelope hielt viel von festen Partnerschaften. Sie selbst war seit ihrem 14. Geburtstag mit Curt zusammen, einem gutmütigen Riesen, der vor drei Monaten um ihre Hand angehalten hatte. Zu Cassys Erstaunen hatte ihre Freundin Ja gesagt. Sie ahnte, dass Pen bald heiraten und Kinder kriegen würde, das passte einfach zu ihr.

Cassy dagegen träumte von Schmerz, hemmungslosem Ficken, Erniedrigung und fließenden Säften. Ihre Leidenschaft für BDSM war jung, es gab noch so viel zu entdecken. Bis vor Kurzem hatte sie nicht einmal den Wunsch verspürt, sich an jemanden zu binden.

Aber der Lord hatte ihre Träume verändert. Eine Beziehung mit ihm wäre jedoch nicht mit der von Pen und Curt zu vergleichen. Das Leben der beiden würde sich bald nur darum drehen, ein Haus zu bauen, einen Baum zu pflanzen und einen Sohn zu zeugen, wie ihre Granny Selma immer zu sagen pflegte. Wieder einmal merkte Cassandra, dass sie einfach anders war als die meisten Menschen.

Hoffentlich entzweit uns unsere unterschiedliche Lebensplanung nicht eines Tages, dachte Cassy betrübt.

Pen machte eine besorgte Miene. »Ist etwas auf der Party passiert? Du bist so in dich gekehrt.«

»Nein, es ist alles in Ordnung. Wirklich!«, antwortete sie und quälte ein Lächeln hervor.

»Mir machst du nichts vor. Dafür kenne ich dich schon zu lange. Dich beschäftigt etwas.«

Cassy sah ein, dass es keinen Sinn hatte, es abzustreiten. »Ich habe jemanden kennengelernt.«

»Das ist toll!« Pen strahlte.

»Ich weiß nicht.«

»Stimmt etwas nicht mit ihm?«

Wenn sie das wüsste … »Doch.«

»Hast du dich mit ihm vergnügt?«, wisperte Pen und zwinkerte. »Du weißt schon …«

Cassandra nickte schmunzelnd und diesmal war ihr Lächeln echt. Seit der Party konnte sie nur noch an den Moment denken, als der Lord ihr tief in die Augen geschaut und sie mit dem Floggergriff gefickt hatte, während sie es sich selbst besorgt hatte.

»Wirst du ihn wiedersehen?«

Ihr Grinsen gefror. Sie wusste es nicht. Oder doch?

Sie konnte es dem Zufall überlassen, ob sie Andrew auf einem der nächsten Events treffen würde, doch die Chancen waren gering, weil er sich in exklusiver Gesellschaft vergnügte und sie selbst dagegen eher mit Normalsterblichen feierte. Dass es sie in sein außergewöhnliches Haus verschlagen hatte, war pures Glück gewesen. Ein Bekannter hatte sie und Derek eingeführt.

Aber sie kannte seinen Namen, wusste, wo er wohnte, und konnte leicht den Sitz seiner Firma herausfinden. Sie könnte Kontakt zu ihm aufnehmen. Würde sie das zur Stalkerin machen? Würde Andrew wütend sein und sie rauswerfen?

Sie wusste es nicht. Es war ja nicht so, dass er gar kein Interesse an ihr gezeigt hatte. Es schien ihr vielmehr so, als ob er sein Interesse an ihr unterdrücken würde. Oder war das reines Wunschdenken?

Jede Faser ihres Körpers sehnte sich nach ihm. Kein Mann hatte sie jemals derart fasziniert. Es war fast schon obsessiv. Seit sie ihn auf der Party getroffen hatte, masturbierte sie jede Nacht, während sie sich die Szene im Pavillon immer und immer wieder in Erinnerung rief.

Sie musste den Lord einfach wiedertreffen! Ihre erste Begegnung durfte nicht gleichzeitig ihre letzte gewesen sein.

Ein Sprichwort fiel ihr ein: The more you scratch, the more you itch. Je mehr du dich kratzt, desto mehr juckt es.

Vielleicht war es besser, wenn sie ihn nie wiedersah, weil es ihr dann einfacher fallen würde, ihn zu vergessen. Je öfter sie ihn sehen würde, desto mehr würde sie ihn begehren.

Aber so war Cassy nicht gestrickt. Sie war eine Kämpfernatur, sie biss sich durch und gab nicht vorschnell auf. Sonst wäre sie nicht gegen den Wunsch ihrer Eltern noch während ihres Studiums von zu Hause ausgezogen und würde sich nicht mit dem lächerlichen Honorar, das sie für das Schreiben von kurzen Zeitungsartikeln bekam, über Wasser halten, sondern hätte den Zuschuss von Mom und Dad angenommen.

Und plötzlich wusste sie, dass sie Andrew Callum Lord noch einmal sehen musste. Sie konnte ihn nicht vergessen, ohne nicht noch einmal zu versuchen, ihn umzustimmen. Der Wunsch, seine Sklavin zu werden, würde so schnell nicht verblassen. Dafür hatte der dunkle Lord einen zu starken Eindruck bei ihr hinterlassen.

»Wirst du ihn wiedersehen?«, wiederholte Penelope ihre Frage.

Cassy schreckte aus ihren Gedanken hoch. Im nächsten

Moment erhellte sich ihr Blick. Im Brustton der Überzeugung antwortete sie: »Ja!«

Die ganze Vorlesung über war sie hibbelig. Als endlich der Gong ertönte, floh sie aus der University of Colorado und schwänzte die restlichen Stunden. In ihrem klapprigen Pontiac, der vor Rost fast auseinanderfiel, raste sie nach Hause und duschte. Das Wasser, das ihren Körper streichelte, elektrisierte sie. Das Prickeln ging ihr durch und durch. Die Vorfreude auf den Lord erregte sie. Am liebsten hätte sie ihre Möse mit dem Duschstrahl verwöhnt, aber sie wollte ihre Geilheit konservieren, bis sie Andrew gegenüberstand.

Wäre das schön, wenn er über mich herfallen würde, dachte sie. Und selbst wenn nicht, würde ihre Geilheit ihren Kampfgeist anfachen.

Das Abtrocken heizte ihre Lust noch mehr an. Sie rubbelte etwas länger als notwendig zwischen ihren Schenkeln, aber nicht lange genug, um zu kommen. Dann machte sie sich schick.

Sie schlüpfte in einen Minirock mit weiß-beigen Karos, zog schwarze Wildlederstiefel an, die ihr bis knapp über die Knie reichten und einen Acht-Zentimeter-Absatz hatten, und wählte einen nougatbraunen, engen Pullover aus, der ihre üppigen Brüste betonte. Cassy war zwar schlank, besaß aber weibliche Rundungen, die den Männern bisher immer gefallen hatten. Sie selbst zweifelte jedoch ab und zu an ihren Kurven. Um ihre ausladenden Hüften zu kaschieren, warf sie eine schwarze Cordjacke über, die sie nicht schloss. Wegen ihrer großen Tittchen stand sie offen und rahmte den Ausschnitt ihres Pullis ein.

Cassy legte Silberschmuck an, schminkte sich dezent und drehte sich zufrieden vor dem Ganzkörperspiegel in der Diele. Sexy, aber stilvoll.

Sie suchte noch rasch im Internet die Adresse von Lord Enterprises heraus, druckte sich die Anfahrtsbeschreibung und den Kartenausschnitt aus, die sie auf der Firmenhomepage gefunden hatte, und machte sich auf den Weg.

Als sie im Pontiac saß, schlug ihr das Herz bis zum Hals. Sie kurbelte das Seitenfenster herunter. Kopfweh war jetzt das Letzte, was sie gebrauchen konnte.

Vielleicht war Andrew gar nicht in der Firma, sondern geschäftlich unterwegs oder hatte Urlaub. Vielleicht lehnte er es ab, sie zu sehen, und würde sie bereits von der Empfangsdame abservieren lassen. Vielleicht …

Was nutzte es, weiter darüber nachzudenken. Bald würde sie ohnehin Klarheit haben.

Das Stadtbüro von Lord Enterprises lag in Downtown, ein exklusiver Standort. Es gab einen kleinen Parkplatz direkt vorm Haus, auf dem Cassandra ihren Wagen abstellte.

Einige Minuten blieb sie sitzen und schaute zum Gebäude hinüber. Über dem Eingang stand in großen Lettern der Name des Unternehmens und darunter kleiner: Privatjets, Charter und Verkauf.

Cassys Herz rutschte in die hohen Stiefel, als sie aus dem Auto ausstieg. Mit jedem Schritt, den sie dem Eingang näherkam, beschleunigte sich ihr Puls. Ihr Mund war trocken und sie wünschte sich, vorher ein Budweiser getrunken zu haben.

Sie war bemüht, gleichmäßig ein- und auszuatmen, um sich zu beruhigen, was ihr nur mäßig gelang, und ging durch die Drehtür in das Bürogebäude. Die Ausstattung des Empfangsbereichs verunsicherte sie.

Ein hochglänzender beigefarbener Marmorboden. Eine edle sandfarbene Ledercouch und zwei passende Sessel in einer Ecke. Ein kleiner Kühlschrank mit durchsichtiger Front, in dem exklusives Mineralwasser, wie Voss Gletscherwasser, Fiji und Finé sowie einige Flaschen Veuve Clicquot Champagner unterschiedlicher Größe standen. Eine original Schweizer

Schümli-Kaffeemaschine, die auf Knopfdruck Caffè crema, Milchkaffee, Cappuccino, Espresso und Latte macchiato zubereitete, mit blank polierter Edelstahlfront und Beistelltisch, auf dem in einer Kristallschale einzeln abgepacktes Feingebäck darauf wartete, verzehrt zu werden.

»Wie kann ich Ihnen helfen?«, fragte die Empfangsdame höflich. Sie hatte ein strahlendes Lächeln, gebleichte Zähne und trug ein dunkelblaues Kostüm. Ihre hellbraunen Haare hatte sie streng hochgesteckt. Ihre Augenbrauen waren mit einem braunen Schminkstift geschickt aufgemalt, man sah kaum, dass sie keine Brauen mehr hatte.

Vermutlich zu viel gezupft. »Guten Tag, ich würde gerne zu Mister Andrew Callum Lord.«

»Haben Sie einen Termin?«

Sie hatte gewusst, dass diese Frage kommen würde, aber sie war trotzdem zerknirscht, als sie zugab: »Nein.«

Die Rezeptionistin öffnete den Mund, um etwas zu sagen, kam aber nicht dazu, denn Cassy fügte selbstbewusster, als sie sich fühlte, hinzu: »Aber er wird mich empfangen. Mein Name ist Cassandra Rodson.«

Wenn er sich nicht mehr an ihren Namen erinnerte, würde sie vor Scham und Betrübtheit tot umfallen. Immerhin schien er im Büro zu sein.

»Von welcher Firma?«

Verlegen räusperte sich Cassy: »Privat.«

Die Empfangsdame ließ sich nichts anmerken, sondern behielt ihre professionelle Fassade. Sie setzte ihr Headset auf und wählte eine Nummer. Nach einer kurzen Wartezeit sprach sie: »Hier ist Natalie McArthur vom Empfang, Mister Lord. Eine Cassandra Rodson steht hier und hätte Sie gerne privat gesprochen.«

Cassy hielt den Atem an. Falls er sie abweisen sollte, würde sie aus dem Gebäude laufen, damit niemand ihren roten Kopf sah. Es war ihr peinlich, ihm hinterherzulaufen, doch wenn sie es nicht täte, würde sie es auf ewig bereuen. Zur Hölle, er war es wert!

»In Ordnung«, sagte Miss McArthur und legte auf.

Cassy war übel. Schüchtern blickte sie die Rezeptionistin an. Aber anstatt sie aus dem Bürogebäude zu komplimentieren, ging sie zum Personenaufzug, dessen Tür offenstand. »Mister Lord erwartet Sie in seinem Büro. Sie finden es in der obersten Etage, rechter Gang, ganz hinten durch.«

»Oh«, machte Cassandra erstaunt und eilte in den Lift. »Herzlichen Dank.«

Die Empfangsdame drückte den Knopf für die fünfte Etage. »Gern geschehen.«

Die Aufzugtür schloss sich. Während der Fahrt nach oben begutachtete Cassy ihr Outfit im Spiegel, der gegenüber einer Sitzbank eingelassen war.

Eine Sitzbank in einem Lift! So etwas kannte sie nur aus Filmen. Aber eine exklusive Kundschaft benötigte natürlich ein exklusives Ambiente, vermutete sie.

Ihr war heiß und ihre geröteten Wangen verrieten ihre Aufregung. Gleich würde sie Andrew Callum Lord wiedertreffen. Den Lord. Den dunklen Lord. Der zwischen ihren Brüsten abgespritzt und sie zum öffentlichen Masturbieren aufgefordert hatte. Eigentlich war es nur unter freiem Himmel gewesen …

Die Aufzugtür öffnete sich. Nur noch wenige Schritte.

Zögerlich schritt sie durch den Gang, grüßte Angestellte, die ihr begegneten, und bemühte sich, das Gefühl, hier fehl am Platz zu sein, zu unterdrücken. Doch je näher sie seinem Büro kam, desto schneller ging sie. Die Sehnsucht zog sie zu ihm. Sie wollte ihn endlich wiedersehen, wollte bei ihm sein und ihn davon überzeugen, sie zu seiner Sklavin zu machen.

Als sie jedoch vor ihm stand, brachte sie keinen Ton heraus.

Er legte die Akten, die er gerade in der Hand hielt, auf seinen riesigen mit nussbraunem Leder überzogenen Schreibtisch und erhob sich. Dann schlenderte er um den Tisch herum, setzte sich mit dem Hintern auf die Kante und verschränkte die Arme vor dem Oberkörper.

Er trug ein Shirt unter einem Hemd mit gestärktem Kragen, dessen Bund er in die Hose gestopft hatte. Alles war schwarz und Cassy musste ihm recht geben:

Er *war* der Lord.

Beruflich sah Andrew genauso aus wie auf seiner Party als Dominus.

Seine Miene war finster, aber Cassy bemerkte dennoch das lüsterne Funkeln in seinen Augen. »Nun? Was führt dich zu mir, Sklavin.«

Cassandra wurde auf der Stelle krebsrot im Gesicht, weil er sie nicht mit ihrem Namen, sondern als Sklavin ansprach. Er ahnte offenbar, in welche Richtung das Gespräch gehen würde. Oder wollte er sich lediglich einen Spaß erlauben, um sie in eine peinliche Situation zu bringen? Egal! Augen zu und durch.

Um nicht gleich auf den Punkt kommen zu müssen, machte sie eine ausladende Geste. »Ziemlicher Prunk.«

»Genau wie mein Haus, nicht wahr?«

Sie nahm das gefährliche Timbre in seiner Stimme wahr und lenkte rasch ein. »Ich meinte nur, dass die Büroausstattung luxuriös ist.«

»Mit Speck fängt man Mäuse. In feudaler Umgebung merken die Kunden nicht so schnell, wie viele Dollar sie ausgeben. Verschwendung erscheint in einem verschwenderischen Ambiente normal.«

Cassy wurde neugierig: »Und Ihr Haus, Sir? Was hat Sie dazu bewogen, sich ein kleines Schloss zu bauen?«

»Meine Freunde und Bekannte«, antwortete Andrew lächelnd. »Aufgrund meines Nachnamens vermuten viele Menschen, dass ich adelig wäre, was nicht der Fall ist. Ich werde immer mal wieder mit Lord Andrew Callum angesprochen. Als Gag und Investition habe ich mir ein Miniaturschloss bauen lassen.«

»Miniatur?« Cassy runzelte skeptisch die Stirn.

»Es hat die Größe eines durchschnittlichen Herrenhauses, kein Vergleich zu echten Schlössern. Ich empfange dort meine Kunden zu Geschäftsessen. Das Haus lässt mich wunderbar dekadent und exzentrisch wirken. So etwas mag meine Klientel.«

»Und Ihre Freunde aus der SM-Szene.«

Da wurde er wieder ernst. »Nun, dort tummelt sich nicht unbedingt die Szene, eher ein kleiner, exklusiver Club, zu dem sich hin und wieder Frischfleisch gesellt.«

Womit sie beim Thema wären. Sie haderte. Wie sollte sie es nur anfangen, geschickt das Gespräch auf ihre Sklavenerziehung zu lenken? Da sie viel zu aufgeregt war, würde ihr sowieso keine sinnvolle Überleitung einfallen, daher wählte sie die Flucht nach vorn. »Ich bin hier wegen der Bitte, die ich auf Ihrer Party geäußert habe.«

»Cassandra …«

Sie unterbrach ihn wenig demütig. »Ich kann den Pavillon nicht vergessen.«

»Das solltest du aber.«

Störrisch schüttelte sie den Kopf. »Nein! Ich bin mir bewusst, dass ich unerfahren und deshalb wenig reizvoll für Sie bin. Aber Sie könnten einfach Ihren Spaß mit mir haben, und ich verspreche schnell zu lernen.«

»Das würde dir reichen?«, fragte er sanft. »Es würde dir genügen, wenn du wüsstest, dass ich dich nur benutze, um Zerstreuung zu finden?«

Sie nickte unsicher.

»Es wäre kein Problem für dich, wenn ich keinerlei Gefühle in deine Erziehung investieren würde?«

Betreten schwieg Cassy.

»Ich würde dich quälen, um mich und nur mich anzumachen, und dich dann ficken, bis ich gekommen bin. Deine Lust wäre mir egal. Dann würde ich dich nach Hause schicken, ohne dich eines weiteren Blickes zu würdigen, ohne aufbauende Umarmung oder Abschiedsgruß. Wie würde dir das gefallen?«

Es wäre Scheiße, sagte ihre innere Stimme, doch da war wieder dieser Trotz, der ihr so oft in die Quere kam. Er veranlasste sie aufmüpfig zu erwidern: »Es ist die Aufgabe einer Sklavin, sich vertrauensvoll in die Hände ihres Meisters zu begeben.«

Er stand auf und machte einen Schritt auf sie zu. »Du bist nicht so stark, wie du glaubst.«

Mühevoll widerstand sie dem Drang zurückzuweichen.

»Du würdest nach wenigen Sessions einknicken, würdest an meiner Kälte kaputtgehen.«

Cassy fuhr sich durch die Locken und stemmte die Hände in die Hüften. »So sind Sie nicht. Der Lord verhält sich nicht rücksichtslos. Das habe ich nach der Vorführung der ihrer Sklavin gesehen.«

»Aber vielleicht würde ich mich dir gegenüber so verhalten.« Herausfordernd blickte er sie an.

Es war mucksmäuschenstill im Büro. Vom Gang und aus den anderen Räumen war kein Geräusch zu hören, so als würde sich Cassandra mit Andrew in einer Art Kokon befinden, der sie vom Rest der Welt trennte.

Er wartete auf ihre Reaktion, und Cassy wusste, dass er dachte, sie würde jeden Moment die Tür aufreißen und flüchten. Aber das tat sie nicht. Sie stand einfach nur da und schwieg. Vergeblich hoffte sie, er würde in Gelächter ausbrechen und zugeben, dass er ihr nur einen Schrecken hatte einjagen wollen.

Er wirkte kühl, distanziert und sogar ein wenig abweisend, aber Cassy blieb der Glanz in seinen Augen nicht verborgen. Da war ein feuriges Schimmern, nur schwach, aber es war da. Ein lüsternes Funkeln, das ihr verriet, dass ihr Auftreten und ihre Hartnäckigkeit ihn beeindruckten.

Cassy zog ihre Cordjacke aus und warf sie achtlos auf den Boden. Sie beobachtete, wie Andrew erstaunt die Augenbrauen hob, und schob ihren Pulloverbund nach oben, um sich ihres Pullis zu entledigen.

»Stopp!« Andrew machte einen Satz nach vorne und hielt ihre Hände fest. »Was machst du?«

»Ich möchte Ihnen beweisen, dass ich es ernst meine, und mich Ihnen im Sklavengewand präsentieren«, sagte sie mit fester Stimme, aber ihre Beine waren wie Pudding. »Nackt und schutzlos.«

»Ich habe dir nicht befohlen, dich auszuziehen!« Er schnaubte und gab ihre Hände frei.

Cassy setzte ihren Unschuldsblick auf. Der kam bei Männern immer gut an. »Gefalle ich Ihnen denn gar nicht?«

Eine kleine Pause entstand. Der Lord überlegte.

Dann drängte er sie zurück, bis sie mit dem Rücken an die Wand stieß, und sagte scharf: »Hatte ich dir nicht die korrekte Anrede gelehrt?«

»Doch, Sir.« War das der Beginn eines Spiels?

»Wäre das der Eifer, mit dem du meine Anweisungen umsetzen würdest, sollte ich deiner Erziehung zustimmen?«

»Nein, Sir.«

»Deine erste Bestrafung hättest du jetzt verdient.«

Ihre Wangen glühten vor Erregung. »Ich werde sie demütig hinnehmen, Sir.«

»Ich sagte ›hätte‹ und nicht ›hast‹. Du hättest sie verdient, wenn ich dich erziehen würde, aber das tue ich nicht.« Er lachte abfällig. Unvermittelt stieß er seine Hand zwischen ihre Schenkel, schob seine Finger unter ihr Höschen und drang in ihr Fötzchen ein. »Du bist nicht nur unaufmerksam und penetrant, sondern auch eine geile Schlampe.«

Als Beweis zog er seine Hand hervor. Seine Finger glänzten von ihrem Mösensaft.

Da er seine Hand in Hüfthöhe hielt, musste Cassy nach unten schauen und bemerkte dabei die Ausbuchtung in seiner Hose. Tiefe Genugtuung ließ ihre Haut ekstatisch prickeln.

Sie atmete mit einem Mal schwerer. Die Lust schnitt ihr die Luft ab. Am liebsten wäre sie auf die Knie gefallen, hätte seinen Schwanz aus der Hose geholt und ihm einen geblasen, so wie in der Laube. Aber sie musste sich vorsichtig vortasten, wenn sie nicht riskieren wollte, rausgeworfen zu werden, ohne ihr Ziel erreicht zu haben.

Für einige Sekunden konzentrierte sie sich auf die Erinnerung des Gefühls seiner Hand in ihrem Fötzchen. Ein kurzes Frohlocken, zu kurz. Sie wünschte, er würde sie ein zweites Mal mit seinen Fingern erobern.

Da das unwahrscheinlich war und sie befürchtete, er würde das begonnene Spiel nicht weiterführen, griff sie sein Handgelenk. Sie hob seine Finger an ihre Lippen und führte Zeige- und Mittelfinger in ihren Mund ein.

Weiterhin schaute sie ihn an. Sie leckte ihren Mösensaft von seinen Fingern, in dem sie ihre Lippen hoch und runter gleiten ließ. Dann säuberte sie die Zwischenräume mit ihrer Zungenspitze. Das Intimaroma ihres Fötzchens lag schwer auf ihrer Zunge. Sie schluckte, seifte die Finger des Lords mit ihrem Speichel ein und reinigte sie, während sie ihn immer noch lüstern anblickte.

Sein Mund stand vor Erstaunen ein kleines Stück weit offen. Scheinbar hatte er nicht mit dieser Reaktion gerechnet. Nicht hier, in seinem Büro, wo jeden Moment ein Angestellter sie stören könnte. Nicht bei Tageslicht, in ihrer Alltagskleidung, in der sie wie Cassandra Rodson und nicht wie eine Sklavin aussah. Nicht nach allem, was er ihr an den Kopf geworfen hatte.

»Du lässt dich nicht so leicht abschrecken, nicht wahr?«, wisperte er.

Langsam zog er seine Finger aus ihrem Mund, stützte seine Hände seitlich in Höhe ihrer Schultern an der Wand ab und kam ihr so nah, dass sie seinen Atem auf ihren Lippen spürte. Er roch nach Pfefferminz und Kaffee, und Cassy wünschte sich so sehr, ihn zu küssen, doch das hätte ihr Machtgefälle zerstört.

Ihr Puls raste. Sie hatte eine wohlige Gänsehaut. Sein Blick drang bis tief unter ihre Haut. Dieser Mann brachte sie um den Verstand!

Auch sie flüsterte, aber nur weil er ihr den Atem raubte. »Glauben Sie mir nun, dass ich es ernst meine, Sir?«

»Veranstaltest du das alles nur, um mich rumzukriegen?«

»Nein, Sir, ich bin nur einem Impuls gefolgt. Ich habe es getan, weil ich es tun wollte.«

»Ich habe dir geraten, mich nicht zu begehren.« Er seufzte und legte den Kopf schräg. »Weshalb hörst du nicht auf mich?«

Sie versuchte ruhiger zu atmen und antwortete kaum hörbar: »Weil ich niemals zuvor jemanden derart stark begehrt habe.«

Schwungvoll stieß er sich von der Wand ab und schritt zum Fenster. Eine Weile starrte er stumm zu den Rocky Mountains, die sich hinter der Stadt auftürmten.

Als er sich umdrehte, sah Cassy, dass die Wölbung in seiner Hose noch gewachsen war. Sein Schwanz musste schmerzhaft gegen den Reißverschluss drücken, aber der Lord ließ sich nicht von seiner Geilheit beherrschen.

Er lehnte sich gegen die Fensterbank. »Ich sehe ein, dass ich dich nicht so einfach loswerde, also werde ich es mit dir versuchen.«

Ihr Gesicht erhellte sich.

»Aber erst musst du eine Art Aufnahmeprüfung bestehen.«

Cassy fiel in sich zusammen. »Eine Prüfung?« Hatte sie nicht schon genug bewiesen, wie sehr sie die Erziehung durch ihn wollte?

»Ich bin der dunkle Lord«, entgegnete er amüsiert. »Meine Ansprüche sind hoch. Ich werde deine Hingabe und Belastbarkeit testen.«

Schweigend nickte sie.

Er ging im Büro auf und ab. »Ich werde dir eine Nachricht zukommen lassen, wo und wann ich dich sehen will. Du darfst selbstständig keinen Kontakt zu mir aufnehmen. Ist das klar?«

»Ja, Sir«, brachte Cassy mühsam hervor. Es war nicht die Art von Beziehung, die sie sich gewünscht hatte, aber die Hoffnung starb bekanntlich zuletzt.

»Du wirst vorher nicht wissen, was dich erwartet. Ob ich dir einen Elektrostab in die Möse schiebe, deinen Rücken blutig peitsche oder dich würge, bis du ohnmächtig wirst, liegt allein in meiner Hand. Kannst du das ertragen?« Er blieb vor ihr stehen.

»Ja«, antwortete Cassy schockiert, schüttelte dann aber den Kopf. »Es wäre nicht richtig diese Frage zu bejahen, weil ich es nicht weiß. Ich kann es nur versuchen. Ich habe keine Erfahrung mit solchen Dingen. Sie sind krass, für den Anfang, meine ich.«

Der Lord legte seine Hand unter ihr Kinn und lächelte sie offen an. »Keine Sorge, ich werde nicht verantwortungslos sein. Aber der Test wird dir einiges abverlangen. Wäre er einfach zu bestehen, wäre es ja keine Hürde und würde somit auch nicht deine Bereitschaft, mir zu dienen, belegen. Das siehst du ein, oder?«

»Ja, Sir. Ich werde mich bemühen, Sie zufriedenzustellen.«

Sinnlich streifte er ihre Unterlippe mit seinem Daumen. »Du wirst ein Safeword von mir bekommen. Merk es dir gut.«

»Nicht zwei, nach dem Ampelprinzip?« Derek und sie hatten zwei Sicherheitswörter. Mit dem einen konnte sie ihm signalisieren, dass ihr alles zu schnell ging oder zu heftig war. Sprach sie es aus, machte er langsamer. Mit dem anderen konnte sie ihn komplett stoppen.

»Nein, es geht um alles oder nichts. Entweder du bestehst die Prüfung oder nicht. Mit dem Safeword ›Scherbenhaufen‹ kannst du eine Session abbrechen und hast deine Chance auf eine Erziehung unter meiner Obhut verspielt.«

»Ich verstehe, Sir.«

»Du wirst dich nicht länger mit Derek treffen, auch sonst mit niemand anderem ficken. Nicht einmal zu masturbieren ist dir erlaubt.« Er ging hinter seinen Schreibtisch und setzte sich. »Dein Körper gehört mir. Deine Lust und Qual liegen von nun an in meiner Hand.«

Cassys Herzschlag setzte einmal ängstlich aus, dann fing er an zu rasen vor Vorfreude auf die Zeit, die sie mit ihm verbringen durfte. Er hatte ihr tatsächlich die Aussicht auf eine Sklavenerziehung zugestanden. Noch war nichts sicher, aber immerhin würden sie bald zu spielen anfangen. Sie würden sich regelmäßig sehen. Cassy durfte ihm weiterhin nah sein. Und sie würde durch ihn Erfahrungen machen, von denen sie nie zu träumen gewagt hatte.

Sie schlug demütig die Augen nieder und sprach feierlich: »Sie sind der Herr meiner Schmerzen, der Herr meiner Lust.«

Durch ihre Wimpern hindurch sah sie, dass er lächelte.

Im nächsten Moment setzte er wieder die kühle Maske des

Dominus auf und sagte barsch: »Du wirst keinen Kontakt mehr zu mir suchen, musst aber auf Abruf für mich bereitstehen. Ich erwarte, dass du morgen einen Brief an der Rezeption abgibst, in dem deine Adresse steht und eine Kopie deines Haustürschlüssels steckt. Und jetzt geh. Du hast mir schon zu viel kostbare Zeit gestohlen.«

»Auf Wiedersehen, Sir«, sagte sie und konnte nicht verhindern, dass Freude in ihrer Stimme mitschwang. Mit Schmetterlingen im Bauch hob sie ihre Jacke auf und ging.

Nachdem Cassandra das Gebäude verlassen hatte, fuhr sie schnurstracks zur nächsten Mall. Sie hatte keine Ahnung, wie sie den Angestellten hinter der Theke des Schlüsselgeschäfts überzeugen sollte, eine Kopie eines Schlüssels herzustellen, der zu einer Mietwohnung gehörte, zumal sie keine Einwilligung des Eigentümers hatte.

Aber irgendwie schaffte sie es. Ein wenig Geklimpere mit den Augen und Süßholzgeraspele. Auch half es, dass sie ihre Tittchen fast auf den Ladentisch legte. Manchmal hatte es auch etwas Gutes, wie ein Engel auszusehen.

Als Lohn für ihre Mühen bekam Cassy einen Abholzettel. Kurz vor Ladenschluss sollte sie wiederkommen und würde den Schlüssel ausnahmsweise erhalten. Sie wusste, der Angestellte machte sich strafbar – und sie auch. Für den Lord.

Am Abend holte sie den Schlüssel dann ab. Cassy hatte dem netten Verkäufer eine Packung Pralinen mitgebracht. Er machte jedoch keinen Hehl daraus, dass er lieber ihre Telefonnummer gehabt hätte.

Diese Frau ist ab sofort tabu für alle Männer, dachte Cassy und war stolz darauf, sich wie der Besitz von Andrew Callum Lord zu fühlen.

Am nächsten Morgen in aller Frühe stand sie bei Lord Enterprises auf der Matte und händigte der Empfangsdame den Brief aus. Es fiel ihr schwer, nicht nach Andrew zu fragen oder ihm sogar Schlüssel und Adresse selbst zu geben.

Wie gerne hätte sie ihn auf der Stelle wiedergesehen! Aber sie musste geduldig sein und warten. Das Warten machte sie unruhig, denn es konnte rein theoretisch Wochen dauern, bis er sich melden würde.

Die Vorlesungen an diesem Tag waren die Hölle! Sie bekam keinen einzigen Satz mit von dem, was die Professoren erklärten oder worüber ihre Mitstudenten referierten.

Sie lief ständig auf die Toilette, nur um mit dem Toilettenpapier über ihre Möse reiben zu dürfen, weil es ihr verboten war, es sich selbst zu besorgen. WC-Gänge waren in der Anweisung nicht inbegriffen, zumindest legte sie es so aus.

Und sie war geil. Ständig und überall, als wäre sie eine Nymphomanin.

Zudem aß sie kaum etwas, sodass Penelope sich schon Sorgen machte. Lediglich Cassys Dauerlächeln, das sie als Zeichen von Verliebtheit deutete, beruhigte Pen.

Aber auch dieser Tag ging vorbei. Cassy sehnte sich nach einer heißen Dusche. Sie fühlte sich verkrampft, weil sie ihren Alltag aufrechterhalten musste, wo sie doch viel lieber das Leben einer Sklavin führen würde. Außerdem war es merklich kühler geworden. Der Herbst war nun endgültig in Boulder County eingezogen. Das Laub verfärbte sich und der Abendhimmel hing voller Regenwolken.

Duschen, Tee kochen und ab aufs Sofa, das war Cassys Plan.

Als sie in ihrem kleinen Apartment ankam, zog sie sich in Windeseile aus, schaltete die Heizung an, die tagsüber ausgeschaltet war, um Geld zu sparen, und sprang unter die Dusche. Sie drehte den Heißwasserregler fast vollkommen auf und genoss die Wärme. Dunst vernebelte das Bad und legte sich auf die Duschkabinenwände, die nun wie Milchglas aussahen.

Dann cremte sie sich mit Duschgel ein, das sie vorher auf einen Waschlappen geträufelt hatte. Besonders lange verweilte sie zwischen ihren Schenkeln und seifte auch ihre Brüste ordentlich ein, denn das gehörte schließlich zum Waschen dazu und sie benutzte ja nicht ihre Hände. Sie war artig und besorgte es sich nicht selbst. Ein wenig Necken durfte doch wohl erlaubt sein.

Sie nahm sogar die Brause, um sich vom Seifenschaum zu reinigen, denn sie befürchtete, wenn ihre Hand erst über ihre pochende Möse rieb, würde sie sich nicht zurückhalten können. Aber das war ein Trugschluss. Der Strahl der Brause war viel intensiver, als sie es sich gedacht hatte, und fachte ihre Geilheit an.

Als sich Cassy mit der linken Hand an der Kabinentür abstützte, ihre Hand dabei abrutschte und dabei die Feuchtigkeit verwischte, bemerkte sie einen Schatten. Ein Mann stand in der Badezimmertür und schaute in ihre Richtung.

Der Schreck fuhr ihr in die Glieder. Sie stellte hastig die Dusche ab. Vorsichtig öffnete sie die Kabinentür einen Spaltbreit und linste hinaus.

»Du machst es dir nicht gerade selbst, oder?«, fragte der Lord mit zusammengekniffenen Augen. Er baute sich im Türrahmen des kleinen Bads auf.

»Nein, bestimmt nicht, ehrlich nicht, nein«, stotterte Cassy. »Ich wollte mich nicht berühren, wollte nicht, dass meine Hände über Möse und Titten gleiten, weil sie es mir verboten haben. Darum nahm ich die Brause, um den Schaum abzuspülen.«

»Steig aus der Dusche und knie dich auf die Bademattte.«

Sie ahnte, dass er ihrer Ausrede nicht glaubte. Würde er sie bestrafen? Oder sogar die Prüfung abblasen?

Sie folgte seinem Befehl und sank tropfnass auf die Matte.

Glücklicherweise war es mittlerweile warm im Raum. Um seinem durchdringenden Blick zu entgehen, senkte sie den Kopf. Vielleicht würde ihre Demut ihn besänftigen.

Doch anstatt sie zu rügen, sagte der Lord: »Dort bleibst du, bis ich dir eine andere Anweisung gebe. In der Zwischenzeit werde ich deine Wohnung inspizieren. Ich will schließlich alles, und ich meine alles, von meiner potenziellen Sklavin wissen.«

Er ging und schloss die Badezimmertür bis auf einen kleinen Spalt, durch den Cassy nicht sehen, aber sehr wohl hören konnte, dass er Schränke öffnete und in Schubladen kramte. Er ging in ihrem kleinen Wohnzimmer auf und ab, durchsuchte die Schränke ihrer offenen Küche, die ohne Tresen mit dem Wohnbereich verbunden war, und lief durch das angrenzende Schlafzimmer, in dem nicht viel mehr als ein Bett und ein zweitüriger Kleiderschrank Platz gefunden hatte.

Es war Cassy nicht schwergefallen, Andrew ihren Haustürschlüssel zu übergeben. Sie hatte sich gut dabei gefühlt, weil sie doch mit ihm zusammen sein wollte. Er besaß nun den Schlüssel für ihr Leben, und sie wollte viel Zeit mit ihm verbringen.

Doch jetzt, wo er sich leise in ihre Wohnung geschlichen und so plötzlich in ihrem Bad aufgetaucht war, empfand sie anders.

Andrew hatte sie erschreckt. Er war einfach in ihre Intimsphäre eingedrungen, ohne sich anzukündigen. Es ging hier nicht um eine Session, sondern um ihren Alltag. Ihr Apartment war ihr Kokon, ihre Rückzugsmöglichkeit, eine Zuflucht, die nur ihr allein gehörte.

Das gehört nun der Vergangenheit an, korrigierte sich Cassy.

Nun durchsuchte Andrew ihr privates Hab und Gut, und sie ließ es einfach geschehen. Sie hatte ihm sogar indirekt die Erlaubnis gegeben, als sie ihm den Schlüssel brachte.

Sie war verrückt, denn sie lieferte sich einem Fremden aus.

Sie war beunruhigt und wäre beinahe aufgesprungen, blieb dann aber doch knien. Schließlich wollte sie ihn überzeugen, dass sie es ernst mit der Erziehung meinte. Außerdem hatte sie nichts zu verstecken.

Es gab keine Geheimnisse in ihrem Leben, nichts, was ihr peinlich werden könnte. Oder doch?

Was war mit den Liebesbriefen, die sie ihrer ersten großen Liebe geschickt und zurückbekommen hatte, nachdem er mit ihr Schluss gemacht hatte? Wäre es ihr wirklich nicht unangenehm, wenn Andrew sie las? Er könnte denken, sie würde jedem Kerl hinterherlaufen, wie sie es bei ihm tat.

Sie dachte an den verwaschenen Slip, den sie immer hatte wegwerfen wollen, aber es noch nicht getan hatte, weil sie an ihm hing. Ihr fielen die Kontoauszüge ein, die abgeheftet in einer Kladde auf dem Regal über ihrem Schreibtisch standen.

Wie würde Andrew über das Chaos in ihrem Kleiderschrank denken? Dort stapelten sich ihre Schuhe unordentlich, weil Cassy sie einfach vom Fuß weg hineinschleuderte. Es war so herrlich einfach, die Tür zu schließen, und schon sah ihre Wohnung aufgeräumt aus.

Würde er die Wollmäuse unter dem Bett entdecken und die Spinnweben an der Decke? Hielt er sie dann für schmutzig? Hielt er sie für hoffnungslos sentimental, wenn er ihren Teddy aus Kindertagen, der nur noch ein Knopfauge besaß, fand oder ihren alten Pyjama mit dem verblassten Blümchenmuster, den sie nur trug, weil ihre verstorbene Granny Idaho ihn ihr geschenkt hatte?

Stempelte er sie als geile Schlampe ab, weil sie nicht nur einen Vibrator besaß, sondern gleich zwei – einen zum Auflegen auf die Klit und einen zum Einführen –, zudem Nippelklemmen und eine Peitsche mit einer Handvoll kurzer Riemen, um sich selbst sanfte Schmerzen zuzufügen, wenn Derek keine Zeit hatte?

Welches Bild mochte er sich gerade von ihr machen? Welche Peinlichkeiten zutage fördern, die sie sogar vor ihrer besten Freundin versteckte?

Cassy vergrub das Gesicht in den Händen.

Sie schrak auf, als sie Schritte auf den Fliesen hörte. Andrew war zurückgekehrt. Unsicher schaute sie zu ihm auf.

»Hast du Angst vor einem vernichtenden Urteil?«, fragte er amüsiert.

»Ja, Sir.«

»Versteckst du etwas, was ich nicht finden soll?«

»Nein, Sir.«

»Wovor fürchtest du dich also?«

»Dass Sie sich lustig über mich machen«, gab sie kleinlaut zu. »Jeder hat wohl etwas, was ihm peinlich ist.«

»Das werden wir ändern«, Andrew begann ungeniert den Badezimmerschrank zu durchwühlen, »den hässlichen Slip habe ich schon in den Müll geworfen und auch das Schokoladeneis aus dem Gefrierschrank.«

»Finden Sie mich zu dick?«, entfuhr es ihr entrüstet.

Verwundert über ihren kleinen Ausbruch schaute er sie über seine Schulter hinweg an. Er musterte sie, wie sie da vor ihm kniete. »Du hast sehr weibliche Kurven und ich glaube, du nimmst leicht zu, habe ich recht?«

Zerknirscht gab sie zu: »Ja, Sir.«

In diesem Augenblick wünschte sie sich nichts sehnlicher, als so eine drahtige Figur zu haben wie die exotische Sklavin mit der olivfarbenen Haut, die sie auf der Party in Andrews Haus gesehen hatte. Die Frau hatte eine auffällig schlanke Taille, wie Models, die sich eine Rippe herausoperieren ließen, um dünner zu sein. Bei ihr jedoch passte die Körpermitte zum restlichen Körperbau und schien natürlich zu sein.

Cassandra betastete ihre ausladenden Hüften und das Bäuchlein, das sich nur zeigte, wenn sie saß, und mehr aus Haut als aus Fett bestand.

Da trat der Lord vor sie und hob ihr Kinn mit zwei Fingern an. Sein Blick war milde, als er auf sie herabschaute.

Bevor er etwas sagen konnte, sprach sie: »Ich werde Sport treiben. Jeden Morgen vor der Uni zu joggen wird meine Figur bestimmt schnell verbessern.«

»Wag es ja nicht!« Er gab ihr eine sanfte Ohrfeige. »Du wirst nichts tun, ohne dass ich es dir ausdrücklich befehle. Ist das klar?«

Sie nickte betreten.

»Deine Rundungen gefallen mir genau so, wie sie jetzt sind. Sollte sich an ihnen etwas ändern«, er korrigierte sich, »an deinem ganzen Aussehen, werde ich dich verstoßen.«

»Ja, Sir.« Hoffnung keimte in ihr auf. »Ich möchte schön für Sie sein.«

Hatte sie das wirklich gesagt? Sie konnte es selbst kaum glauben, sie trug ihr Herz wirklich auf der Zunge.

»Dann nimm Haltung an! Wie kniest du denn da?«, schimpfte er. »Du sitzt mit dem Hintern auf deinen Unterschenkeln, deine Schultern hängen und dein Rücken ist gekrümmt. Ich will Spannung sehen. Meine Sklavin muss immer grazil wirken.«

Eilig richtete sie den Oberkörper auf und streckte die Oberschenkel. Sie nahm die Schultern nach hinten, was ihre schweren Tittchen automatisch nach vorne schob, und wusste nicht wohin mit ihren Händen.

»Lass deine Arme nicht schlaff hängen. Ich will Spannung in allen deinen Gliedern sehen.« Der Lord ging um sie herum und blieb hinter ihr stehen. »Verschränke die Unterarme hinter deinem Rücken. Deine Hände sollen die Ellbogen umfassen.«

Cassandra versuchte es. Je mehr sie ihre Arme nach hinten

streckte, desto mehr drückten sich ihre Brüste heraus. Sie bemühte sich sehr, seine Anweisung zu befolgen, aber sie kam nicht über ihre Unterarme hinaus.

»Herrje, bist du ungelenkig!« Er schnaubte. »Du wirst das so lange üben, bis du es schaffst. Meine Sklavin muss biegsam und belastbar sein.«

»Ja, Sir.« Würde sie ihm jemals genügen können? Sie konnte ja nicht einmal die einfachsten Befehle ausführen.

Der Lord stellte sich wieder vor sie und drang mit seinem blank geputzten schwarzen Ledersneaker zwischen ihre Schenkel. »Spreize die Knie, sodass ich deine Möse sehen kann. Leg deine Fußgelenke übereinander, Sklavin, deine Beine müssen ein Dreieck bilden.«

Artig tat sie, wie befohlen. Aber auch diesmal korrigierte er sie.

»Weiter!«, sagte er so laut, dass sie zusammenzuckte. Plötzlich schnalzte er und schüttelte den Kopf. »Dir klebt der Mösensaft ja schon an den Oberschenkeln.«

Cassy blickte zwischen ihre weit gespreizten Beine und sah die Lustsaftfäden, die wie Spinnweben an ihren Schamlippen und Schenkeln hingen. Innerlich stöhnte sie auf. Sie hätte sich nicht durch das Duschen aufgeilen sollen. Die ersten zaghaften Erziehungsmaßnahmen des Lords hatten ein Übriges getan. Nun zerfloss sie bereits, ohne dass eine Session stattfand.

Sie empfand es gleichzeitig als unangenehm und lüstern, sich derart liederlich zu präsentieren. Der Saft, der an ihrem Unterleib hing, ihre offensichtliche Geilheit, ihre Tittchen, die unnatürlich nach vorne geschoben wurden und den Lord förmlich einluden, sie zu peitschen – das alles machte sie an, ihr eigener Körper erregte sie, aber sie hielt trotzdem ihren Blick vor Beschämtheit gesenkt.

Warum eigentlich, fragte sie sich.

Zum einen lag es daran, dass sie sich Andrew Callum Lord das erste Mal vollkommen nackt zeigte und dann auch noch auf obszöne Weise. Zum anderen trug das Machtgefälle Schuld an ihrem Schamgefühl. Es war ja nicht so, dass sie nackt im Bett lagen und kuschelten, sondern Cassy lieferte sich ihm aus. Er stand komplett angezogen vor ihr, während sie entblößt und verletzlich vor ihm kniete, bereit alles anzunehmen, was er ihr zu geben bereit war, egal ob Lust, Erniedrigung oder Schmerz.

Was war sie nur für eine Schlampe! Aber BDSM war nun mal ihre Art der Sexualität. Jedoch hatte diese durch den Lord an Intensität gewonnen.

Cassy erschauerte.

»Zieh deinen Bademantel an, du zitterst ja«, meinte er und warf ihr den Frotteemantel zu. »Es ist dir gestattet, aufzustehen.«

Wie er das sagte! Großzügig, so natürlich. Als wäre er der Kaiser von China, der mit einer Selbstverständlichkeit über ein Weltreich herrschte, weil ihm die Macht in die Wiege gelegt worden war.

Cassandra erhob sich und schlüpfte in den Bademantel. Lag Andrews Dominanz in seinen Genen? Oder war seine Erziehung Auslöser seiner sexuellen Vorlieben?

Du hast aufgehört darüber nachzudenken, weshalb du auf Schmerzen und Erniedrigung stehst, ermahnte sie sich, also hör auf zu grübeln, warum der Lord so ist, wie er ist.

»Du denkst zu viel nach. Ich sehe es dir an, wie es da oben rattert.« Er tippte sanft mit dem Zeigefinger gegen ihre Stirn. »Was beschäftigt dich?«

Zuerst wollte sie nicht mit der Sprache herausrücken, aber dann fügte er hinzu: »Ich will alles von dir wissen. Wenn du meine Erziehung genießen möchtest, wirst du dich nicht nur nackt ausziehen, sondern auch einen Seelenstriptease machen müssen.«

Ausweichend antwortete sie: »Ich habe mich in Gedanken selbst gerügt, weil ich zu viel grübele. Mein Verstand muss klar bleiben.«

»Wieso?«

Cassy war verwundert über diese Frage und hob die Augenbrauen. »Weil, ja … weil ich Ihre Anweisungen perfekt umsetzen möchte.«

»Du wirst mich nur zufriedenstellen, wenn du intuitiv reagierst.«

»Aber …«

Er unterbrach sie, indem er eine Hand unter ihr Kinn legte und es leicht anhob. »Du möchtest die Kontrolle über dich behalten, habe ich recht?«

Sie nickte.

»Das ist aber der falsche Weg«, erwiderte er und nahm seine Hand weg. »Lass dich fallen. Nur dann wirst du Erfüllung darin finden zu dienen. Eine Sklavin, die mehr denkt als ihr Herr, hat ihre Bestimmung verfehlt.«

Wie recht er hatte! Cassy lächelte ihn glücklich an.

Der Lord griff in seine Hosentasche und fischte Liebeskugeln heraus, zwei pralle weiße Kugeln, mit kleineren Kugeln im Inneren, an einer weißen Schnur. »Ich möchte, dass du deine Vaginalmuskeln trainierst, denn ich mag es eng. Spreiz deine Schenkel und stell einen Fuß auf den WC-Deckel.«

Ihre Wangen bekamen einen rosigen Schimmer. Offensichtlich wollte er die Kugeln selbst in ihr Fötzchen schieben. Erregt folgte sie seinem Befehl.

Er öffnete den Gürtel ihres Bademantels. Eine Zeit lang betrachtete er ihre rasierte Möse. Seine Augen leuchteten, aber seine Miene blieb streng.

Dann nahm er die erste Kugel, rieb sie einige Male über Cassys feuchte Falten und drückte sie in ihren Möseneingang. Problemlos glitt sie hinein. »Hab ich's mir doch gedacht. Du bist ausleiert.«

Cassy war fassungslos über seine Aussage und wollte sich gerade rechtfertigen, als er fragte: »Fickt Derek dich oft?«

Derek Smith war der Letzte, über den sie jetzt sprechen wollte, aber es blieb ihr nichts anderes übrig. »Nur am Ende einer Session. Wir spielen selten.«

»Und ab sofort gar nicht mehr«, knurrte er und presste auch die zweite Kugel in ihr Fötzchen.

Cassy unterdrückte ein wohliges Seufzen. »Wie Sie befehlen.« Schmunzelnd betrachtete sie die Schnur der Liebeskugeln, die aus ihrer Möse heraushing wie ein Tamponfaden.

»Press deine Vaginalmuskeln fest darum zusammen. Sollte ich dich irgendwann mal vögeln, will ich die Kontraktionen deutlich spüren.«

»Ja, Sir«, antwortete sie betrübt, denn er stellte es so dar, als wäre es keineswegs sicher, dass er sie ficken würde.

Er war für sie undurchschaubar. Auf der einen Seite tat er so, als würde sie ihn zu der Sklavenprüfung nötigen, auf der anderen Seite war er ein Mann, der sich nicht nötigen ließ. Folglich musste einfach ein Quäntchen Interesse bei ihm vorhanden sein.

Der Lord nahm ihren Oberarm und führte sie in den Wohnbereich zu ihrem Schreibtisch.

Bei jedem Schritt fürchtete Cassandra, die Kugeln zu verlieren. Rutschten sie nicht bereits heraus? Ihr Mösensaft machte die Sache nicht gerade leichter. Sie war selbst erstaunt, als er sie auf den Bürostuhl drückte und die beiden Kugeln wider Erwarten noch in ihr steckten.

»Schreib mir alle deine Passwörter auf, für Online-Banking,

E-Mail-Accounts etc., deine Bankdaten, die Adressen und Rufnummern deiner Ärzte, auch die deiner Eltern und ihrer Arbeitsstellen, die Kontaktdaten deines Vermieters und vor allen Dingen deine Sozialversicherungsnummer.«

Anhand der Sozialversicherungsnummer konnte er alles, wirklich alles, über Cassy herausfinden.

Sie wurde kreidebleich. Ihr Magen drehte sich um. Sie konnte sich nicht bewegen, sondern blickte zu Andrew auf und wagte kaum zu atmen. Der Lord würde ihre privaten und beruflichen E-Mails lesen können, er würde wissen, dass ihr Kontostand sich immer um die Null bewegte und welchen Gynäkologen sie konsultierte.

Unbeirrt fuhr er fort: »Ich verlange, dass du mir Vollmachten über deine Konten ausstellst und meinen Namen bei deiner Bank hinterlegst. Trag mich in deinen Mietvertrag als zweiten gleichberechtigten Mieter ein und schreib mir eine Vollmacht für deine Ärzte, mit der du mich berechtigst, Einsicht in deine Krankenakten zu bekommen.«

War das rechtens? Selbst wenn sie solche Schreiben ausstellte, würden die Personen und Unternehmen Andrew Callum Lord wirklich alles offenlegen? Cassy konnte sich das nicht vorstellen. Aber allein der Gedanke, dass es möglich sein könnte, jagte ihr Angst ein.

»Was schaust du so pikiert? Wie ein Häufchen Elend. Ich hatte es dir doch schon erklärt. Seelenstriptease.«

»Aber das geht viel weiter.«

»Zu weit?«

Cassy suchte nach den richtigen Worten. Sie wollte Andrew nicht verscheuchen, konnte aber mit ihren Zweifeln nicht hinterm Berg halten. »Ich würde mich Ihnen ausliefern.«

Er lachte sie aus. »Geht es nicht darum? Ist das nicht dein Wunsch?«

»So war das nicht gemeint«, sagte sie und schüttelte den Kopf. »Das, was Sie von mir verlangen, geht viel weiter als bloße sexuelle Hingabe. Ich würde Ihnen mein ganzes Leben zu Füßen legen und wäre Ihnen auf Gedeih und Verderb ausgeliefert. Nicht nur körperlich. Mein Privatleben, mein Berufsleben, meine Finanzen. Sie könnten mich … zerstören.«

Schmunzelnd strich er ihr eine Haarsträhne, von der noch immer Wasser perlte, aus der Stirn. »Ja, das könnte ich.«

Nun war sie zutiefst schockiert.

»Bist du dir immer noch sicher, dass du meine Sklavin werden willst?«, fragte er. »Ich habe dir von Anfang an gesagt, dass ich SM lebe. Für mich ist es nicht nur ein Spiel und es sollte, nein, es muss für meine Sklavin auch mehr sein. Ich fordere die absolute Hingabe.«

Sie schwieg verunsichert. Hingabe war okay, nur das Wörtchen »absolut« störte sie.

»Du musst dich mir vollkommen öffnen, mir jede Facette deines Lebens zeigen und mir die totale Kontrolle überlassen.«

Cassy hatte einen Kloß im Hals, der sich nicht so einfach herunterschlucken ließ. Auf der Spüle ihrer offenen Küche stand ein Kanister mit Orangensaft, aber sie wagte nicht, danach zu fragen. Sie hätte in diesem Moment ohnehin nicht aufstehen können, weil ihre Beine wie Pudding waren.

»Um nicht daran zu zerbrechen, musst du mir hundertprozentig vertrauen. Kannst du das?«

Sie hatte das Gefühl, in ein dunkles Loch zu fallen. Jede Faser ihres Körpers gierte nach ihm, aber ihre Vernunft schrie, dass es purer Leichtsinn war, sich auf diese Art von SM einzulassen. Er war ein Fremder! Er forderte ihre Unterwerfung 24 Stunden an sieben Tagen der Woche! War sie nicht vollkommen verrückt, auch nur eine Sekunde darüber nachzudenken?!

Kaum hörbar antwortete sie: »Ich kann es nur versuchen.«

»Deshalb auch die Prüfung.« Er nickte. »Ich glaube nicht, dass du es schaffen wirst ...«

Das hätte er nicht sagen sollen. Trotzig fuhr Cassy ihre Krallen aus, das passierte ganz automatisch. Sie fiel ihm aufbrausend ins Wort: »Ich werde Sie vom Gegenteil überzeugen! Vielleicht brauche ich eine Anlaufphase. Es ist ja kein Zuckerschlecken, sich mal eben in die Hände eines fremden Menschen zu begeben. Aber ich werde Ihnen beweisen, dass ich das Zeug dazu habe, eine Sklavin zu werden, die Sie stolz machen wird.«

Sie musste erst einmal tief Luft holen. Hatte sie das wirklich gesagt? Herrje, sie war starrköpfig und widerspenstig. Sie war sich ja nicht einmal wirklich sicher, ob sie sich auf Andrews Konditionen einlassen wollte und konnte, aber der Trotz dominierte sie seit Teenagertagen. Sie wurde ihn einfach nicht los, und er übernahm ab und an die Kontrolle über das, was sie sagte.

»Du bist auf jeden Fall leidenschaftlich.« Nachdenklich kraulte er sein Kinn. Dann legte er seine Hand an ihre Wange. »Vertrauen bedeutet auch, dass ich dich nicht zerstören werde. Du machst mir deine Existenz zum Geschenk, und ich werde über dich wachen.«

Cassy schöpfte Hoffnung. Vielleicht beabsichtigte er lediglich, ihr eine Heidenangst einzujagen, sodass sie das Ganze abbrach, bevor es richtig begann. Vielleicht sprach er aber auch die Wahrheit, um sie auf das vorzubereiten, was sie erwartete, wenn er ihr Herr werden würde. Er war gewiss nicht einfach zufriedenzustellen.

Zärtlich streifte sein Daumen ihre Lippen. »Nun? Worauf wartest du? Fang an zu schreiben.«

Unter seiner sanften Berührung schmolz sie dahin. Aber da war immer noch ein Widerstand in ihr, den sie nicht leugnen konnte, und sie wurde sich bewusst, dass es ihr einfacher fiel, ihren Körper als ihre Seele zu entblößen.

»Müsste ich Ihnen nicht erst Zugriff auf mein Leben geben, nachdem ich die Prüfung bestanden habe?« Erst danach würde er sie als seine Sklavin anerkennen.

Er neigte sich zu ihr hinunter und flüsterte schmunzelnd: »Hast du nie daran gedacht, dass das Offenlegen deiner privaten Situation bereits Teil dieser Prüfung sein könnte?«

Sie schwieg erstaunt.

»Nur wenn ich der legale Vormund von Cassandra Rodson bin, kann ich der Herr von Sklavin Cassy sein. So bin ich, der Lord, und du begehrst mich, also lass dich auf meine Regeln ein oder vergiss mich für immer.«

Sie fühlte einen Stich im Herzen. Wollte sie wirklich schon aufgeben? So früh? Sie hatte nicht einmal die erste Hürde genommen. Außerdem blufft er möglicherweise noch immer.

Ihre Hand zitterte, als sie einen Kugelschreiber aus der Stiftebox nahm und einen karierten Block aus der Schublade zog.

»Schreib! Ich schau mir währenddessen den Medikamentenschrank im Bad genauer an.« Daraufhin verschwand er im Badezimmer.

Das Schreiben hatte Cassandra noch nie so viel Mühe bereitet wie an diesem Abend. Sie kuschelte sich in ihren Bademantel ein und bemühte sich, eine Aufstellung ihrer Zugangsdaten niederzuschreiben.

Sie nahm sich vor, ihren Freunden und Bekannten eine Lüge aufzutischen, damit sie ihr nur noch selten E-Mails schrieben. Wenn der E-Mail-Verkehr allerdings ganz zum Erliegen kommen würde, wäre das zu auffällig.

In Zukunft würde sie wieder öfters bar anstatt mit ihrer Kreditkarte zahlen, damit Andrew nicht nachvollziehen konnte, für was sie alles Geld ausgab und es ihr womöglich verbot.

Während sie die Vollmachten formulierte, dachte sie immer wieder an Wege, wie sie Andrews Anweisungen unauffällig umgehen konnte. Sie hatte vor, ihn zu hintergehen. Das war nicht richtig. Sie fühlte sich in einem Moment wie eine Abhängige, die ihrer Sucht entkommen wollte, im nächsten Moment bekam sie ein schlechtes Gewissen.

Als er ins Wohnzimmer zurückkehrte, riss er das oberste Blatt des Schreibblocks ab und las. Er hob überrascht die Augenbrauen. »Chief Rodson vom Boulder Colorado Police Department ist dein Vater?«

»Ja, Sir.« Würde er jetzt kalte Füße bekommen?

Er sagte jedoch nur: »Interessant«, und steckte den Zettel ein. »Bring die restlichen Informationen zu deiner Prüfung mit. Du schreibst langsam, als wärst du unsicher, aber immerhin schreibst du und hörst nicht auf. Ich habe noch etwas Besseres vor, als hier bei dir zu warten.«

War er mit einer anderen Sklavin verabredet?

Der Lord ging, und Cassy fühlte sich auf einmal einsam. Es war bis auf das Surren des Kühlschranks nichts zu hören. Sie war wieder allein. Und wollte es gar nicht sein. Noch immer verzehrte sie sich nach ihm, dabei hatte sie erwartet, dass ihr Verlangen aufgrund seiner Forderungen geschrumpft wäre.

»Du bist ins Straucheln gekommen, aber nicht gestürzt.« Sie seufzte, rieb sich mit beiden Handflächen über das Gesicht und stand auf.

Träge schlurfte sie ins Bad, um sich noch einmal unter den heißen Duschstrahl zu stellen und Revue passieren zu lassen, was soeben geschehen war. Kein anderer Mann außer dem Lord hätte sie dazu bringen können, ihm derart sensible Daten auszuhändigen.

Hatte sie die richtige Entscheidung getroffen?

Das würde die Zukunft zeigen.

Cassandra spürte die Liebeskugeln in ihrer Möse. Die Bleikugeln darin rotierten bei jedem Schritt, den sie machte. Es war ein geiles Gefühl. Fest presste sie die Vaginalmuskeln zusammen.

Als sie auf der Duschmatte stand und den Bademantel ausgezogen hatte, sah sie das Dilemma zwischen ihren Beinen. Ihre Schenkel waren voller Mösensaftfäden. Sich dem Lord mehr als nur körperlich auszuliefern und die daraus resultierende Furcht, hatte sie mehr angemacht, als sie vermutet hätte. Angst konnte sehr erregend sein. Warum das so war, wusste sie nicht. Es war einfach so, und sie nahm es hin.

»Ich muss die Liebeskugeln rausnehmen und mein Fötzchen gut waschen, anders geht es nicht.« Nach der Dusche würde sie die gereinigten Kugeln wieder einführen.

Cassy zog mit sanftem Druck an dem Faden, der aus ihrem feuchten Loch hing, und eine Kugel nach der anderen glitt aus ihr heraus. Dann füllte sie das Waschbecken mit Wasser, legte die Liebeskugeln hinein und wusch sie.

Ich sehe bestimmt wie ein begossener Pudel aus. Sie ließ die Kugeln im Wasser liegen und wollte sich im Spiegel anschauen.

Da bemerkte sie die Schrift!

Der Lord hatte in den Wasserdampf, der sich auf dem Spiegel abgesetzt hatte, etwas geschrieben. Es war eine Nachricht für Cassy.

0911
22pm
Museum und Feldstudien
Oilskin, High heels

»Der Termin meiner Prüfung!« Cassy schlug die Hand auf den Mund.

Mit »0911« war bestimmt der neunte November gemeint. Nachts um zehn Uhr würde der Lord sie erwarten. Aber wo?

»Museum und Feldstudien, was soll das bedeuten?«, murmelte sie. Und dann begriff sie: »Er meint die Uni!«

An der University of Colorado, wo sie Journalismus studierte, gab es den Studiengang »Museum and field studies«. Der Lord würde sie vermutlich in den Studienräumen erwarten, aber dort kannte Cassy sich nicht aus.

»Ich besitze keinen Oilskinmantel«, stellte sie betrübt fest, doch dann erhellte sich ihre Miene, und sie fügte euphorisch hinzu, »aber ich werde mir einen kaufen.«

Ein Oilskinmantel gehört zu einem typischen Western-and-Country-Outfit, aber Cassy fühlte sie nicht wie ein Cowgirl. Sie besaß weder Indianerschmuck noch eine Wildlederjacke mit Fransen.

Eigentlich hatte sie kein Geld für solche Sonderausgaben wie den Oilskin. Ob sie nur Mantel und High Heels tragen durfte? Sie nahm es an.

Cassys Herz begann zu rasen, das Blut rauschte durch ihren Kopf. Sie legte Zeige- und Mittelfinger an ihre Halsschlagader, um ihren Puls zu messen, aber sie war zu nervös, um ihn zu finden.

Auch in den nächsten Tagen spürte sie ständig diese innere Unruhe. Sie konnte sich kaum auf die Vorlesungen konzentrieren und schwänzte immer mehr Veranstaltungen.

Die Liebeskugeln trug sie täglich mehrere Stunden. Am Anfang trainierte Cassy ihre Mösenmuskeln nur zu Hause, aber sie wurde rasch mutiger und führte sie nach einer halben Woche sogar ein, wenn sie in die Uni fuhr. Das Tragen machte sie an, und der anfängliche Muskelkater nach dem Entfernen erregte sie.

Cassy befand sich in einem Stadium ständiger Geilheit. Mehrere Male stand sie kurz davor, es sich selbst zu besorgen, aber sie tat es am Ende doch nicht.

Ihre Gedanken schweiften immer wieder zum Lord. Was plante er? Welche bittersüßen Qualen würden sie auf dem Campus erwarten?

Sie sagte alle Verabredungen ab, weil sie sich ganz auf ihre Prüfung konzentrieren wollte, und traf sich nur einmal mit Penelope auf einen Kaffee bei Starbucks in der Pearl Street Mall, weil es für sie Tradition hatte, von Oktober bis Weihnachten mindestens einmal pro Woche einen Pumpkin Spice Latte – einen Espresso mit Milch, Muskatnuss, Zimt und Kürbis – zu trinken, ein Getränk, vor dem Derek sich regelrecht ekelte.

Derek.

Er hatte ihre Entscheidung, sich den Prüfungen des Lords zu stellen und ihre Spielbeziehung zu beenden, schweren Herzens akzeptiert.

»Wir legen unsere Beziehung vorerst nur auf Eis«, besänftigte sie ihn. »Nichts ist endgültig.«

»Ich finde, du mutest dir zu viel zu. Dir hat das Spiel Spaß gemacht, aber mit dem Lord wird es ernst.«

Er hatte recht. Mit ihm war SM ein Ausgleich zu ihrem Alltag, eine Art Hobby. Mit dem Lord dagegen würde BDSM Teil ihres Alltags werden. Ob das gut oder schlecht war, würde sie bald wissen. Aber bei einer Sache war sie sich ganz sicher: Sie musste es ausprobieren.

»Ich habe dir alle Freiheiten geschenkt, er wird dich einschränken. Aber ich bin immer für dich da. Ich gebe heute meine Spielpartnerin auf und will nicht auch noch meine Freundin verlieren.« Er hatte ihr einen Kuss auf die Wange gedrückt und war gegangen.

Auch Penelope war wenig begeistert vom Lord, einem Mann, den sie nicht kannte, der durch seinen Reichtum und seinen Beruf zu viel Einfluss hatte, der durch seine Dominanz Cassandra manipulieren konnte, und Pen ahnte, dass Cassy Wachs in seinen Händen war, weil ihre beste Freundin schon lange nicht mehr derart von einem Mann geschwärmt hatte. Aber sie versuchte nicht, ihn Cassy auszureden, sondern beschwor sie lediglich, vorsichtig zu sein.

»Wer weiß«, Pen zuckte mit den Schultern, »vielleicht ist er der Mann deines Lebens. Aber bis dahin, Darling, sei bitte auf der Hut.«

Als der Tag gekommen war und sie zur Uni fuhr, hatte Cassandra es immer noch nicht verdaut, dass der Lord ihr Konto bis auf ein paar wenige Dollar leer geräumt hatte. Er schickte einmal pro Woche jemanden vorbei, der ihren Kühlschrank und ihre Vorräte auffüllte. Wünsche konnte sie nicht äußern, sie musste damit zurechtkommen, was ihr Vormund ihr zugestand. Obwohl er ihr viel Obst und Gemüse bringen ließ und es ihr an nichts fehlte, waren die Rationen doch knapp bemessen, und es störte sie gewaltig, so fremdbestimmt zu sein.

Ein Computerspezialist hatte im Auftrag von Andrew ihren Laptop so eingerichtet, dass er von außen darauf zugreifen konnte und Kopien aller ein- und ausgehenden E-Mails an sein Postfach geschickt wurden. Cassy stellte daraufhin ihren Mailverkehr fast vollkommen ein und benutzte den Laptop nur noch für ihr Studium.

Langsam verlor sie immer mehr den Kontakt zur Außenwelt. In ihrer ersten Euphorie war ihr das egal gewesen, da ihre Faszination für den dunklen Lord alles andere in den Schatten stellte. Doch je realer ihr Wunsch, mit ihm zu spielen, wurde, desto mehr wuchsen ihre Zweifel.

Auf der einen Seite wünschte sie es sich, sich vollkommen in die Hände eines erfahrenen Dominus zu begeben, auf der anderen litten ihr Studium und ihre sozialen Kontakte darunter. Selbst Penelope sah sie nur noch in den Vorlesungen.

Pen bereitete ihre Hochzeit vor und Cassy ihre erste richtige SM-Session, die sie vermutlich bis an ihre Grenzen bringen würde.

Sie parkte ihren Wagen vor dem Gebäude, in dem sich das Institut befand. Ihre Hände waren feucht und ihre Beine zitterten, als sie unbeholfen auf den viel zu hohen Stilettos zum Eingang stakste. Die Kälte drang unter ihren Oilskinmantel, unter dem sie nackt war. Sie schaute sich verstohlen um, aber niemand war in der Nähe, der diesen seltsamen Auftritt zufällig hätte mitverfolgen können.

Einen ängstlichen Moment lang hoffte sie, dass die Tür verschlossen war, doch als Cassy am Griff zog, schwang sie auf. Andrew Callum Lord schien gute Verbindungen zu haben. Er imponierte ihr, und dennoch war ihre Vorfreude auf die kommenden Stunden etwas getrübt, weil er offensichtlich die vollkommene Kontrolle über ihr Leben wollte.

Damit war sie überfordert, aber sie hielt sich tapfer. So leicht gab sie nicht auf!

Der Gang war finster, das machte sie nervös, ebenso das Klacken ihrer Schuhe und das nervöse Pochen ihres Herzens, das ihren Brustkorb zu sprengen drohte. Mit jedem Schritt, den sie tiefer in die Finsternis eintauchte, wuchs ihre Unsicherheit.

Auf was hatte sie sich nur eingelassen?

Ihr Atem klang laut in der Stille, die sie umgab. War dies überhaupt der richtige Treffpunkt oder hatte sie Andrews Hinweis missverstanden? Machte er sich über sie lustig, indem er gar nicht kam?

Endlich konnte sie einen schwachen Lichtschimmer ausmachen. Sie folgte ihm. Als sie um die Ecke bog, sah sie, dass am Ende des Korridors eine Tür offen stand. Diffuses Licht erhellte den Eingang wie eine Einladung, einzutreten. Es war zu schwach, um von der Deckenbeleuchtung zu stammen, Neonröhren, die so hell waren, dass die Augen schmerzten, wenn man direkt hineinblickte. Vielleicht stammte es von einer Schreibtischleuchte. Da flackerte das Licht. Kerzen! Der Lord musste Kerzen aufgestellt haben.

Cassy lächelte und ging einen Schritt schneller. Andrew war also doch gekommen und hatte sich Mühe gegeben, etwas vorzubereiten. Bedeutete das nichts? Sie mochte Kerzenschein, besaß er doch etwas Romantisches.

Dass dies ein Trugschluss war, erkannte sie, als sie im Türrahmen stand.

Überall im Raum, der sich als Labor entpuppte, standen dicke schwarze Kerzen, die eher an eine schwarze Messe erinnerten. Sie tauchten das Zimmer in ein gespenstisches Licht, sodass es wie eine Gruft wirkte. Eine Stimmung wie in einem Grab.

In der Mitte stand eine Art Seziertisch. Es handelte sich dabei um einen hüfthohen Tisch, in den eine circa 5 cm tiefe Edelstahlwanne eingelassen war. An einem Ende befand sich ein Abfluss, der durch einen orangefarbenen Schlauch mit einem Auffangbecken unterhalb des Tischs verbunden war. Ob die Studenten darauf die Dinge reinigten, die später im Museum ausgestellt wurden, oder Andrew ihn extra hatte hierher bringen lassen, wusste sie nicht. Jedenfalls jagte er ihr eine Scheißangst ein.

»Willkommen«, sagte jemand hinter ihr.

Cassy schrie auf und flog herum. Beinahe wäre sie hingefallen, weil sie auf den High Heels schwankte wie eine Wackelfigur auf dem Armaturenbrett eines Rennwagens. Andrew machte keine Anstalten sie zu stützen, aber sie fing sich glücklicherweise rechtzeitig, indem sie sich an einem Arbeitstisch, der an der Tür begann und die ganze linke Seite der Wand einnahm, festhielt.

Er wirkte kühl, finster und distanziert, stellte sie bedrückt fest. Das würde sie nicht lange aushalten. Sie sehnte sich so sehr nach ein klein wenig Zuwendung von ihm, um die Kraft zu haben, seinen Wünschen zu entsprechen. Damit sie ihren Mut nicht bereits verlor, bevor die Session begann, redete sie sich gut zu, denn diese Nacht stellte eine Prüfung dar, kein Zuckerschlecken.

Der dunkle Lord würde sie nicht in ein Kinderkarussell setzen, sondern auf eine Achterbahnfahrt schicken.

Sein Schweigen wirkte bedrohlich. Er drängte sie in den Raum hinein, schloss die Tür hinter sich und verriegelte sie. Den Schlüssel steckte er demonstrativ in seine Hosentasche.

Endlich begann er zu sprechen. »Zieh dich aus und zeig mir, was du zu bieten hast.«

Sie hoffte, ihn mit ihren üppigen Reizen milder zu stimmen, öffnete den Mantel und ließ ihn zu Boden gleiten. Dann zögerte sie. Wie sollte sie sich präsentieren? Einige Dominante wollten, dass sich ihre Sklavin mit gespreizten Beinen hinstellte und die Hände über den Kopf hob. Andere bevorzugten es, wenn sich ihre Dienerin hinkniete und die Arme hinter dem Rücken verschränkte. Wenn sie schon am Anfang an den einfachsten Dingen zu scheitern drohte, wie sollte sie dann die eigentliche Prüfung überstehen?

Cassy öffnete ihren Mund, um Andrew zu fragen, in welcher Position er sie am liebsten sehen würde, doch er fuhr ihr über den Mund: »Habe ich dich aufgefordert zu sprechen?«

»Nein, Sir«, antwortete sie verunsichert. Du meine Güte, war der heute schlecht gelaunt. Wenn er sich nicht mit ihr abgeben wollte, wieso war er dann gekommen?

Sie entschied sich dafür stehen zu bleiben – die Füße einen Schritt weit auseinander – und die Arme hinter dem Rücken zu verschränken, was ihren üppigen Busen anhob.

Während Andrew um sie herumschlich, wie ein Tiger um seine Beute, und sie von oben bis unten musterte, sah sie sich unauffällig im Labor um. Die Wände waren mit Tischen zugestellt, auf denen Mikroskope und andere Apparaturen standen, die Cassandra nicht kannte. Werkzeuge, Täfelchen und ein großes Sortiment an Pinseln lagen nebeneinander.

Als Andrew vor ihr stand, wagte sie einen kurzen Blick in sein Gesicht, bevor sie wieder demütig zu Boden schaute. Er sah verkniffen aus, aber sein Brustkorb hob und senkte sich aufgeregt. Auch die Wölbung in seinem Schritt war ihr nicht entgangen. Warum zeigte er seine Geilheit nicht? Wollte er sie verheimlichen? Gehörte das mit zu seinem Spiel?

Irgendetwas war los in seinem Inneren, das spürte sie. Oder war das der Lord, vor dem die Domina sie gewarnt hatte?

»Was schaust du so enttäuscht?«, fragte er belustigt. »Hast du gedacht, ich nehme dich zur Begrüßung in den Arm wie eine Geliebte?«

»Nein, Sir.«

»Hast du geglaubt, ich würde dich augenblicklich mit dem Oberkörper auf den Tisch drücken und dich von hinten stoßen, weil du so unwiderstehlich bist?«

Cassy fühlte einen Stich im Herzen und schwieg. Andrew hatte ihr von Anfang an klargemacht, dass er sie nicht erziehen wollte; er war nur hergekommen, weil sie ihn bedrängt hatte.

Das hatte sie nun davon.

Aber was war mit seiner Erregung im Pavillon, die nicht nur

seinen Unterleib, sondern auch seine Augen erreicht hatte, was mit der Anerkennung in seinem Blick, als sie ihn im Büro aufgesucht hatte, um ihre Beharrlichkeit zu demonstrieren? Das hatte sie sich doch nicht nur eingebildet.

»Leg dich mit dem Rücken auf den Tisch!«, befahl er streng.

Cassandra ballte die Hände zu Fäusten und nahm sich felsenfest vor, den Lord so geil zu machen, dass seine harte Fassade bröckelte. Dafür musste sie Opfer bringen. Das Erste war, sich auf diesen gruseligen Seziertisch zu legen. Sie hasste ihn. Als sie sich hinlegte, fühlte sie sich wie ein Schwein, das zu seiner eigenen Schlachtung gekommen war. Die Edelstahlwanne fühlte sich kalt an Cassys Rücken an. Sie bekam eine Gänsehaut, nicht nur von der Kälte.

Der Lord strich von ihren Oberschenkeln bis zu ihren Knien – eine erste halbwegs sinnliche Geste, die sie hoffen ließ – und drückte diese dann so weit auseinander, dass sie auf den Kanten des Tisches lagen und die Unterschenkel seitlich herunterhingen.

Er zog einen kleinen Beistelltisch mit Rollen heran, und Cassy wurde kreidebleich beim Anblick dessen, was auf der oberen Ablagefläche ordentlich aufgereiht lag. Es waren Nadeln und Spritzen in den unterschiedlichsten Größen, daneben auch Skalpelle und Kanülen.

Sie war schockiert. Sie hatte damit gerechnet, vom Lord gefesselt und mit diversen Schlaginstrumenten bearbeitet zu werden, hatte an Nippelklemmen und Knebel gedacht, doch niemals an Cutting und Nadelspiele.

Panik erfasste sie, denn er nahm ein Seil von der unteren Ablagefläche und band es um ihren rechten Knöchel. Dann führte er es unter dem Tisch hindurch und fesselte mit dem Ende ihren linken Knöchel, sodass sie ihre Beine nicht mehr schließen konnte. Es war ihr egal, dass ihre Möse weit aufgeklafft war und sich ihm schutzlos darbot, denn sie wollte von ihm an ihrem Fötzchen berührt werden. Auch leichte Schläge waren okay, auch Klammern und Kerzenwachs. Aber keinesfalls Nadeln und Klingen!

Sie dachte angestrengt nach. Wie lautete noch das Safeword, das er ihr gegeben hatte? Es war einige Wochen her, aber sie hatte es sich nicht wirklich gemerkt, weil sie nicht vorgehabt hatte, es auszusprechen. Jetzt war sie unsicher, ob es ihr nicht schneller über die Lippen kam als erwartet.

»Du zitterst«, stellte er fest und legte seine Handfläche auf ihren Unterbauch, ganz in der Nähe ihres rasierten Venushügels.

»Die Wanne ist kalt.« Das war nur eine halbe Lüge.

Er kniff seine Augen zusammen. Natürlich durchschaute er sie. »Hast du Angst?«

Cassy überlegte kurz, ob sie verneinen sollte, um stärker zu erscheinen, als sie war, aber dann entschied sie sich dagegen, da er sowieso erkannt hatte, dass sie sich fürchtete. »Ja, Sir.«

»Warum?«

Seine Hand fühlte sich wundervoll warm auf ihrem Bauch an, die Berührung gab ihr Kraft. »Weil ich keine Erfahrung mit Nadeln und so weiter habe.«

»Irgendwann ist immer das erste Mal.«

»Aber das ist unsere erste echte Session.«

»Na, und?«

»Es ist … krass.«

»Vertraust du mir nicht?«

Das war eine Fangfrage, dessen war sie sich bewusst. »Doch, Sir.«

»Vertrauen muss sich langsam aufbauen«, wandte er ein, drängte sie damit in eine Ecke und entlarvte ihre Antwort als Lüge.

Scherbenhaufen, so lautete das Safeword, jetzt fiel es Cassandra wieder ein. Erleichtert atmete sie hörbar aus und antwortete ausweichend: »Ich bin bereit, Ihnen zu vertrauen, Sir.«

Seine Mundwinkel zuckten. »Deine Blauäugigkeit kann ganz schön in die Hose gehen.«

»Wer nichts wagt, der nichts gewinnt.« Jetzt zitterte auch ihre Stimme.

Er nahm ein zweites Seil, band damit ihre Handgelenke über ihrem Kopf zusammen und befestigte den Strick an den Tischbeinen. Nun konnte Cassy weder ihre Beine schließen, noch ihre Brüste mit den Händen bedecken oder Andrew in irgendeiner Form daran hindern, das mit ihr zu tun, was er vorhatte. Sie war ihm schutzlos ausgeliefert.

Und hätten nicht die Folterinstrumente in diesem Moment neben ihr gelegen, hätte es sie unglaublich angemacht. Doch Zweifel mischten sich unter die Lust und eine Furcht, die echt und nicht lustvoll war.

Warnungen rauschten durch ihre Gedanken; die von ihm selbst: »Meine Art BDSM zu leben ist extremer, als du es gewohnt bist. Ich bin eine Nummer zu groß für dich. Leichtsinn kann gefährlich sein!« Und die von Domina Deity: »Der Lord und die Gefahr – zwei Dinge, die untrennbar sind. Du bist wie eine Motte, die vom Licht angezogen wird. Pass auf, dass du dich nicht daran verbrennst. Ich meine es nur gut mit dir. Er nimmt seine Sklavinnen hart ran. Manche munkeln sogar, dass er es mit der einen oder anderen schon zu weit getrieben hat.«

Hatte sie einen Fehler begangen? Sich überschätzt? Den Lord unterschätzt?

Ihr Atem ging immer schneller. Sie folgte jeder seiner Bewegungen mit ihrem Blick. Ihre Augen waren weit aufgerissen. Hoffte sie noch, er würde den Beistelltisch einfach wieder wegschieben und mit der flachen Hand ihre Tittchen und ihre

Muschi schlagen, so wurde diese Hoffnung bereits im nächsten Augenblick zerschlagen, denn er nahm das Skalpell und betrachtete die äußerst scharfe Klinge.

Zum ersten Mal zeigte sich ein Lächeln auf seinem Gesicht. Aber es hatte etwas Falsches, Aufgesetztes. Er senkte das chirurgische Messer langsam auf ihren Körper zu.

Bevor die Klinge sie schneiden konnte, schrie Cassy: »Nein!«

Der Lord hob missbilligend eine Augenbraue, sein Lächeln verschwand.

»Bitte, nicht«, flehte sie. »Ich … Messer sind nicht … Ich möchte das … Bitte, verschonen Sie mich!«

»Warum sollte ich?«, fragte er blasiert und stöhnte genervt auf.

Machten wirklich alle seine Sklavinnen solche Methoden mit? »Haben Sie Mitleid mit mir. Ich bin noch unerfahren. Bitte, das finde ich nicht … geil.«

»Was interessiert es mich, was dich anmacht.« Er legte den Kopf schräg. »Mich muss es antörnen. Du bist nur hier, um mich zu erregen. Deine Lust ist mir völlig egal. Du bist nur Mittel zum Zweck.«

Was sagte er denn da? Cassy traute ihren Ohren kaum. Das war nicht der Dominus, der die olivfarbene Sklavin mit seiner gefühlvollen, aber konsequenten Art zum Höhepunkt gebracht hatte, nicht der Mann, der sie nach der Session zum Sofa getragen und mit einem Waschlappen erfrischt hatte. »Wieso tun Sie mir das an?«

Sein Blick flackerte. Für ein oder zwei Sekunden bröckelte seine Fassade, doch dann fing er sich wieder. »Was willst du?«, fragte er provozierend und fasste zwischen ihre Beine. »Das hier?«

Er rieb grob über ihre Möse. Rücksichtslos drang er in sie ein, fickte sie einige Male dem Finger und kniff dann in ihren Kitzler.

Cassy fühlte sich verletzt, und trotzdem schwoll ihre Geilheit an. Zuerst versuchte sie, den Grobheiten zu entkommen, hatte aber durch die Fesselung kaum Spielraum. Dann allerdings strömte das Blut in ihr Fötzchen, und mit den Schamlippen schwoll auch ihre Lust an. Sie wich Andrews Blick aus, weil sie traurig über seine Kälte war, und biss die Zähne zusammen, um nicht zu stöhnen, denn sie wollte verhindern, dass er bemerkte, wie selbst seine rücksichtslose Härte sie erregte.

Er merkte es natürlich trotzdem.

Erstaunt nahm sie wahr, wie seine Hand langsam sanfter wurde. Sie zwickte nicht mehr ganz so fest in ihre Schamlippen, bohrte nicht mehr in Cassys feuchtem Loch, sondern drang behutsamer ein und kniff ihre Klitoris nicht mehr, sondern kreiste sachte darüber.

Cassandra stöhnte nun doch. Ihr Unterleib zuckte vor Lust. Einen Moment lang schloss sie die Augen und genoss seine Berührungen mit jeder Pore ihres Körpers. Das war der Mann, den sie begehrte. Er konnte ruhig grob mit ihr sein, ihr Schmerzen zufügen und sie nehmen, wie er es wollte, aber das alles sollte von Lust motiviert sein und nicht durch – ja, was?

Sie war nicht in der Lage, sein Verhalten zu ergründen, das so anders war als bei den beiden Treffen zuvor. Machte sie gerade Bekanntschaft mit seiner düsteren Seite? Die Domina hatte ihn so dargestellt, als wäre er Dr. Jekyll und Mr. Hyde.

Die spinnt, dachte Cassy und seufzte wohlig, während Andrews Finger ihr enges Loch suchten, eindrangen und es auf bittersüße Weise dehnten. Deity musste maßlos übertrieben haben, weil sie es einem Grünschnabel wie Cassy nicht gönnte, die Gunst des Meisters der Meister zu gewinnen.

Sie öffnete ihre Augen, da er seine Hand weggenommen hatte. Ihr Blick fiel wieder auf das Skalpell, das über ihrem Bauch schwebte. »Ich werde die Schnitte für Sie ertragen, Sir.«

»Das musst du nicht.« Eindringlich sah er sie an.

Natürlich zwang er sie nicht bis zur letzten Konsequenz dazu. Er hatte ihr das Safeword nicht umsonst gegeben. Aber sie weigerte sich, es auszusprechen, und nahm sich vor, ihm zu beweisen, dass sie belastbarer war, als er annahm. Auch wenn sie dabei viel weitergehen musste, als ihre Grenzen das eigentlich zuließen.

»Du willst es doch eigentlich gar nicht.«

»Ich halte das schon aus.« Sie fügte hinzu: »Für Sie.«

»Aber du hast keinen Spaß dabei. Eben noch war dir das zuwider.«

»Ich werde lernen, mich zurückzunehmen und ihren Wünschen gerecht zu werden.« Sie sah ihm an, dass er ihr nicht glaubte, und bezweifelte selbst, dass sie nicht ausflippen würde, sobald die Klinge sie berührte. Was war, wenn er plante, ihren ganzen Oberkörper mit Schnitten zu traktieren? Woher wollte sie wissen, dass er sie nur ein-, zwei- oder vielleicht dreimal schnitt? Mehr nicht.

Mehr nicht? Sie spürte erneut Panik in sich aufsteigen.

»Nein, erregend finde ich das überhaupt nicht«, sagte sie atemlos, da die Furcht ihr die Luft abschnürte. »Cutting finde ich nicht geil und werde es auch nie erotisch finden.«

»Und trotzdem wirst du es ertragen?«

Hörte sie da Bewunderung aus seiner Stimme? »Ja, Sir.«

Cassy schalt sich eine Närrin. Du bist verrückt, sagte sie sich immer wieder. Sie hasste das Skalpell und trotzdem wollte sie die Schmerzen für einen Mann aushalten, den sie nicht einmal kannte. Er war ein Fremder, den sie nicht einschätzen konnte.

Ihre Meinung drehte sich wie ein Fähnchen im Wind.

Sie stand schon wieder kurz davor, ihn anzubetteln, sie nicht zu schneiden, als er die Klinge an ihren linken Oberarm hielt, einen Moment wartete und Cassy ansah, als würde er doch noch mit einem Rückzug rechnen. Dann ritzte er ihre Haut auf und legte das Skalpell weg.

Ein einziger Schnitt. So lang wie ein Fingernagel. Das wenige Blut, das herausquoll, gerann sofort. Es brannte ein wenig. Ein Schmerz stellte sich jedoch nicht ein.

Obwohl Cassandra wusste, dass der Schnitt nur oberflächlich und klein war, war sie bestürzt. Sie war noch nie geschnitten worden und erst recht nicht mit ihrem Einverständnis. Was tat sie hier eigentlich? Wie konnte der Lord das nur geil finden?

Ihr Blick fiel auf seinen Schritt. Seine Erektion war verschwunden. Cassy war verwirrt.

Offensichtlich hatte er nicht vor, das Cutting weiterzuführen. Wenn es ihn genauso wenig erregte wie sie, warum hatte er es dann ausgewählt? Um zu testen, wie weit sie gehen würde, damit er in ihre Erziehung einwilligte? Um sie derart zu schockieren, dass sie schreiend davonlief und ihn in Ruhe ließ?

Sie wusste nicht, was sie denken sollte.

Eine dünne kleine Kanüle tauchte in seiner Hand auf. Er drehte sie zwischen seinen Fingern und beobachtete jede Regung auf Cassys Gesicht.

»Das kann nicht Ihr Ernst sein, Sir?«, kam es ihr wenig sklavenhaft über die Lippen.

»Solltest du nicht ein wenig demütiger sein?« Er hob eine Augenbraue. »Könnte deine Aufmüpfigkeit nicht Konsequenzen haben?«

»Es tut mir leid«, beeilte sie sich zu sagen. Ihr Mund war trocken. Sie sehnte sich nach einem Glas Wasser. Oder noch besser, nach einem Bier. »Warum bestrafen Sie mich, Sir?«

»Bestrafen? Das ist keine Strafe, sondern eine Prüfung, um herauszufinden, wie belastbar du bist. Eigentlich solltest du mir dankbar für diese neuen Erfahrungen sein.« Er kratzte ihren Nippel mit der Spitze der Kanüle.

Cassy gab einen gequälten Laut von sich, nicht weil es wehtat, sondern weil sie sich fürchtete. »Ich möchte das nicht, Sir, bitte nicht.«

»Dann sprich das Safeword aus.«

Das war es, was er wollte, natürlich. Er wollte sie dazu zwingen zu kapitulieren, aber das würde sie nicht. Aus Trotz. Und aus Sehnsucht nach der anderen Seite in ihm. Sie wusste, dass der sinnliche, fürsorgliche Dom irgendwo in ihm schlummerte. Seine Seele war dunkel, aber er war nicht böse.

Er war abgebrüht und brauchte eine extreme Form des BDSM, bei der sie nicht mithalten konnte – da war sie wieder, ihre innere Stimme, die sie vor ihrer eigenen Torheit warnte. Wenn er wirklich auf Nadelspiele stand, würden sie niemals auf einen gemeinsamen Nenner kommen. Aber vielleicht testete er ja gerade nur ihre mentale Belastbarkeit und würde die Kanüle jeden Moment weglegen.

Cassandra hatte diesen Wunsch kaum zu Ende gedacht, als der Lord die Haut ihres rechten Tittchens zusammendrückte und die Kanüle hindurchstieß.

Vor Schreck spürte Cassy nicht einmal den Schmerz. Sie starrte nur auf die dünne Nadel, die in ihr steckte. Sie war schockiert und gleichzeitig fasziniert. Dass sie das aushalten konnte, wunderte sie, dass sie nicht kreischte ebenfalls.

Es war gar nicht so schlimm, wie sie es sich vorgestellt hatte, auch wenn sie diese Erfahrung nicht wiederholen wollte. Aber Andrew hatte lediglich ihre Haut durchstochen. Nicht mehr und nicht weniger. Nicht ins Gewebe, nicht in den Nippel, nicht in den Warzenhof.

Das Desinfektionsmittel, mit dem er den Schnitt abtupfte, brannte stärker als die durchstochene Haut.

Stöhnend legte Cassy ihren Kopf auf den Wannenrand und wusste nicht, was sie von all dem halten sollte.

Als Andrew die Kanüle entfernte, gab sie ein leises »Autsch« von sich und biss dann die Zähne zusammen, weil er die Einstichlöcher ebenfalls desinfizierte. Er hatte sich nicht lange mit der Nadel aufgehalten, hatte nicht den Anblick genossen oder daran herumgespielt, um den Schmerz zu verstärken. Hätte das nicht ein Dominus getan, der Freude an solcherlei Praktiken hatte?

»Hast du Erfahrung mit Reizstrom?«, fragte er wie beiläufig, während er ihre Brustwarze zwirbelte.

Das konnte interessant werden. »Nein, Sir.« Sie hatte immer schon ausprobieren wollen, ob es tatsächlich so erregend war, wenn Strom die Genitalien berührte, aber Derek hatte sich das nicht zugetraut, weil er keine Ahnung davon hatte. Das verstand sie. Es war einfach zu gefährlich, damit herumzuexperimentieren. Aber der dunkle Lord war versiert.

»Wie ich sehe, gefällt dir der Gedanke.« Seine Stimme hatte etwas Diabolisches.

»Es kommt natürlich auf die Stärke an.«

Er nickte und seine Augen funkelten lüstern. »Es kommt immer auf die Dosis an.«

Seine Lust erwachte wieder, das war offensichtlich. Das gefiel Cassy. Sie wollte den Zustand der Geilheit mit ihm teilen, nur machte er es ihnen beiden in dieser Nacht schwer, als würde ein Schatten auf seinem Herzen liegen. Oder er kein echtes Interesse an ihr haben.

Sie beobachtete, wie er eine Schublade öffnete, etwas herausnahm und zu ihr zurückkehrte. Er hielt das Spekulum in einer Hand und führte zwei Finger in Cassandras Möse ein. Er spreizte seine Finger, fickte Cassy einige Male, als wolle er ihre Beschaffenheit prüfen, und entfernte sich dann aus ihr.

Vorsichtig führte er das Spekulum in ihr Fötzchen ein. Es war ein großes, das ihre Muschi stark dehnte, nachdem er es losgelassen hatte. Und Cassy fragte sich, was das mit Reizstrom zu tun hatte.

Andrew zog einen zweiten Beistelltisch herbei, auf dem eine Apparatur stand, und nahm eine Sonde in die Hand, die mit dem Gerät durch ein Kabel verbunden war. »Du guckst so skeptisch. Verlässt dich schon wieder der Mut?«

»Ich dachte nur an Elektroden und so«, antwortete sie verärgert, weil er belustigt schmunzelte. Ja, sie war ein Greenhorn, aber jeder fing mal bei null an, und er schien ihr absichtlich nicht alles zu erklären, damit der Gruselfaktor höher war.

»Oh, an angenehm leicht prickelnden Reizstrom, der sanft durch die richtigen Stellen hindurchfließt«, sagte er spöttisch. »Das finden Anfänger geil, aber ich bin ein Profi.«

Ich nicht, schrie es in ihr, doch sie presste ihre Lippen zusammen, um ihre Verärgerung zu unterdrücken. Im Gegensatz zum Cutting und den Nadelspielen wollte sie diese Erfahrung machen. Außerdem war sie schon so weit gekommen. Sie betete nur, dass er nicht zu brutal war. Er hatte das angedeutet, und der Regler des Reizstromgeräts war bis zur Hälfte aufgedreht. Aber er war bis jetzt nicht maßlos gewesen, sondern hatte die Techniken eher angedeutet als krass durchgezogen.

Hoffnung und Furcht wechselten sich innerhalb von Sekunden ab.

Sie schwitzte, obwohl es kühl im Labor war. Es war nicht gut zu schwitzen. Nässe leitet Strom. Aber sie konnte es nicht verhindern, ebenso wie sie ihren Mösensaft nicht stoppen konnte, der nun vermehrt floss.

Er stellte das Gerät an und schob es hinter sich.

Hatte er gerade den Regler verstellt? Cassandra wusste nicht, ob sie richtig gesehen hatte, denn er hatte den Apparat mit seinem Körper verdeckt. Die Bestätigung erhielt sie prompt, denn er hielt die Sonde an ihren Nippel. Strom floss in sie hinein. Cassy zuckte zusammen und gab einen lautlosen Schrei von sich, war dann jedoch überrascht von dem angenehmen Kribbeln. Der Schmerz war kurz und mild gewesen.

Der Lord schockte auch ihre andere Brustwarze, schob die Sonde kurz in ihre Achselhöhlen und tippte ihren Venushügel an.

Instinktiv versuchte Cassy dem Schmerz zu entkommen, dabei sehnte sie ihn insgeheim herbei. Sie konnte einfach nicht stillhalten, aber die Fesselung ließ ihr nur wenig Bewegungsfreiheit. Nach den sachten Elektroschocks blieb jedes Mal ein erregendes Prickeln zurück, das süchtig machte. Sie wollte, dass Andrew aufhörte, wollte, dass er weitermachte, und spürte nun wieder das Begehren. Das war der Dominus, der die olivfarbene Sklavin vorgeführt hatte. Hart und sanft zugleich, konsequent und dennoch maßvoll. Sie stöhnte, wand sich unter der lustvollen Qual, die ihre Geilheit anstachelte.

Nur dass der Lord immer tiefer ging, bereitete ihr Sorgen.

Sie hob den Kopf, soweit wie möglich, und folgte der Sonde, die ihren Schamhügel erneut traktierte. Er würde doch nicht ihre Möse foltern? Ihre Oberschenkel zuckten, weil sie automatisch ihre Beine schließen wollte, aber sie waren immer noch gefesselt. Ihr Fötzchen war ihm schutzlos ausgeliefert.

Als die Sonde ihre Schamlippe streifte, schrie Cassandra auf. Sie zeterte, flehte ihn an, ihre Klitoris außen vor zu lassen, doch Andrew schenkte ihren Worten keine Aufmerksamkeit, sondern schockte auch ihre andere Schamlippe. Wieder gab sie einen Schrei von sich.

Wie weit wollte er noch gehen? Befürchtete er nicht, dass jemand, der am Gebäude vorbeiging, sie hören könnte?

Himmel, war sie geil! Vergessen war seine Schroffheit, das Skalpell und die Nadel. Cassy stellte sich vor, wie das Spekulum aus ihr herausglitt, weil sie patschnass war. Aber das würde nicht passieren, denn es war groß und breit und dehnte ihre Scheidenwände. Dieser Kerl war ein Teufel! Sie liebte ihn. Derek hätte sie längst gefragt, ob alles mit ihr in Ordnung war. Nicht so Andrew Callum Lord. Er spürte, wie weit er bei ihr gehen konnte. Worte waren nicht notwendig.

Plötzlich hielt er die Elektrosonde an das Spekulum. Der Reizstrom quälte nicht nur ihren gedehnten Eingang, sondern wurde tief in ihre Möse weitergeleitet. Ihre Muskulatur zog sich schmerzhaft zusammen. Cassys Erregung schoss in die Höhe. Ihr ganzer Körper spannte sich an. Auf diese Art war sie noch nie gevögelt worden. Der Schmerz war in ihrem Inneren eine wundervolle Erfahrung. Das Gefühl war aufreibend, unglaublich geil, exorbitant.

Cassy riss an ihren Fesseln, biss die Zähne zusammen – und kam.

Der Höhepunkt kam völlig unerwartet für sie. So schnell. Die Geilheit brach über ihr zusammen wie eine gigantische Welle. Sekundenlang bekam sie keine Luft, atmete dann gierig ein und zuckte wie ein Fisch auf dem Trockenen.

Noch berauscht beichtete sie: »Das war der erste vaginale Orgasmus für mich.«

»Es hätte nicht durch mich passieren dürfen.« Er stellte das Reizstromgerät ab, legte die Sonde weg und entfernte das Spekulum aus ihr. Zärtlich strich er mit den Fingerknöcheln über ihr Fötzchen, das heiß, geschwollen und feucht war.

Was redete er denn da? Hatte er nicht vorgehabt, sie zum Höhepunkt zu bringen? »Oh, doch, das hat etwas zu bedeuten. Uns verbindet etwas Besonderes.«

Er schnaubte und löste ihre Fesseln. »Ich bin unerreichbar für dich, Cassy.«

Warum dann die Prüfung? Was hatte sie falsch gemacht? »War ich nicht gut?«

»Du warst …«

Unglaublich? Hatte er »unglaublich« sagen wollen? Cassy hing wie gebannt an seinen Lippen.

Er half ihr aufzustehen und reichte ihr ihren Oilskinmantel. »Zieh dich an.«

»Schicken Sie mich jetzt weg, Sir? Habe ich versagt?« Sie nahm den Mantel und presste ihn an sich.

Er schüttelte den Kopf und wirkte beinahe traurig. »Draußen wartet mein Chauffeur. Er bringt uns zur nächsten Station deiner Prüfung.«

Erleichtert stieß sie die Luft aus. Sie bemerkte, dass ihr Mösensaft aus ihr heraus- und ihre Schenkel hinablief, und schaute sich nach einem Handtuch um. Ihr Blick fiel auf einen Papiertuchspender.

Als sie ihre Hand danach ausstrecken wollte, griff Andrew blitzschnell ihr Handgelenk. »Nicht abwischen«, sagte er, und seine Stimme vibrierte leise vor Lust.

Wie immer reagierte ihr Körper auf seine Berührung. Ihr Puls stieg, ihr Brustkorb wogte auf und ab, und sie spürte intensiv seine warme Haut. Eine Sklavin hatte kein Recht darauf, sich nach Zärtlichkeiten zu sehnen, hatten einige Meister im Internet gesagt, denn eine Sklavin besaß gar keine Rechte. Bisher hatte auch Cassandra im Zusammenhang mit SM nur an Demütigung und Schmerz gedacht.

Doch nun sehnte sie sich danach, von Andrew in seine Arme gezogen zu werden. Nur für ein paar Sekunden. Um neue Kraft zu schöpfen für das, was sie noch würde erdulden müssen, damit er in ihre Erziehung einwilligte.

Er ließ sie los, damit sie sich anziehen konnte. Danach führte er sie – seine rechte Hand umschloss hart ihren Oberarm und seine linke hielt eine der schwarzen Kerzen – durch die dunklen Gänge zu einem Hinterausgang, vor dem eine schwarze

Limousine parkte. Der Fahrer startete sofort den Wagen, Andrew stellte die Kerze auf den Boden, hielt ihr die Tür auf und Cassy stieg hinten ein. Er setzte sich neben sie und schaute gedankenversunken aus dem Fenster.

Woran dachte er? Was belastete ihn?

Cassandra war froh, überhaupt Zeit mit ihm verbringen zu dürfen. Sie war ihm nah. Jedoch nicht nah genug. Sie hätte zufrieden sein sollen mit dem, was er ihr zugestand, wo er doch ständig wiederholte, dass er eigentlich nicht mit ihr zusammen sein wollte. Aber das genügte ihr nicht. Sie wollte mehr. Mehr als er bereit war, ihr zu geben.

Diese Nacht entwickelte sich zu einem Albtraum. Eben noch hatte er ihr einen Orgasmus geschenkt, nun verhielt er sich wieder abweisend. Feuer und Eis. Wie lange würde sie dieses grausame Spiel von Nähe und Distanz ertragen?

Und vor allen Dingen, welche Steigerung gab es zu Cutting und dem Gebrauch von Nadeln?

Sie war sehr überrascht, als der Chauffeur die Limousine vor dem Schwimmbad der Universität abstellte. Nach Andrew stieg auch sie aus und folgte ihm wortlos ins Innere. Sie ging mit ihm durch den Eingangsbereich in die Umkleidekabinen und von dort aus in die Schwimmhalle. Es roch intensiv nach Chlor, als wäre der Duft stärker, da sie alleine hier waren. Der Beckenrand war mit brennenden schwarzen Kerzen gesäumt, das Oberlicht brannte nicht, somit war es sehr schummrig. Schatten tanzten an den gekachelten Wänden.

Die Atmosphäre war so gespenstisch, dass Cassy den Seilzug erst wahrnahm, als sie direkt vor ihm stand. Ein starker Strick war an einem Warnschild, das an der Decke hing, befestigt. Ein Ende baumelte über dem Wasser, das andere war an der Wand an einer Halterung für Schwimmbretter verknotet. Auf der Bank davor lagen Handschellen.

Cassandra wurde angst und bange.

Wer hatte das alles vorbereitet? Wenn es Andrew selbst gewesen war, musste er doch Interesse an ihr haben. Dass er sich lustig über sie machte und aus reiner Grausamkeit durch die Hölle schickte, glaubte sie nicht. Dann hätte er mehr Spaß an ihrer Furcht. Aber er sah unglücklich aus.

Empfand er sie als langweilig? Wollte er das hier einfach nur durchziehen, um endlich gehen zu können? Vielleicht sollte sie an diesem Punkt die Reißleine ziehen und das Safeword aussprechen. Sie konnte ihn nicht zwingen, sich gerne mit ihr zu beschäftigen. Aber sie wollte nicht gehen. Eben noch war er doch geil gewesen, als sie durch den Reizstrom gekommen war. Bei den Nadeln und dem chirurgischen Messer nicht, genauso wie sie. Sie sah die Gemeinsamkeiten. Wieso er nicht?

Cassy wusste nicht, was in ihm vor sich ging. Sie wusste gar nichts mehr.

Er streckte die Hand aus. »Deinen Mantel.«

Stumm reichte sie ihm den Oilskin.

»Ich werde deine Hände hinter deinem Rücken fesseln und dich an den Füßen aufhängen, sodass dein Kopf unter Wasser sein wird«, schürte er ihre Furcht, indem er ihr erklärte, was er mit ihr vorhatte. Er legte den Mantel auf die Bank und nahm die Handschellen. »Bist du sicher, dass du weiter als bis hierhin gehen willst?«

Er klang sanft, mitfühlend, als wüsste er, dass diese Aufgabe sie nicht nur an ihre Grenzen, sondern weit darüber hinaus bringen würde. Wahrscheinlich spürte er auch ihre Abneigung.

In Gedanken spielte sie die Szene durch. Nicht nur, dass ihr das Blut in den Kopf steigen würde, sie würde auch keine Luft bekommen. Eine fiese Art der Atemkontrolle. Aber jemand wie der dunkle Lord mochte es erregend finden, wenn seine Sklavin sich extrem quälte. Er hatte schon zu vieles gesehen und erlebt, als dass ein einfaches kurzes Würgen mit der Hand ihn noch anmachte.

Aber was war mit ihr? Sie hatte bisher keinerlei Erfahrungen mit Atemkontrolle. War es nicht verrückt, in kaltes Wasser zu springen, ohne jemals zu schwimmen versucht zu haben?

Unsicher nickte sie. »Ich will es versuchen, Sir.«

»Überleg es dir gut, Cassy«, sagte er eindringlich. »Du musst niemandem etwas beweisen.«

»Tests sind nie einfach.« Sie schlang die Arme um ihren Körper, als wäre ihr kalt, dabei war es schwülwarm in der Halle.

»Eventuell werde ich dich so lange prüfen, bis du aufgibst.« Er stellte sich nah vor sie. »Hast du daran schon einmal gedacht?«

Sie schlotterte. »Das wäre unfair.«

»Wer sagt, dass das Leben fair ist? Einen Scheißdreck ist es.«

Sprach er noch von den Tests? Oder vom Leben an sich? Er hatte doch alles: Reichtum, Einfluss, Ansehen, sowohl beruflich als auch in der SM-Szene. Da fiel ihr ein, dass sie absolut nichts über den Privatmann Andrew Callum Lord wusste.

»Sie möchten mich nur mürbe machen, Sir«, wagte sie aufzubegehren.

Er strich mit den Handschellen über ihr Dekolleté. »Keine Aussicht auf Erlösung – wie lange wirst du das durchhalten?«

Cassy hatte gehofft, dass dies die letzte Prüfung war, doch ihre Hoffnungen zerstreuten sich gerade. Wie viel mehr würde sie noch ertragen können?

»Du willst das doch gar nicht«, säuselte er verführerisch. »Du hast es gehasst, als ich deine Haut geschnitten und durchstochen habe, und du hasst die Aussicht, kopfüber im Wasser zu hängen.«

Sie wich seinem Blick aus, um zu verhindern, dass er sah, wie verunsichert sie war. »Das stimmt, aber ich werde den Test überstehen.«

»Wofür?« Mit den Handschellen rieb er gegen ihre Nippel.

»Um mein Ziel zu erreichen.«

Er fasste ihr Kinn und zwang sie, ihn anzusehen. »Trotz wird dich möglicherweise bis zum Ende bringen, aber du wirst daran zerbrechen. Ist es das wert?«

Vermutlich nicht, aber sie erwiderte aufmüpfig: »Sie sind es wert.« Sie sah ihm flehentlich in die Augen. Diese Verunsicherung war Teil des Plans. Vielleicht ließ er es dabei bewenden und verkündete ihr gleich, dass sie die Prüfung bestanden hatte.

»Oh, Cassy.« Einen Moment lang hatte es den Anschein, als wollte er sie küssen, doch er tat es nicht. »Du hast deinen Kopf in den Wolken.«

Er fesselte ihre Arme hinter dem Rücken und drückte dabei seinen Oberkörper an ihren. Tief atmete sie seinen Duft ein. Sie streifte seinen Hals mit ihrer Nasenspitze und senkte den Blick, um so zu tun, als wäre die Berührung rein zufällig passiert. Doch sie wusste es besser. Und er auch. Die Beule zwischen seinen Beinen schwoll an.

»Lustvoll erniedrigt zu werden und sich selbst herabzuwürdigen sind zwei völlig verschiedene Dinge.« Er zog das Seilende heran, das über der Wasseroberfläche hing.

»Wenn mein Wunsch so aussichtslos ist, weshalb ist er dann so intensiv, dass er mich innerlich fast verbrennt?«, wisperte sie.

Er legte seine Hand an ihre Wange. »Manchmal werden Wünsche nicht wahr.«

»Und manchmal muss man an ihnen arbeiten.« Man bekommt nichts geschenkt im Leben. Sie stieg aus ihren Stilettos und stellte ihre Füße aneinander, um ihm zu signalisieren, dass sie bereit war.

Während er ihre Fußgelenke fesselte, dachte sie daran, dass sich die Prüfung langsam zu einem emotionalen Kampf entwickelte. Es ging längst nicht mehr nur um Sex, sondern darum, wer den stärkeren Willen besaß.

Cassy musste sich auf den Beckenrand legen. Der Lord zog langsam an dem Seil und somit ihre Füße nach oben, bis sie kopfüber über dem Wasser hing. Panik stieg in ihr auf. Er wartete, entweder um ihr Zeit zu geben, sich an die Position zu gewöhnen, sich innerlich auf das, was unweigerlich folgen würde, vorzubereiten, oder um in letzter Sekunde das Safeword auszusprechen.

Vorsichtig ließ er sie so weit herab, dass ihr Kopf untertauchte. Langsam stieg das Wasser immer höher, lief ihr in Ohren und Nase. Stopp, nicht weiter, schrie es in Cassandra. Sie presste ihre Lippen zusammen und zählte innerlich von eins bis zehn. Ihr Kinn wurde umspült, dann ihr Hals. Ein Ruck ging durch das Seil, und sie ahnte, dass er es festgezurrt hatte.

Sie spannte ihre Bauchmuskulatur an und hob ihr Gesicht über die Oberfläche. Erleichtert atmete sie ein. Andrew hatte sie nur so weit hinuntergelassen, dass sie jederzeit Luft holen konnte. Er war also doch kein Barbar.

Doch je öfter sie sich krümmte, um zu atmen, desto anstrengender wurde es. Es dauerte nicht lange, und ihr Bauch begann zu schmerzen. Sie drohte jedes Mal einen Krampf zu bekommen. Die Zeit, die sie zum Einatmen hatte, wurde immer kürzer. Ihr Nacken tat ebenfalls weh, ganz zu schweigen von ihren Fußgelenken, die sich anfühlten, als würden sie jeden Moment abreißen.

Das Blut rauschte in ihrem Schädel, und sie befürchtete, er könne platzen. Nur der Gedanke daran, dass ihr Anblick den Lord geil machte, half ihr durchzuhalten. Nur noch ein paar Sekunden mehr, dann würde er sie bestimmt befreien.

Damit die Panik nicht die Oberhand gewann, schloss sie unter Wasser die Augen. Sie stellte sich vor, was der Lord sah: eine nackte Sklavin, die kopfüber hing und mit Atemnot kämpfte. Und das alles nur für ihn. Machte sie ihn stolz? Wichste er?

Cassandra riss sich zusammen, verdrängte die Krampfanfälle in ihrem Bauch und hob ihren Kopf über die Oberfläche. Wasser lief über ihr Gesicht. Ihr Blick suchte den dunklen Lord. Er stand an die Wand gelehnt. Da war ein roter Fleck vor ihm. Was war das? Cassy blinzelte einige Male. Sie machte lange schlanke Beine aus, die in einem roten Anzug steckten. Doch der Oberkörper fehlte. Dennoch, es musste sich um eine Frau handeln.

Ihr ging die Puste aus. Sie entspannte ihre Bauchmuskeln und gab unter Wasser einen gequälten Laut von sich, weil diese Position an sich schon unerträglich war. Die Atemnot machte sie allerdings zur Tortur. Aber das Bild, was sie glaubte, gesehen zu haben, war der reinste Horror.

Sie spannte ihre Muskeln wieder an und schaffte es trotzdem kaum noch, ihr Gesicht über die Oberfläche zu hieven. Das herunterrinnende Wasser trübte ihre Sicht. Da war er wieder, der Lord, und diese Frau. Sie hatte den Oberkörper nach vorne gebeugt.

O mein Gott, saugte sie an Andrews Schwanz?

Vor Schreck vergaß Cassy zu atmen, während sie oben war. Nun hing sie wieder gerade und die Luft wurde noch knapper. Sie zappelte verzweifelt. Ihre Lungen schmerzten, ihre Mitte noch mehr und ihre Fußgelenke brannten wie Feuer.

Wie konnte Andrew ihr das antun? Er folterte sie und vergnügte sich mit einer anderen Sklavin. Aber ja, wieso auch nicht? Ein Herr durfte ficken, wen er wollte. Eine Sklavin hatte jedes Recht über ihren Körper an ihn abgetreten und stand nur ihm zur Verfügung. Eine Ungerechtigkeit, von der die Sklavin vor Eintritt in diese Beziehung wusste und die sie in Kauf nahm. Aber würde Cassy das können?

Sie hatte bisher nur mit Derek gespielt, und sie waren sich treu geblieben, obwohl sie nicht einmal ein Paar waren. Schizophren. Von einem Dominus konnte sie keine Treue erwarten, erst recht nicht von einem Mann wie dem dunklen Lord, der an jedem Finger zehn Liebesdienerinnen haben konnte – oder sogar hatte. Was wusste Cassy schon? Sie hatte ihn nicht gefragt, wie eine Erziehung durch ihn aussehen würde. Das hatte sie nun davon.

Plötzlich wurde sie heruntergelassen. Der Lord zog sie ans Ufer und wischte ihr das Wasser aus dem Gesicht. Cassandra sog gierig Luft in ihre Lungen und kam ins Husten, worauf er sie auf die Seite drehte und behutsam ihren Rücken abklopfte. Er ließ sich auf ein Knie nieder und öffnete die Handschellen und Fußfesseln.

Offensichtlich hatte er nicht vor, sie ein zweites Mal durch die Hölle zu schicken. Sollte sie sich darüber freuen oder war damit alles verloren?

»Alles in Ordnung?«, fragte er besorgt und ließ seine Hand auf ihrem Becken liegen.

Cassy antwortete im ersten Moment nicht, sondern riss die Augen auf und suchte das Schwimmbad nach einer zweiten Sklavin ab. Aber da war niemand. Sie waren immer noch alleine. Hatte sie eine Halluzination gehabt?

Verwirrt setzte sie sich auf, zog die Beine an und schlang die Arme um die Knie. »Ja, Sir.«

»Sir? Dann hast du immer noch nicht genug?«

Von dieser blöden Prüfung allemal, aber nicht von ihm. Sie würde ihn keiner anderen Lustdienerin überlassen! Wenn sie jetzt einen Rückzieher machte, würde er mit dieser anderen Tussi vondannen ziehen – insofern die andere überhaupt existierte und nicht nur ein Trugbild gewesen war. Das würde sie innerlich zerreißen. »Nein, Sir.«

»Du bist unverbesserlich.« Kopfschüttelnd stand er auf.

»Belastbar, das war doch Ihr Wunsch.«

»Du verkennst mich«, sagte er trocken und half ihr aufzustehen. Er klatschte dreimal in die Hände.

Cassy blieb wie angewurzelt stehen, als sie Domina Deity um die Ecke biegen sah. Sie wollte zu ihrem Mantel stürzen und ihn anziehen, aber damit hätte sie sich lächerlich gemacht, daher blieb sie einfach nur stocksteif stehen. Was wollte die hier?

War sie die Frau, die sie eben meinte gesehen zu haben? Tatsächlich trug sie einen roten Ganzkörperlatexanzug, der auch ihr Gesicht bedeckte und nur Augen, Mund und Nase frei ließ. Aber sie war eine Domina, keine Sklavin. Sie befriedigte niemanden oral, sondern ließ sich befriedigen.

Deity reichte dem Lord ein eierschalenfarbenes Badetuch. Er nahm es, rubbelte Cassy damit ab und legte es ihr dann um die Schultern.

Cassandra ließ alles teilnahmslos über sich ergehen. Wenigstens bedeckte das Handtuch ein wenig ihre Blöße. Sie hatte sich während der ganzen Nacht noch nie so nackt und unwohl gefühlt. Dem Lord gegenüber zeigte sie sich gerne entblößt, es fühlte sich richtig an. Aber nicht bei Deity, bei der Domina war es falsch. Sie hätte nicht hier sein dürfen.

Was hatte Andrew vor?

Er nickte in Richtung der Herrin und wandte sich an Cassy: »Du wirst mit ihr gehen.«

»Wie bitte?« Sie konnte kaum glauben, was sie da hörte.

»Du wirst mit ihr gehen und alles tun, was sie von dir verlangt«, sagte er ungehalten, weil sie ihn unterbrochen hatte.

Ihre Augen wurden feucht. Sie konnte das fiese Grinsen der Domina erkennen, obwohl ihr Gesicht fast vollkommen verhüllt war. »Das will ich nicht.«

»Dann sag das Safeword.«

»Das will ich auch nicht.«

Es lag eine Schärfe in Andrews Stimme, die Cassy eiskalte Schauer über den Rücken jagte. »Eine Sklavin hat nichts zu wollen. Sie hat zu gehorchen. Bedingungslos!«

»Ich möchte bei Ihnen bleiben, Sir, bitte«, flehte sie. Was hatte das alles für einen Sinn, wenn sie nicht bei ihm sein durfte?

»Glaubst du, ich habe Lust, mich mit einer rotzfrechen Göre herumzuärgern? Du kannst ja nicht einmal die einfachsten Befehle ausführen.« Er hob seine Hand, als wolle er sie mit dem Handrücken ohrfeigen, nahm seinen Arm jedoch wieder herunter.

»Warum schicken Sie mich weg?«, wollte sie heiser wissen.

Er legte seinen Kopf schräg. »Weil ich es sage, so einfach ist das. Ich muss meine Anweisungen nicht begründen. Wenn ich dich an jemanden ausleihen will, dann mache ich das, und du hast demjenigen zu Willen zu sein, weil ich es bestimme. Hast du das verstanden?«

Cassy fiel auf, dass er nicht von Lust gesprochen hatte. Sollte es einen Herrn nicht geil machen, wenn er seine Sklavin verlieh? Oder zeigte das nicht eigentlich sein Desinteresse?

Sie presste die Hände an ihre Schläfen, denn das Blut rauschte durch ihren Schädel und pochte immer schmerzhafter. Ihre Hoffnungen schmolzen dahin. Sie konnte kaum noch klar denken.

»So habe ich mir das nicht vorgestellt«, gab sie zu und hatte das Gefühl, noch mit dem Kopf unter Wasser zu sein. Sie bekam kaum Luft, ihr Brustkorb war wie zugeschnürt.

»Das spielt keine Rolle. Wenn du durch mich erzogen werden möchtest, musst du dich auf meine Bedingungen einlassen.«

Cassy vermied es, Deity anzusehen, die wie eine Marionette dastand und auf ihren Einsatz wartete. Verzweifelt kämpfte sie gegen ihre Tränen an. »Ich möchte einem Herrn dienen, der gerne mit mir zusammen ist, einem Meister, den es erregt, mich zu demütigen und mir Schmerzen zuzufügen, der mich zwischendurch streichelt, um mir Kraft zu schenken, und der mich für sich haben will, ganz alleine für sich.«

Milde und ein wenig spöttisch sagte Andrew: »Du stellst viele Forderungen für eine Sklavin. Vielleicht solltest du beim nächsten Mal vorher aufschreiben, wie dein Lehrer zu sein hat, damit er sich nach dir richten kann.«

Seine Worte trafen sie. Möglicherweise hatte er sogar recht und ihre Vorstellungen waren zu konkret, als dass sie jemals den passenden Dominus finden konnte. Sie ließ ihren Tränen freien Lauf. »Nein, ich glaube fest daran, dass Zuneigung und SM sich keineswegs ausschließen, ja, eventuell sogar Liebe.«

»Prinzesschen, du hast doch wohl nicht etwa gehofft, dass der Lord sich in dich verknallt?«, warf die Domina ein und gestikulierte wild. »Wie töricht kann man sein?«

Verletzt blickte sie Andrew an.

»Es ging die ganze Zeit um Erziehung, nicht um eine Liebesbeziehung«, stimmte er der Domina zu.

Cassandra schluchzte, wischte ihre Tränen aber nicht fort. Sie waren ihr egal. »Ja, wie naiv, nicht wahr? Die kleine dumme Gans hat Gefühle investiert. Ich hätte es wissen müssen, von Anfang an. Alle haben es erkannt, nur ich nicht, weil ich es nicht wahrhaben wollte.«

»Ich habe dich nicht ausgenutzt.«

Er streckte seinen Arm aus, um ihre Schulter zu berühren, aber Cassy machte einen Schritt zurück und wich ihm aus. Das erste Mal duzte sie ihn. Ihre Stimme setzte immer wieder aus, weil sie weinte. »Das meinte ich nicht. Wir passen einfach nicht zusammen. So ist es nun mal! Ich habe komplett andere Vorstellungen als du. Gerne probiere ich alles aus, auch Praktiken, die krass sind und mich an meine Grenzen bringen, denn dadurch lerne ich mich selbst näher kennen, und es macht mir Freude, gemeinsam mit meinem Herrn meine Grenzen auszuloten und zu erweitern.«

»Wo liegt dann das Problem, Kindchen?« Deity stemmte ihre Hände in die Hüften.

Andrew hob eine Hand. »Schweig!«

»Gefühl, ich brauche Gefühl.« Bisher hatte die Freundschaft mit Derek gereicht, doch mittlerweile träumte sie davon, sich einem Dominus hinzugeben, der sie liebte. Mit der Kälte und Rücksichtslosigkeit, die der Lord in dieser Nacht gezeigt hatte, konnte und wollte sie nicht klarkommen. »So toll wie du bist, Andrew Callum Lord – du kannst mir nicht geben, was ich brauche.«

Aufgewühlt warf sie das Badetuch zu Boden, schnappte sich ihren Mantel und rannte hemmungslos heulend aus der Schwimmhalle. Erst als sie in ihrem Wagen saß, fiel ihr auf, dass sie ihre High Heels dort vergessen hatte. Aber sie würde eher den Teufel in der Hölle besuchen, als noch einmal dorthin zurückzukehren.

Das brauchte sie auch gar nicht, denn der darauffolgende Tag war die Hölle auf Erden. Die Sehnsucht nach Andrew war beinahe schmerzhaft. Cassandra heulte bis Mittag, schlief eine Stunde und begann erneut zu weinen. Sie öffnete ihrer Mutter nicht, die einer der Nachbarn ins Treppenhaus gelassen hatte und die an ihre Wohnungstür klopfte und nach ihr rief.

Pen rief an und erzählte dem Anrufbeantworter, dass sie mit Curt im Starbucks gewesen wäre, weil Cassy ja keine Zeit mehr für sie fand. »Sie haben doch tatsächlich unseren geliebten Pumpkin Spice Latte aus dem Sortiment geworfen, weil ihn nicht genug Kunden bestellt haben. Das ist unsere Schuld, bist du dir dessen bewusst? Weil wir nicht mehr hingegangen sind.« Sie räusperte sich. »Das soll kein Vorwurf sein, Liebes. Herrje, als ich frisch verliebt war, habe ich auch nur mit Curt herumgehangen. Ich will damit nur sagen: He, hier ist jemand, der gerne mal wieder etwas mit dir unternehmen würde. Du kommst ja kaum noch zu den Vorlesungen. Kapsel dich nicht völlig ab. Irgendwann verlierst du noch die Bodenhaftung. Das ist gefährlich.«

Verliebt? Daraufhin hatte Cassandra aus Frust bei Dominos eine Familienpizza und eine große Portion Eis bestellt. Als das Essen dann vor ihr stand, brachte sie keinen Bissen runter. Sie war nicht sauer auf Pen, schließlich sagte ihre Freundin nur die Wahrheit. Durch ihre Obsession hatte sie ihre Freunde und ihr Studium vernachlässigt. Sie hatte sich von Andrew abhängig gemacht und war auf die Nase gefallen.

Auch Derek rief an, und sie nahm nicht ab, sondern hörte nur mit, was er im lockeren Plauderton dem AB anvertraute: »Hast du Lust, mit zum SM-Stammtisch zu gehen? Ich war letzte Woche seit Langem mal wieder da. Bin ja jetzt wieder auf der Suche.« Er lachte verlegen. »Jedenfalls soll ich dir von allen liebe Grüße bestellen. Sie haben nach dir gefragt, also habe ich ihnen vom dunklen Lord erzählt. Ich hoffe, du bist mir nicht böse, ist mir so rausgerutscht. Jedenfalls haben die meisten schon von ihm gehört. Er ist so was wie eine lebende Legende für SMler. Mary und Carl haben ihn sogar schon getroffen, und sie meinten, du solltest vorsichtig sein. Er spielt nicht mit dem Feuer, sondern er ist das Feuer, das waren ihre Worte. Ein wenig zu dramatisch, nicht wahr?«

Nein, das war es nicht. Der dunkle Lord war der dunkle

Lord. Er hatte sich als riesengroßes Arschloch entpuppt. Aber wer war dann der Mann, der sie im Pavillon so gefühlvoll mit dem Floggergriff gefickt hatte? Der sich während seiner Arbeitszeit in seinem Büro die Zeit genommen hatte, mit ihr zu sprechen und seine Finger lustvoll in ihre Möse zu schieben?

Vom vielen Weinen und Grübeln hatte sie starke Kopfschmerzen bekommen und nahm gleich zwei Tabletten, in denen ein leichtes Schlafmittel enthalten war. Daraufhin verschlief sie den Nachmittag. Sie wachte erst auf, als es schon dunkel war. Träge schlurfte sie ins Badezimmer und machte sich frisch.

Als sie aus dem Bad kam und das Deckenlicht ausschaltete, stand sie einen Moment im dunklen Flur. Nur das schwache Licht der Lampe, die auf dem Beistelltisch im Wohnzimmer stand, zeigte ihr den Weg.

Cassy rieb sich die Augen und streckte sich. Gerade als sie an ihrem Schlafzimmer vorübergehen wollte, legte sich eine Hand von hinten auf ihren Mund und erstickte ihren Aufschrei. Ein Arm legte sich um ihre Taille und drückte sie an den Körper des Eindringlings.

»Keine Angst«, flüsterte der Mann.

Sie erkannte ihn sofort. An seiner Stimme, seinem Geruch und der sanften Gewalt, mit der er sie in ihre Schranken wies. Andrew. Obwohl sie nun wusste, wer der Einbrecher war – sie hatte ihm selbst den Wohnungsschlüssel gegeben, das konnte man wohl kaum als Einbruch bezeichnen –, wehrte sie sich gegen ihn. Sie versuchte, seine Hand von ihrem Mund zu reißen, und schlug auf den Arm ein, der sie umschlungen hielt.

»Hör auf«, sagte er scharf, und diese Schärfe machte sie wider Erwarten geil. »Ich werde dir jetzt etwas sagen, und du wirst zuhören, ob du willst oder nicht. Ich werde dich dazu zwingen, weil es mir nicht leicht fällt, mein Innenleben nach außen zu kehren. Das mache ich nämlich so gut wie nie.«

Überrascht hielt Cassandra inne. Hatte er sie im Dunkeln von hinten überfallen, damit sie die Regungen auf seinem Gesicht nicht mitverfolgen konnte? Was verbarg er vor ihr? Vor dem Rest der Welt? Weshalb öffnete er sich ihr nach einer solchen Nacht?

Er atmete tief ein und sehr langsam wieder aus. »Ich habe etwas getan, was ich nicht hätte tun sollen. Diese Prüfung war eine Farce, noch bevor sie überhaupt begonnen hatte.«

Jetzt würde er sagen, dass es eine dämliche Idee gewesen war, sie einem Test zu unterziehen, weil er sie von Anfang an nicht hatte erziehen wollen. Er hätte sie konsequenter wegschicken sollen, sowohl auf seiner Party als auch in seinem Büro, dann wäre es erst gar nicht so weit gekommen. Cassandra schloss die Augen und bereitete sich innerlich auf die verletzenden Worte vor.

»Ich habe absichtlich extreme Praktiken ausgewählt«, gab er zu. »Nicht etwa um dich zu prüfen, sondern um dich zu vergraulen.«

Also doch! Cassy hatte dies vermutet, war sich aber nicht sicher gewesen. Denn er hätte ihr Betteln um eine Erziehung auch einfach ignorieren oder sie barsch abweisen können. Aber er war erst während des Tests unfreundlich und kalt gewesen. Warum nicht schon vorher?

»Meine Absicht war, dich zu erschrecken«, seine Stimme klang rau und tief, »dich zu verschrecken. Aber ich bin zu weit gegangen, habe dich schockiert. Ich hatte erwartet, dass du dich schon beim Anblick des Skalpells weigern würdest. Eigentlich hatte ich nicht vorgehabt, dich zu schneiden oder deine Haut zu durchstechen. Das gehört sozusagen in den Fortgeschrittenen- und nicht den Anfängerkurs.«

Er gab einen Kapitalfehler zu, er, der dunkle Lord. Cassy staunte mit jedem Satz, den er von sich gab, mehr. Sie hielt sich an seinem Arm fest und schob seinen Pullover ein Stück hoch, damit sie seine warme Haut spürte.

»Ich war ebenfalls schockiert, als die Nadel in dir steckte, weil ich nicht glauben konnte, was ich getan hatte, denn es war falsch.«

Deshalb war die Erektion, die er gehabt hatte, als sie das Labor betreten hatte, kurze Zeit später verschwunden. Hatte es ihn geil gemacht, sie wiederzusehen? Doch schon kurze Zeit später war die Nacht nicht so verlaufen, wie er sich das vorgestellt hatte. Schuld war ihr Trotz. Sie war starrsinnig geblieben und hatte gekämpft wie eine Löwin; damit hatte er nicht gerechnet.

»Ich mag extreme Praktiken.« Er drückte seine Hand nicht mehr ganz so fest auf Cassandras Mund. »Im Laufe der Jahre habe ich schon zu viel gesehen und erlebt, als dass mich ein einfaches Arschversohlen noch anmachen könnte. Aber Praktiken wie das Aufspritzen von Brüsten mit Kochsalzlösung erregen mir nur, wenn es die Sklavin ebenfalls geil macht.«

Das Fazit musste daher unweigerlich heißen: Sie passten nicht zusammen. Wieso tat diese Erkenntnis nur so weh, fragte sie sich.

Seine Hand drang unter ihren Sweater und strich sanft über ihren Bauch. »Und es braucht Vertrauen.«

Cassy dachte daran, wie sie ihn bedrängt hatte, sich mit ihr einzulassen. Sie hatte seine Abweisungen nicht akzeptiert, dabei hatte sie ihn nur einmal auf einer Party gesehen, wie er mit einer anderen gespielt hatte. Es hatte keine Annäherung stattgefunden, keine Gespräche über Tabus oder Ansichten. Andrew hatte der Dom aus ihren Träumen werden sollen, dazu hatte sie ihn auserkoren. Sie trug mit Schuld an diesem Desaster.

Zögerlich fuhr er fort: »Normalerweise behalte ich meine Gedanken für mich. Erst recht spreche ich nicht über Gefühle.

Das hat mir bisher nur Kummer gebracht. Aber jetzt muss ich es tun. Ich möchte mich bei dir entschuldigen. Niemals hätte ich dir das antun dürfen, denn ich habe alle SM-Regeln über den Haufen geworfen. Du hast zwar eingewilligt, aber keine Lust empfunden, aber bei BDSM geht es um Geilheit. Sicher warst du zu jeder Zeit, aber ich war nicht bei klarem Verstand.«

Was redete er da? Es machte sie wahnsinnig, dass sie ihm nicht antworten konnte, daher versuchte sie, seine Hand von ihrem Mund wegzuziehen, doch er verstärkte wieder den Druck.

»Es hat mir imponiert, dass du im Schwimmbad – nachdem ich dich bereits über deine Grenzen hinausgetrieben hatte – nicht sofort das Weite gesucht, sondern deine Ansichten geäußert hast.« Ein Lächeln lag in seiner Stimme. »Gefühle und SM. Es ist schwierig, das zu vereinen, denn jemandem, den man liebt, fügt man ungern Schmerzen zu. Außerdem kommen bei einer Beziehung allgemeine Paarprobleme hinzu. Und was geschieht, wenn der Herr seine Lustdienerin nicht mehr liebt? Sie hat sich vollkommen auf ihn eingelassen, ihr Leben nach ihm ausgerichtet, sich von ihm führen lassen – sich ihm ganz und gar hingegeben.«

Etwas Seltsames geschah in Cassy. Sie verspürte sowohl Sehnsucht, denn sie träumte von solch einer intensiven Hingabe. Aber da war auch eine innere Sperre. Sie wollte ihre Freunde behalten und ihr Studium beenden, arbeiten gehen, ihr eigenes Geld verdienen, ihren Kühlschrank selbst füllen und ihren E-Mail-Verkehr nicht bloßlegen müssen – all das musste ihr Herr ihr zugestehen, sonst würde es nicht funktionieren. Aber war das dann noch wahre Hingabe? Ihre Hingabe hatte Grenzen, so war es eben.

Andrew sprach leise weiter, als würde ihn die Kraft verlassen, weitere Geständnisse zu machen: »Die Sklavin würde am Ende der Beziehung zerbrechen. Ihr Leben würde in Scherben liegen, sie ihren Halt verlieren und womöglich zu dem Schluss kommen, dass der Tod leichter zu ertragen ist, als zurück in ein normales Leben zu finden.«

Vehement schüttelte Cassy den Kopf.

»Nein, nicht du«, sagte er anerkennend. »Du hast das rechtzeitig erkannt. Andere nicht.«

Redete er von einer Sklavin, die er früher einmal erzogen hatte?

Er gab ihr einen Kuss auf ihre Haare. »Es gibt einen Unterschied zwischen Hingabe und Selbstaufgabe. Letzteres ist nicht wünschenswert, weil es oft krankhafte Züge annimmt. Aber manchmal merkt man nicht, wie jemand sich selbst aufgibt. Erst wenn es zu spät ist.«

Mit einem Mal war Cassy sich sicher, dass er eine Sklavin verloren hatte. Er klang so traurig. Am liebsten hätte sie ihn in den Arm genommen, aber er hielt sie immer noch fest. Offensichtlich hatte er noch nicht alles gesagt, was er sagen wollte. Mit den Fingerspitzen streichelte sie beruhigend die Hand, die auf ihrem Mund lag.

»Ihr Name war Linda. Es gab eine Zeit, da habe ich sie geliebt. Wir haben versucht eine 24/7-Beziehung zu leben, aber am Anfang war es nicht einfach. Es gab immer wieder Reibereien. Bis sie sich mir vollkommen hingab.« Er schnaubte. »Sie war eine Bilderbuchsklavin, richtete sich ganz nach mir, erfüllte meine Wünsche und hielt demütig aus, was ich ihr antat. Doch darin lag die Krux. Es wurde langweilig, und eines Tages stellte ich fest, dass ich sie nicht mehr liebte.«

Cassy ahnte, wie entsetzlich das Linda getroffen haben musste, wo sie doch Andrew zu ihrem Lebensmittelpunkt gemacht hatte.

»Als sie das erfuhr, riss es ihr den Boden unter den Füßen

weg.« Er stöhnte, als hätte er Schmerzen. »Ich tat alles, um ihr zu helfen, aber meine Unterstützung war ihr nicht genug. Sie wollte mich! Aber mich konnte sie nicht mehr haben. Es war aus.«

Er schwieg eine Weile und fuhr dann atemlos fort: »Spaziergänger fanden sie in den Rockies. Sie hatte sich von einem Felsvorsprung gestürzt und musste sofort tot gewesen sein. Meinen Namen hatte sie sich kurz vorher in die Oberschenkel, den Bauch und den Busen eingeritzt.«

Cassy war wie versteinert.

»Ich nahm mir vor, nie wieder eine feste Bindung mit einer Sklavin einzugehen und keine Gefühle zu investieren.« Das Atmen fiel ihm schwer. »Aber dann bist du in mein Leben getreten, und ich schwankte.«

Ein Ruck ging durch ihren Körper. Ihr wurde heiß.

»Ich wollte dich nicht näher an mich heranlassen, doch du warst zu verführerisch, weshalb ich mir diese unsagbar dämliche Prüfung ausgedacht habe. Wenn ich dich schon nicht wegschicken konnte, würde ich dich dazu bringen, von dir aus fernzubleiben.« Er lachte abfällig.

Was für eine skurrile Entwicklung! Der Lord hatte versucht, seine Schwäche mit Rücksichtslosigkeit zu kaschieren. Cassy konnte es nicht glauben. Kein Wunder, dass es ihm nicht leicht fiel, ihr dies zu gestehen. Er war gerade dabei, seinen Ruf als perfekter Dominus zu ruinieren.

»Das hat bestens funktioniert. Nur leide ich seitdem. Weil ich dir das nicht hätte antun dürfen.« Er machte eine Pause. »Und weil ich mich nach dir sehne.«

Endlich ließ er es zu, dass sie seine Hand von ihrem Mund schob. Sie suchte nach den perfekten Worten und wusste doch, dass sie sie nicht finden würde, denn sie war gründlich verwirrt. Eben noch hatte sie ihn verabscheut, jetzt begehrte sie ihn schon wieder. »Jeder hat eine zweite Chance verdient, oder nicht?«

»Wie soll das mit uns beiden funktionieren?«

Sie wollte sich umdrehen, doch er hielt sie fest und schmiegte sich an ihren Rücken. »Indem wir es langsam angehen lassen und sehen, wohin es uns treibt. Wir können ja mal zusammen ins Kino gehen.«

Er lachte leise und diesmal klang sein Lachen gelöst. »Ich habe ein Theaterabonnement. Auf dem hintersten Sitz auf dem Balkon wüsste ich schon, was ich dir befehlen würde.«

»Wahrscheinlich würde ich vom Theaterstück kaum etwas mitbekommen.«

»Gar nichts«, säuselte er von hinten in ihr Ohr. Er küsste ihr Ohrläppchen, fuhr mit der Zungenspitze daran herab und streifte ihren Hals mit seinen Lippen. »Aber ich auch nicht.«

Sie legte ihren Kopf zur Seite, damit er sie besser liebkosen konnte. »Wo liegt dann das Problem?«

»Ich darf dich nicht überfordern, bin es aber gewohnt, dass es zur Sache geht.«

Cassy seufzte enttäuscht. Sie würde ihn nicht zufriedenstellen können, das sah sie ein.

»Ich habe mit Deity darüber gesprochen.«

»Mit Deity?«, entfuhrt es ihr erbost. Sie wollte sich losreißen, doch er drückte sie unnachgiebig an sich.

»Sie ist nicht die Harpyie, die du in ihr siehst.« Fest presste er seinen anschwellenden Schwanz an ihre Kehrseite. »In der Schwimmhalle hat sie bemerkt, dass ich mich längst in dich verliebt habe.«

»Verliebt?«

»Hör mir zu!«, sagte er scharf und legte ihr drohend eine Hand an die Kehle.

Er hatte verliebt gesagt, Cassy spürte, wie Adrenalin durch

ihre Adern schoss und ihr Mund sich zu einem breiten Grinsen wölbte.

»Sie meinte, wenn man nicht extremer werden kann, muss man sich auf seine Wurzeln besinnen«, erklärte er. »Ich will dich, und da du nicht die Belastbarkeit einer erfahrenen Sklavin hast, muss ich zu meinen Anfängen als Dom zurückkehren.«

Andrew wollte sich zurücknehmen, damit sie zusammen sein konnten, das war sein Liebesbeweis.

»Ich bin nur geil, wenn ich Praktiken anwende, die dich geil machen, das haben wir beide letzte Nacht bereits erfahren.« Er roch an ihren Haaren. »Was meinst du? Können wir es schaffen?«

»Liebe ist ein starkes Argument dafür, es zumindest zu versuchen.« Sie spürte, wie er sich hinter ihr entspannte.

Doch plötzlich drehte er sie herum, presste sie mit dem Rücken gegen die Wand und schmiegte sich eng an ihre Vorderseite. Sein Knie drang zwischen ihre Schenkel. »Glaubst du nicht, das wäre jetzt der richtige Moment, um mir zu sagen, dass du mich auch liebst? Ich öffne mich dir wie ein Buch und du lässt mich zappeln. Das ist gefährlich, Sklavin.«

Er legte eine Hand unter ihr Kinn, hob es an und schaute ihr herausfordernd tief in die Augen. Sein Oberschenkel drückte auf ihre Möse. Das Prickeln, das dadurch entstand, ging ihr durch und durch. Trotz des diffusen Lichts konnte sie die Lüsternheit in seinem Blick erkennen. Das war der dunkle Lord, den sie kennengelernt und von der ersten Sekunde an begehrt hatte.

»Ich liebe Sie, Sir«, antwortete sie gehorsam und aus vollem Herzen.

Er küsste sie so unvermittelt und leidenschaftlich, dass es ihr den Atem raubte. Seine Zunge drang tief in ihren Mund ein, er schmeckte so gut. Sie hielt sich an ihm fest wie eine Ertrinkende und war berauscht von diesem einen Kuss; keine Session mit Derek hatte sie jemals in diesen Rauschzustand versetzt.

Andrew löste sich von ihr. Er hob sie auf seine Arme und trug sie eilig in ihr Schlafzimmer, wo er sie schwungvoll aufs Bett legte. Das Licht der Straßenlaterne vor dem Fenster erhellte den Raum gerade so weit, dass Cassandra sehen konnte, wie er seine Hose öffnete und sein steifer Schwanz heraussprang. Ohne Cassy aus den Augen zu lassen, streifte er ihr die Jogginghose von den Hüften und legte sich zwischen ihre leicht gespreizten Beine.

Er griff ihre Handgelenke, hob sie über ihren Kopf und drückte sie in ihr Kissen. Mit seinen Knien zwang er ihre Beine noch weiter auseinander. »Normaler Sex wäre doch ein guter, harmloser Anfang, finde ich.«

Kraftvoll stieß er mit der ganzen Länge seines Schwanzes in ihre nasse Möse.

Cassy bäumte sich vor Lust auf. Gott, fühlte es sich gut an, ihn in sich zu spüren. Endlich! Er war so hart, so fordernd! Sie wehrte sich spielerisch gegen ihn – Andrew Callum Lord, *der* dunkle Lord, ihr Herr – und dachte:

O Baby, mit dir wird Sex nie normal sein.